韓國古典文學 100

6

安樂國傳
劉忠烈傳
陰陽三台星

編者 ————————
文學博士 金 起 東
文學博士 全 圭 泰

瑞 文 堂

●차 례

책머리에

우리 古典文學을 현대화하는 방법에는 여러 가지가 있을 것이다. 우선 그 어려운 古文을 現代 綴字法으로 옮겨 독자들이 쉽게 읽도록 하는 방법이 그 첫째의 단계라고 생각한다.

이와 같은 고전문학의 現代化作業은 우리 學界에 꾸준히 진행되어 왔으나 현재 그 절반도 미치지 못하고 있는 實情이다.

현존하는 300여 편이나 되는 방대한 고전소설만 하더라도 현재 시판되고 있는 〈韓國古典文學全集〉에서는 40여 편만이 현대화되어 있을 뿐이다.

이에 우리는 현존하는 모든 고전소설을 현대 철자법으로 개편하되 원문에 충실하여 學的 價値가 있도록 하였고, 漢文小說은 번역하여 수록했으며, 독자의 편의를 위하여 어려운 漢字語를 노출시켰을 뿐 아니라 어려운 漢文語나 人名·地名 등 故事에는 脚注를 달았다.

부디 이 〈韓國古典文學〉이 많이 읽혀져 현대인이 가질 수 없는 우리 先人들의 인생관을 되찾아서 새로운 민족 문학의 전통을 수립하는 데 이바지할 수 있다면 다행으로 여기겠다.

1984. 1.

編者 識

安樂國傳

〔해 설〕 安樂國傳

──불경에 없는 석가모니 전생담

　이 작품은 세종대왕 때 수양대군(首陽大君)이 편찬한 「석
보상절(釋譜詳節)」에 나오는 안락국태자(安樂國太子)의 이야
기를 소설화한 것으로, 석가모니의 전생담(前生譚)의 하나이
다.
　그런데 이 전생담은 불경에는 나오지 않는 것으로 보아 우
리 나라에서 만들어낸 석가모니의 전생담이라는 점에 있어서
그 의의가 있다.
　과거 적에 석가모니가 삼천 제자를 거느리고 설법하는 도
량에 연화를 심어 두고 즐기시는데, 칠년 대한(大旱)을 만나
그 꽃이 점점 시들어지자 석가모니가 근심 끝에 제자인 승
가래바라문(僧加來婆羅門)을 머나먼 대완국(大琬國)의 사라
수대왕(娑羅樹大王)과 원앙부인(鴛鴦夫人)에게 보내어 꽃밭
에 물을 길을 여인을 보내 달라고 한다.
　이에 사라수대왕은 공중에 지시하는 왕후인 원앙부인을 꽃
밭 수레하러 보낼새, 원앙부인이 석가모니한테로 가다가 간
악한 자현장자(子賢長者)에게 붙들려 온갖 고초를 당하고 있
을 때, 복중의 안락국(安樂國)이 태어나 모후를 구출하여 부
왕과 같이 석가모니가 설법하고 있는 도량으로 가니, 석가모
니가 안락국으로 대세지보살(大勢至菩薩)을 삼는다는 내용의
이야기이다.

안 락 국 전
安樂國傳

과거 적에 석가세존이 삼천 제자를 거느리시고 상주 설법하옵시는 道場^{도량}*에 優曇跋羅華^{우담바라화}*와 蓮華^{연화}를 色色^{색색}이 심어 두고 즐기시더니, 이때에 九年之水^{구년지수}*와 七年大旱^{칠년대한}*을 만나 아홉 해 비 오실 제는 우담바라화가 씩씩하여 나날이 和氣^{화기}* 있으매 세존님이 즐기시더니, 일곱 해 가뭄을 만나매 그 꽃이 점점 이울어 가니 세존님이 스스로 슬퍼지더라.

「내 얼굴이 저 꽃과 같이 늙으리라.」

하시고 슬퍼하시거늘, 삼천 제자들이 생각하고 모든 大衆^{대중}이 의논하되,

＊도량 : 석가가 성도(成道)한 땅. 불도(佛道)를 수업하는 곳. 좌선(坐禪),
　　　　 염불, 수계(授戒) 등을 하는 방.
＊우담바라화 : 범어 Udumbara에서 온 말. 상상의 식물로 삼천년에 한번씩
　　　　　　　 꽃이 핀다고 함.
＊구년지수 : 구년 동안이나 계속되는 큰 홍수.
＊칠년대한 : 칠년간 계속되는 큰 가뭄.
＊화기 : 따스하고 화창한 일기.

「우리 삼천 대중의 어진 사람을 갈해여 화주를 내어 人
施主하여 꽃밭 수레를 하여 스승님 마음을 안보하사
이다.」

하고 삼천 대중이 청중루에 올라 鋪陳을 베풀고 세존님
을 청좌하시고 主佛로 단좌하시고, 삼천 제자는 차례로
좌정하시옵고 온갖 善饌과 각색 風流로 바치오며, 또한
茶啖床*을 차려 놓고 세존님께 아뢰되,

「저 상을 누구에게로 놓으리까.」

세존님이 가라사대,

「슬프도다.」

僧如來婆羅門*이 놀라 고쳐 꿇어 아뢰되,

「스승님하, 소승같이 미련하옵고 조그마하온 몸으로 어
찌 중하온 화주를 맡기오사 성공을 하오면 좋삽거니와
못 하오면 스승님께 불효가 되올소이다.」

하고 아뢰온대, 세존님이 가라사대,

「삼천 제자 중에 너밖에 감즉한 이 없으니 잔말 말고
맡으라.」

하옵시니, 바라문이 하릴없이 눈물을 흘리고 고개를 숙
이더라.

슬프도다. 西域國* 꽃밭 수레 하올 인시주 걸립 화주 바
라문의 나이 십오세라. 행장을 차리니 사제 바랑의 勸善을
내어 메고 차탄하며 세존님께 하직하삽고 삼천 대중을 이
별하매, 눈물을 흘리며,

「십오세 어린 화주 인걸립 가나이다.」

---

*다담상 : 손님 대접으로 차려 내는 교잣상.
*바라문 : 인도 사성(四姓) 가운데 가장 높은 지위의 승족(僧族). 범천(梵
　　　　天)의 후예로 그 입에서 나왔다 하며, 제사(祭祀)와 교법(教法)을
　　　　다스려 다른 삼성(三姓)의 존경을 받음.
*서역국 : 중국 서역 지방에 있었던 여러 나라.

안락국전

하고, 본방으로 돌아와 길 넘는 六環杖[육환장]을 외오짚고 동서를 분별치 못하올 적에 세존님이 승여래바라문더러,

「大琓國王[대원국왕] 娑羅樹[사라수] 大王[대왕]님과 鴛鴦夫人[원앙부인]께 가서 내 말을 하면 시행할 것이니 그리 가라.」

하신대, 승여래 하느님께 遙拜[요배]*하고 가니라.

바라문 화주 이때 深山窮谷[심산궁곡]*으로 정처없이 찾아가다가 까막까치*를 만나도 인사를 하고 절을 하며 가더니, 일일은 더동 바닷가에 다다르니 바다가 하늘에 닿아 있고 넓이 수천리라. 승여래바라문이 天地罔極[천지망극]하여 슬피 울더니, 이윽하여 살펴보니 운무 자욱한 중에 사람의 소리 들리거늘 하도 반가이 여겨 외어 이르되,

「상아아 무상아 공아아 상공아 잠깐 들어 보소서. 나는 대원국으로 인결립하러 가옵는 化主[화주]*러니, 배를 잠깐 빌리심을 바라나이다.」

문득 물 가운데서 백발 노옹이 蓮葉船[연엽선]을 타고 공중에서 대답하되,

「이 바다가 아홉 해 비 오실 제는 배가 다니더니, 일곱 해 가물기로 배를 없이하였으니 어찌할꼬.」

하고 간 데 없거늘, 승여래바라문이 하릴없어 곁고름에 찼던 칼을 빼어 가전에 섰는 갈잎을 베어 배를 묶어 육환장으로 노를 달아 더동 바다 건너서니 땅은 강남 땅이라.

대원국을 찾아들어 가만히 성을 다다르니 성문이 굳게 닫쳤거늘, 승여래바라문이 袈裟着服[가사착복]을 갖추고 육환장

＊요배 : 멀리서 연고가 있는 쪽을 바라보고 하는 절. 망배(望拜).
＊심산궁곡 : 깊은 산의 으슥한 골짜기.
＊까막까치 : 까마귀와 까치, 오작(烏鵲).
＊화주 : ① 중생을 교화 인도하는 교주(教主). 곧 아미타불이나 석가 여래 같은 성인을 이르는 말. 화사(花士).
　　　　② 집집으로 다니면서 결연(結緣)의 법을 설(説)하고, 시물(施物)을 얻어 절의 양식을 이어 대는 중.

을 옳이 두루니 奇花瑞氣 지는 듯하더라.

  그러한 성문이 일시에 열리거늘, 그제야 바라문 화주
들어가자 小卒*이 보하니, 대왕과 부인이 듣자오시고,

  「들어오라.」
하시고 청하신대, 승여래바라문이 闕下에 가까이 머물더
라.

  이 때 왕과 부인이 백관에게 下詔하신대, 홀연히 천지
진동하시니 어찌한 변고인고 하신대, 백관이 아뢰오되,

  「서방으로서 인결립하러 온 화주승이노라 하고 왔사온
  대 그러하오이다.」

  대왕이 자세히 들으시고 크게 놀라시고 들어오라 하시
니, 승여래바라문이 사제 바랑*의 權善*을 넣어 메고 길 넘
는 육환장 둘러 짚고 궐문하에 들어가 十二門 넘어서 사
라수 대왕님 앞에 나아가 읍하고 뵈오니, 대왕님께옵서
맞으사 좌정하시옵고 화주더러 물으시되,

  「어디 계시며, 무삼 사로 다니시는 화주인다.」
하고 물으시니, 승여래 화주 고쳐 일어 절하시고 다시 여
쭈오되,

  「소승은 서역국 석가 세존님께옵서 소승 같은 미련하
  온 인사를 정하여 화주로 보내오매 오색꽃과 우담바
  라화꽃이 구년지수에는 씩씩하옵더니, 칠년대한이 되
  옵더니 점점 이울어 가오니 세존님 얼굴이 저 꽃과 같
  이 이울어 가오매 슬프다 하옵셔 소승을 귀국에 들여
  보내어 인결립하여다가 꽃밭 수레 하라 하옵시매 귀국

---

*소졸: 힘 없는 작은 졸병.
*바랑: 중이 길을 갈 때에 등에 지고 가는 자루와 같은 커다란 주머니를 이
    르는 말. 발낭(鉢囊)이라고도 함.
*권선: 불가(佛家)에서 선심(善心)이 있는 사람에게 보시(布施), 즉 재물을 내
    어 다른 사람에게 도와 줄 것을 청함.

에 왔사오니 대왕님이 시주하옵소서.」

하고 권선을 내어 대왕님 앞에 놓으니, 대왕이 보시고 말
씀하시기 전, 공중으로서 크게 외어 이르시되,

　「사라수 대왕은 부인으로 하여금 꽃밭 수레 하라.」

하시거늘, 대왕이 권선을 보시다가 이 말을 들으시고 놀
라 良久히 생각하시다가 가라사대,

　「문무 백관을 즉일로 모으라.」

하시고　일변으로 화주를 대접하시더니, 滿朝百官*이 다
모였거늘 대왕이 이르되,

　「저　화주가 서역국 세존님 道場에　優曇婆羅曼陀羅　꽃
　　밭 수레 하라 하고 인물 화주로 왔으되, 시방　공중으
　　로서 외어 이르되 아국 원앙 부인으로 꽃밭 수레 하라
　　하시니, 마지 못하여 가게 하였으니 백관에게 하직을
　　하노라.」

하시니, 제신이 下詔를 듣고 모든 백관들이 망극하여 어
찌할 줄을 모르더니, 모두 생각하고 아뢰되,

　「그리하오면 부인 대신으로 八侍女를 보내사이다.」

하고 아뢰오니, 대왕이 화주에게 이르시되,

　「부인 대신에 팔시녀를 보내면 어떠하오리까.」

하시니, 화주 여쭈오되,

　「대왕님 처분대로 하소서.」

하오니, 팔시녀를 불러 이르시되,

　「너희들이 화주를 모시고 서역국 세존님 도량에　가서
　　오색 연화 꽃밭 수레 물 긷기를 부인 대신 하라.」

하시니, 팔시녀 하조를 듣삽고 하직하고 바라문 화주를
모셔 가려 하매, 화주 대왕께 하직하고 길을 떠나 더동

---

*만조백관 : 조정(朝廷)의 모든 벼슬아치. 만정제신(滿廷諸臣).

바닷가에 다다르니 배가 없는지라. 갈잎을 베어 배를 만

들어 팔시녀를 건네더니, 팔시녀 이르시되,

　「우리는 길을 모르니 어디로 가오리까.」

하니, 화주 이르되,

　「자연 갈 길이 있사오니 가사이다.」

하고, 여러 날 만에 득달하여 통천 바닷가의 수여　사공

을 불러 배를 타고 서역국에 들어가니 佛菩薩*의 常住處

요, 聲聞緣覺의 都會處*로다.

　바라문 화주 세존님 앞에 나아가 합장하옵고,

　「승여래 화주 다녀왔읍니다.」

하고 아뢰오니, 세존님이 보시고 반겨 물으시되,

　「인물 화주 어찌하여 온다.」

하시니, 바라문 화주 삷사오되*,

　「원앙 부인을 모셔 오려 하였삽더니, 그 나라 백관들이

　원앙 부인을　모셔 가오면 대왕님도 가오실 것이오니

　그 나라가 타국이 되올 터인즉 공론하여 부인 대신에

　팔시녀로 보내고자 하시고, 대왕님이 소승더러 묻잡거

　늘　소승이 대왕의 처분대로 하소서 하오니, 팔시녀를

　보내시매 데려왔나이다.」

하고 아뢰오니, 세존님께옵서,

　「잘하였다.」

하옵시고, 즉시 팔시녀를 부르사 각각 은동해 하나씩, 은

또아리 하나씩, 금바가지 하나씩 주어 물 길어 꽃밭 수레

하라 하시고 분부하시되, 팔시녀 제각기 동이를 옆에 끼

고 동방의 甘露水와 남방의 淸溪水와 서방의 玉溪水와 북

＊불보살 : 부처와 보살.

＊도회처 : 도회지.

＊삷사오되 : 아뢰시되.

방의 烏銅水(오동수)를 길어 쉴 새 없이 수레하니, 오색 연화꽃
이 예로써 더욱 씩씩하여 황홀하더라.

　세존님이 꽃밭 구경하시다가 칭찬하여 이르시되, 대원
국 팔시녀를 명하사,

　「저 물을 저리 길으니 원앙 부인 몫으로 긷느냐, 너
　희 몫으로 긷느냐.」

하고 물으시니, 팔시녀 등이 대답하되,

　「염주도 몫몫이요, 쇠뿔도 각각이오니, 어찌 원앙 부
　인의 몫이오리까. 소인 등의 몫이로소이다.」

　세존이 이르시되,

　「그리하면 대왕과 부인의 몫이 아니냐.」

하시니, 팔시녀 왈,

　「그리하외다.」

하온대, 세존님이 할 수 없이 승여래바라문 화주에게 이
르시되,

　「저 시녀 등의 말을 들으니 대왕과 부인의 공은 없다
　하고 저희 공이라 하니, 네 다시 가서 대왕과 부인께
　이 연유를 자세히 아뢰고, 아무리 하여도 대왕과 부인
　이 친히 와서 물을 길으셔야 그 공을 얻으리라 하고 모
　셔 오라.」

하시되, 바라문 화주 분부를 듣잡고 물러나와 사제 바
랑에 권선을 넣어 메고 세대삿갓* 숙여 쓰고 길 넘는 육
환장을 외로 둘러 오로잡고 세존님께 하직하고 강남 대
원국 사라수 대왕 성문에 다다르니, 萬民蒼生(만민창생)이 좌우에
벌려 섰거늘 승여래바라문 화주 육환장을 메어 두르니,
대왕이 들으시고,

---

*세대삿갓 : 대삿갓의 방언.

　　재미화주
「齋米化主* 왔는가 보니 재미를 주라.」

하오시니, 원앙 부인이 친히 은바리에 재미를 가득 부어
들고,

「재미 받으소서.」

하시되, 바라문 화주 돈수재배하옵고 사뢰되,

「소승은 재미 화주 아니오라 대왕님과 부인 모시러 온
화주올시다.」

　원앙 부인이 대왕께 여쭈온대, 대왕이 사연을 들으시
고,

「어서 들어오라.」

하오시니, 화주 대왕님 좌하오신 존상 앞에 나아가 합장
하오되 대왕이 보시고,

「오르소서.」

하시니, 화주 여쭈어 아뢰되,

「대왕님과 한자리로 동좌하오리이까.」

하온대, 왕께오서,

「염려 말고 오르소서.」

하시되, 바라문 화주 마지 못하여 올라 재배하오니, 대왕
이 물으시되,

「화주 이번은 무슨 일로 오시니까.」

　승여래 화주 다시 꿇어 아뢰되,

「접때 팔시녀를 주오시매 데려다가 꽃밭 수레 하온즉
꽃밭이 전보다 더 악악 황홀하오매, 세존님이 찬하시
고 꽃밭 구경하시다가 팔시녀에게 묻자오시되,「너희
공으로 세우고 저대도록 공부를 하는다」하시니, 팔
시녀 여쭈오되,「남의 공을 이루고자 만리 타국에 들어

────────────
* 재미화주 : 동냥중을 일컫는 말.

와 공부하오리까. 소인 등의 공이로소이다」하고 아뢰오니, 세존님께옵서 「그리하면 대왕과 부인님께 자세히 여쭙고 모셔 오라」하시더니라.」

여쭈오되, 사라수 대왕님이 말씀을 들으시고 생각하시다가 이윽고 부인께 들어가서 승여래바라문 화주의 말을 자세히 이르시고,

「나는 아무리 하여도 서역국 꽃밭 수레를 하러 가올소이다.」

하시니, 부인이 이 말씀을 들으시고 여쭈오되,

「대왕이 가려 하시면 한가지로 가사이다.」

하고 행장을 차리더니, 이 때 만조백관들이 일시에 통곡하고 대왕께 아뢰되,

「이런 망극한 말씀을 내리시오니 소신들과 만조백관과 만백성이 뉘게 의탁하라 하시나이까.」

하고 일시에 통곡하니, 산천초목이 다 슬퍼하는지라.

슬프다, 택일하여 길을 떠나니, 부인을 불러 이르시되,

「부인은 몸도 편치 않고 만리 타국에 길도 험악한즉 못 갈 것이니, 예서 闕中(궐 중)이나 지키고 계시면 서로 만날 때 있사오리까.」

하시니, 부인이 통곡하사 이윽토록 말씀을 못 하시다가 다시 여쭈오되,

「대왕님이 만리 타국에 가신 후 누구를 바라며 누구를 의탁하고 살라 하시나이까.」

하시고,

「한가지로 가사이다.」

하고 간청하오되, 대왕도 하릴없이 사부인과 화주를 데리고 떠나시니, 만조백관과 백성이 통곡하고 따라오다가

하직하고 이별하니, 산천초목 금수가 다 우는 듯하더라.

　여러 날 길을 행하시니 부인이 受胎 七朔에 軟軟 약질로 갈포 행하시니,　발도 부르텄고 만신이 다 아파 촌보를 다시 옮기지 못하시매, 부인이 바라문 화주에게,

　「갈 길이 얼마나 하오니까.」

하고 물으시니, 화주 아뢰되,

　「삼 분의 일은 왔나이다.」

부인이 이르시되,

　「아무리 하와도 발이 아파 못 가겠으니, 도처에　마을 집이 있는가 찾아들어가 쉬어 가사이다.」

하시니, 화주 여쭈오되,

　「이 길은 無人地境이로소이다.」

　부인이 들으시고 발을 붙드시고 앉아 슬피 우시더니, 이윽하여 닭의 소리 들리거늘 화주더러 말씀하시되,

　「촌가 없는 곳에 닭의 소리 어디 나나이까.」

　화주 대답하되,

　「이 넘어 장자의 집이 높기 하늘에 닿은 듯하기로, 하 높으니 닭의 소리 들리는가 싶소이다.」

하고 아뢰오니, 대왕과 부인이 반가이 여기사,

　「그 집에나 들어가 쉬어 가사이다.」

하시되, 화주 대답하고 즉시 子賢長者 집을 찾아 들어가니 산수 거룩한데　松栢은 落落하고 산수 잔잔하고 층암 절벽간에 궁전이 있으되, 문 위의 큰 현판에 황금자 썼으되, 「大元國 金陵 자현 장자 집」이라 썼더라.

　그 집을 빌어 하룻밤을 머물고 이튿날 길을 행하려 하시나　부인이 아파 寸步*도 옮기지 못하되, 발을 붙드시

―――――――――――――

*촌보 : 조금 걷는 걸음. 몇 발자국 못 되는 걸음.

고 슬피 우시며 사뢰되,

　「아무리 하여도 한가지로 못 가올 듯하오니, 나를　팔
　아다가 값을 받아 세존께 드리소서.」

하시고 통곡하시니, 대왕이 이 말씀 들으시고 눈물을 흘
리시고 이르시되,

　「부인님아, 내 말씀 들으소서. 七寶宮殿 좋은 집에 삼천
　궁녀 거느리고 萬乘皇后 되었다가 일조에 남의 종이 된
　단 말가.」

하시며 묵묵하시니, 부인이 다시 이르시되,

　「낸들 어찌 아니 떠나고자 하오리까마는 허공 지킨 귀
　신이 作戲*하는지　이 몸이 병이 드니 이 아니 가련하
　오리까. 대왕님은 이 몸을 팔아다가 세존님께　바치오
　면　내 공인들 설마 없다 하시리까.」

하고 아뢰오니, 대왕님도 하릴없어 팔려 하시니 자현 장
자 부인 기질을 보고 窒塞* 大驚하여 이르시되,

　「값을 얼마나 달라 하시나이까.」

하오니, 대왕은 黙然*하시고　부인이 이르시되,

　「내 값은 대왕도 못 치시고 화주도 모르니 내 치오리
　다.」

하시고,

　「내 값은 오천 냥 황금을 주소서.」

하시니, 장자 이르되,

　「어찌한 사람인데 값이 그리 많사오니까.」

　부인이 이르시되,

　「사나이는 천금이 싸오니　여인은 천금 싼 아들을　낳

---

*작희 : 남의 일을 방해함.
*질색 : 질기(窒氣). 몹시 싫거나 놀라서 기막힐 지경에 이름.
*묵연 : 입을 다문 채 말 없이 잠잠한 모양.

으니, 황금 오천 냥이 많사오니까.」
하시니, 장자 마음이 황홀하여,
　「그리하라.」
하고 황금 오천 냥을 달아 내어드리니, 받아 대왕께 드리니, 대왕과 화주 주인께 하직하옵고 황금을 받들고 통곡하시니,
　「대왕님아, 배에 든 아이 이름이나 짓고 가소서.」
하시되, 대왕이 눈물을 거두시고 위로 왈,
　「마음을 안보하소서. 아들을 낳거든 安樂國이라 하고, 딸을 낳거든 孝養女라 하소서.」
하시고, 화주로 하여금 황금을 행장에 넣어 메고 나서며 하직하고 이별하니 부인이 더욱 통곡하시니, 산천초목과 금수 슬퍼하고 보는 자 아니 슬퍼하는 이 없더라.
　부인이 대왕께 다시 사뢰되,
　「往生偈나 잊지 마옵소서.」
하시되, 대왕이 이르시되,
　「왕생게를 외우면 어떠하오니까.」
　부인이 눈물을 지으시고 이르시되,
　「왕생게를 잊지 말고 외우시면 서로 다시 만나 본다 하나이다.」
　대왕님과 화주 부인께 하직하고 왕생게를 외우면서 西域國을 여러 날 가다가 통천 바닷가에 다다르니 사공이 배를 등대하였거늘, 그 배에 오르니 萬頃蒼波를 순식간에 건너가니라.
　이 때 대왕과 화주 세존님께 뵈옵고,
　「원앙 부인도 한가지로 오시다가 몸도 편치 않으신데 삼분의 일을 오시고 다시 못 걸으시고 임자님 몸을

　　손수 값을 정하사 황금 오천 냥을 받아 바치오니 드리
　　나이다.」
하오니, 세존님이 들으시고 비감히 여기시고 은지게　은
장군을 주시고 물 길어 꽃밭 수레 하라 하시니,　대왕이
분부를 들으시고 그날부터 왕생게를 외우시며 물을 길으
시니, 보는 사람들이 대왕께 묻자오되,
　　「무슨 소리를 하시며 물을 길으시나이까. 듣지 못하온
　　소리오이다.」
한대, 대왕이 이르시되,
　　「우리 대원국에서는 이 노래 부르오면 죽은 부모 동생
　　과 처자손을 만난다 하오며 부르나이다.」
하시니, 서역국 사람이 아니 부르는 이 없더라.
　　이 때 슬프다, 대왕 부인이여! 대왕님 이별하시고　발
은 아프시고 망극하여 우시노라니, 장자의 종이며 장자
며 위로하고　다른 방을 정하여 주며 이르되,
　　「과거사니 설워 말으옵소서.」
하니, 부인이 하릴없어 생각하시되, 혹 대왕도 만나 보실
까 하시고　복중에 든 아기도 생각하여 마음을 진정하여
지내시며 産朔(산삭)을 생각하시더니, 홀연히 한때는 자현 장자
원앙 부인 방에 들어와 첩을 삼고자 進退(진퇴)하거늘, 부인이
놀라 말씀하시되,
　　「上典(상전)은 부모라 하오니 장자님아, 아비 자식 보는　법
　　어디 있사오니까.」
하고 애걸하여 우시며 듣지 아니하시니, 장자 대로하여
이르되,
　　「너는 重價(중가)를 주기는 다름아니라 가속을 삼으려고 샀거
　　든, 네 무슨 말을 하는가.」

하거늘, 부인도 하릴없어 이르시되,

　「그러면 속에 든 아기 칠삭이오니, 아기나 낳거든 허하
　오리다.」

하고 애걸하시니, 보는 자 눈물 아니 내는 이 없더라.

　그제야 그 노함을 잠깐 그치고 돌아가니라.

　세월이 여류하여 십삭이 차매 해복하시니 一奇男兒^{일 기 남 아}라.

그 아기 얼굴이 玉骨仙風^{옥 골 선 풍} 道人^{도 인}의 기상이매 부인이 겨우
정신을 차려 보시니, 슬프다 대왕이 계시더면 작히 귀히
여기시랴 하시며 날을 보내시더니, 이 때 장자 하루 들
어와 보고 이르되,

　「이제도 무슨 핑계할까.」

하고 진퇴하대, 부인이 슬피 울며 죽기로써 허치 아니하
시니, 장자 대로하여 이르되,

　「내가 재물을 주체치 못하여 너를 샀더냐. 중가를 주고
　사기는 가속을 삼으려 하고 샀더니, 終始^{종 시} 듣지 아니하
　니 이제 값을 도로하여 바치라.」

하고 소리 치며 모시 닷 동, 제추리 닷 동 열 닷 동을
달아 내어 주며,

　「오일내로 織造^{직 조}하여 들이라. 이날 못 미치면 의탁치 못
　하리라.」

하니, 부인이 본래 길쌈은 구경도 못하였건만 하릴없어
우두커니 받아 가지고 처소로 돌아와 놓고 탄식하고 우
노라니, 문득 난데없는 仙女^{선 녀} 사오인이 들어와 부인께 읍
하거늘 부인이 이르시되,

　「어디 계시며 무슨 일로 이런 누추한 곳에 오시니까.」

　선녀 답왈,

　「우리는 천상 姮娥^{항 아}께옵서 부리시는 선녀이니 항아께옵

서 이르시되, 강남 땅의 자현 장자의 집에 원앙 부인이 계셔 시방 고역을 맡아 계옵시니 내려가 수히 도우라 하옵시기로 왔나이다.」

부인이 감격하여 공중으로 사배하고 이르시되,

「항아님은 나의 前生 부모시던가.」

하시고, 선녀들이 모시와 베, 제추리를 메는 듯 짜는 듯 일시에 필을 지어 삼일 내에 바치니, 장자 하도 신기히 여기더라.

이러구러 세월이 여류하여 안락국의 나이 십세라. 이 때 자현 장자 안락국을 불러 젖소 열 필, 말 열 필을 내어 주며 이르되,

「스무 필 마소에게 나무 하여 싣고 오라. 한 마리라도 실수하면 중히 다스려 이 자리에 쳐죽이리라.」

하고 분부하니, 안락국이 顚之倒之하여 하릴없이 분부를 듣고 말과 소를 한 고삐에 매어 이끌고 深山窮谷을 들어가며 애통하여 가더니, 난데없는 童子들이 내달아 나무를 베거나 묶거나 싣거나 마소 수대로 실어 놓고 간데없거늘, 안락국이 그제야 수대로 데리고 가며 소 등 위에 앉아 玉笛을 슬피 불고 들어오니, 장자 바라보며 어이없어 그 놈년들의 일이 고이하고 이상하다 하더라.

일일은 안락국이 부인께 사뢰오되,

「어머님, 다른 아이들은 아버님을 부르는데 소자는 홀로 아버님이 없나이까.」

부인이 묵묵하시더니, 장자 가리키며,

「아비라.」

하시니, 안락국이 여쭈오되,

「장자 아버님 같사오면 어머님을 그대도록 고역을 맡

겨 못 견디게 하며 소자로 하여금 말과 소를 주며 한
필이라도 못 채우면 죽인다 하였사오리까. 천만 바라옵
나니 어머님은 아버님 계신 데를 가르쳐 주소서.」
하오니, 부인이 그제야 이르되,
　「너의 아버님은 강남 땅 대원국 娑羅樹大王(사라수대왕)으로서 서
　천 서역국 도량에 오색 연화 꽃밭 수레와 만다화 꽃밭
　에 물 길어 수레하러 가셨느니라.」
하시니, 안락국이 사뢰오되,
　「그리하오면 소자 서역국에 들어가 부왕을 찾아뵈옵고
　모시고 오리이다.」
하고,
　「행장을 차려 주소서.」
하거늘, 부인이 이르시되,
　「네 아이가 어찌 만리 타국에 다녀오리오.」
하시니, 안락국이 아뢰되,
　「소자는 다녀올 것이오니 모부인은 염려 마옵소서.」
하더니 일일은 간 데 없거늘, 부인이 생각하시되,
　「어린 것이 가다가 장자에게 잡히면 죽으리로다.」
하시고 더욱 슬퍼하시더니, 한 이틀 후 장자 안락국이 어
디에 갔는가 찾는지라 부인이 이르시되,
　「어디 갔사오리까.」
하신 후, 여러 날 되도록 아니 오니 이놈이 도망하여 갔
다 하고 제 종 목동 부동이란 종이 있는데, 목동은 천
리를 보고 부동은 만리를 보는지라. 목동을 불러 안락국
간 곳을 보라 하니 목동이 보고,
　「안락국이 저기 가나이다.」
하니, 장자 대로하여,

「잡아 오라.」

하니, 목동이 잡아 오더라.

　장자 안락국을 잡아들여 꿇여 놓고 이르되,

「너는 도망한 놈이니 잡아 죽이로되, 이번은 짐작하여
赦하거니와　이후 다시 이런 일이 있으면 죽일 것이니
차후는 도망갈 생각 말라.」

하더라.

　이 때 안락국이 장자의 손에 욕을 보고 슬프고 슬프도
다. 이번에 부왕을 못 뵈오면 졸연히 못 갈 것이니 아무
쪼록 가서 부왕을 뵈오리라 하고 가만히 달아나 동천 바
닷가에 가 닿거늘, 급히 건너고자　하나 배가　없는지라
하릴없어 하늘을 우러러 탄식하되,

「하늘은 안락국이 부왕을 만나 부자 상면하게 하여 주
소서.」

하고 섰더니, 문득 옥저 소리 들리거늘　하도 반가와 안
락국이 외어 이르되,

「天童은 인도하사 배를 건네어 주옵소서.」

한데, 동자 가로되,

「네 어떠한 아이관데 우리 다니는 곳에 배를 타고자 하
는다.」

　안락국이 이르되,

「나는 대원국 사라수 대왕의 遺腹子 안락국이옵더니,
부왕께옵서 서역국 세존님 도량에 꽃밭 수레하러 가 계
시옵기로 대왕님 찾아뵈오러 가옵니다.」

하거늘, 동자 이 말을 듣고 불쌍하고 어여삐 여겨　청하
여 雲臺에 올리거늘, 안락국이 한가지로 오르매 문득 옥
저 소리 들리며 바다를 나는 듯이 가는지라.

이 때 장자 안락국을 찾으니 또 도망하고 없거늘 목동을 불러 안락국 간 곳을 살펴보라 하니, 목동이 천리를 보고,

「뵈지 아니하나이다.」

한다. 부동이더러 보라 하니,

「저기 가나이다.」

하고 쫓아가기는 하나 배는 선인의 道力으로 가는바 살 닿듯 하는지라, 어찌 지하 부동의 힘으로 잡으리오. 어이없이 바라보더니 돌아가다.

이 때에 안락국이 동자와 더불어 운대에서 내려 동자에게 백배 사례하고 사뢰되,

「사라수 대왕 계옵신 데는 어디로 가옵나이까.」

동자 가로되,

「이 길로 동쪽으로 행하면 白首老翁이 은지게에 은장군을 지고 나오며 왕생게를 외우며 나올 것이니 찾아보라.」

하니, 안락국이 하직하고 동쪽으로 가더니, 과연 백수노옹이 은지게에 은장군으로 물을 지고 왕생게를 외우며 오시거늘, 안락국이 짐작하고 하도 반갑사와 앞에 나아가 황망히 복지하온대, 대왕이 물으시되,

「어떤 아이관데 나를 보고 이렇듯이 관대하는고.」

안락국이 여쭈오되,

「소자는 안락국이로소이다.」

하고 아뢰오니, 대왕이 이 말 들으시고 어찌하실 줄을 모르시고 안락국의 손을 잡으시고 눈물을 흘리시며 가라사대,

「너의 어머님이 어찌 지내시더냐.」

하시니, 안락국이 장자에게 당하시던 전후 사연을 낱
낱이 다 아뢰니, 대왕이 더욱 슬픔을 이기지 못하시며
안락국 데리시고 계시던 숙소처에 들어가서 수삼일 후
꽃 세 송이를 주시며,

「네 어머님을 장자가 죽였을 것이니 죽인 곳을 찾아가
서 뼈를 모아 놓고 白蓮花(백련화)로 씻으면 뼈가 제좌에 이를
것이요, 그제야 적련화로 씻으면 살이 될 것이요, 그제
야 홍련화로 씻으면 숨을 내칠 것이고 完人(완인)이 될 것이
니 모시고 오라.」

하시니, 안락국이 하직하고 가니라.

이 때 장자 종놈 부동이 돌아와 장자께 고왈, 안락국
을 못 잡아 온 사정을 고하니, 장자 대로하여 원앙 부인
을 급히 잡아 내어 소리를 뇌성같이 높이 질러 이르되,

「너 안락국을 어디로 보냈는가 바로 이르라.」

하고 소리 벽력 같으니, 부인이 정신이 아득하고 魂不離
體(혼불리체)하여 답하되,

「날더러 가노라 이르지 아니하고 갔사오니, 죽어도 모
르나이다.」

하시니, 장자 노기 발발하여 앞에 놓였던 바둑판으로 搏
殺(박살)하여 죽이니라. 차홉다.

이 때 원앙 부인의 꽃 같은 花容月態(화용월태)*로 칠보궁전 어디
두고 저 몹쓸 賤人(천인)에게 죽어 梵羅國(범라국) 林浄寺(임정사)로 가는데 숲
속에 넣으라 하니, 종놈들이 갖다가 대밭 속에 버리고 오
니, 이 때 마을 사람들이 입 있는 이마다 불쌍하다고 가
서 보니, 원앙 부인의 옥 같은 신체를 까막까치 다 물어
가고 뼈만 남았는데, 바람결에 쫓아 나는 소리 있으되,

---

*화용월태 : 아름다운 여자의 고운 용태(容態)를 이르는 말.

대숲 속에서 念佛소리 차례로 나는지라. 동풍이 건듯 불
면 南無阿彌陀佛, 남풍이 건듯 불면 攝化衆生阿彌陀佛*,
서풍이 건듯 불면 渡濟衆生阿彌陀佛 하더라.

이 때 마을 사람들이 슬퍼 이르되,

「안락국아 안락국아, 너는 어디 가고 너의 어머님 죽
는 줄도 모르니 불쌍하구나.」

하니 그 말 아이들이 듣고 노래삼아 외우더라.

이 때 안락국이 길 떠난 지 수개월 만에 장자의 집 근
처에 와 모부인 소식을 탐지할새, 나무 베는 목동들이 홀
연 노래를 부르되,

「안락국은 어디 가고 슬프다 불쌍하다, 너의 어머님을
죽여다가 범라국 임정사로 가는데 수풀 밑에 넣어 몸
은 까막까치 밥이 되고 혼백은 화하여 염불소리 되었
는데, 너는 모르누나.」

하거늘, 안락국이 이 말 듣고 나아가 그 아이더러 물으
되,

「그 노래 다시 한 번 불러라. 나도 들어 보자.」

한데, 그 아이 대답하되,

「우리 부모님께서 하루 한 번씩만 하라 하였으매, 다
시는 못 하겠노라.」

하거늘, 안락국이 이르되,

「값을 줄 것이니 부르라.」

하니, 그 아이 대답하되,

「무엇으로 값을 주려 하는가.」

하거늘, 안락국이 찼던 구슬을 준다고 하니 그제야 짓을

---

*섭화중생아미타불 : 섭화중생은 중생을 두둔하고 보호하여서 교화함을 일
컫는 것이고 아미타불은 서방정토(西方浄土)에 있다는 부
처의 이름.

내어 노래를 불러 이르되,

　「안락국아……너는 어디 가고 너의 어머님 죽여다가 범
　라국 임정사로 가는데 수풀 속에 버렸으니,　까막까치
　밥이 되어 다 물어 가고　혼백은 화하여 염불소리 되
　었는데, 너는 어디 가고 모르는다. 안락국아,　슬프고
　가련하다. 안락국아, 너의 어머님 찾아가거라.」

하거늘, 그 노래를 듣고 마음이 녹는 듯 스는 듯하여 황
황망극히 엎어지며 곱드러지며 아무리 할 줄을 모르고 찾
아가 본즉 과연 뼈만 남았거늘, 눈물을 흘리고 뼈를 주
어 모아 놓고 보니 손가락 하나가 없거늘, 눈물을 흘리고
슬피 우노라니 한 까마귀가 손가락 하나를 물어다가 안
락국 앞에 내려 놓거늘, 그제야 맞추어 놓고 백련화로 씻
으니 뼈가 제로 온 듯하고, 또 적련화로 씻으니 살이 완
연하고, 또 홍련화로 씻으니 숨을 내쉬고 정신이 들어 일
어 앉으시거늘 안락국이 부인 앞에 나아가 붙들고 통곡
하며,

　「어머님 어머님아, 소자와 같이 부왕 계신 데로　가사
　이다.」

하온대, 부인이 이르시되,

　「안락국아, 너 어디 갔던가.」

안락국이 여쭈오되,

　「소자는 서천 서역국 세존님 도량에 갔삽더니, 부왕께
　옵서 바삐 가서 어머님을 모셔 오라 하옵시매 왔사오
　니 바삐 가사이다.」

하온대, 부인이 이르시되,

　「우리 모자 가다가 또 장자에게 잡히면 수욕을 당할까
　저허하노라.」

안락국이 여쭈오되,

「이제는 그렇지 아니하외다.」

하고, 부인을 모시고 서쪽으로 가노라니 장자의 종들이 어디로 가다 보고 장자더러 고하니, 장자 대왈,

「안락국의 어미 죽은 지 오래거든 어찌 데리고 가리오.」

제 종을 꾸짖고 이르되,

「안락국은 살았은즉 제 어미 종적을 알러 왔다가 가기는 고이치 않다.」

하고 부동 목동더러 보라 하니, 두 놈이 보더니,

「저기 가나이다.」

하거늘, 장자 따라가 급히 잡아 오라 하니, 그 두 놈이 잡으러 가자 문득 천지 진동하더니 벽력과 벼락이 내려와 장자집을 둘러 빼어 靑靑沼를 만들고, 목동 부동이는 시신도 없이하고 간 데 없더라.

이러한 사이에 안락국이 모부인을 모시고 홍천 바닷가에 다다르니, 팔시녀 배를 타고 옥저를 불며 오거늘, 안락국이 이르되,

「동자는 이 물을 인도하소서.」

하니, 팔시녀 배를 대거늘, 안락국이 모부인을 모셔 배에 오르니 팔시녀 부인께 여쭈오되,

「遠路險地에 행차 안녕히 하시니 천행이로소이다.」

부인이 제 풀에 눈물이 비 오듯 하더라.

배에서 내려 안락국이 모부인과 팔시녀와 더불어 사라수 대왕전에 들어와 뵈온대, 대왕이 부인께 묻자오되,

「그 사이 겪으신 고행이 어떠하였소이까. 나는 들어올 제 부인이 가르치신 왕생게를 잊지 아니하고 외우더니 우리 회중이 다 만났사오니 부처님 덕이로소이다.」

하시고, 부인과 안락국을 데리고 세존님 도량에 들어가
온데 세존님이 보시고 칭찬하시고 同參하오서 懺悔를 三
界道의 喜樂衆을 다 發願하사 설법하시되,
「世世生生에 六道衆生*을 濟度하사이다.」
하시고, 사라수 대왕으로 阿彌陀佛을 정하시옵고, 원앙
부인으로 觀世音菩薩을 정하시옵고 僧如來婆羅門 化主로
彌勒菩薩을 정하시옵고 안락국으로 大勢至菩薩을 정하
시옵고 팔시녀로 八金剛을 정하시니라. 이러하므로 선지
식의 동참을 거룩히 아니하리요, 이러하므로 선은 때이
고 악은 악을 때인다. 고약한 사람은 사귀지 말고 착한
사람을 저버리지 말라 하니라.

〈필사본〉

---

*육도중생 : 육도는 일체의 중생이 선악의 업인(業因)에 의하여 필연적으로
　　　　　이르는 여섯 가지의 미계(迷界). 곧 지옥, 아귀, 축생(畜生), 수
　　　　　라(修羅), 인간, 천상(天上).

劉忠烈傳

〔해 설〕 劉忠烈傳

——유교의 근본사상을 주제로 한 소설

이 작품은 백여 면이나 되는 영웅소설의 전형적인 작품이다. 전반은 주인공과 주인공 가족들의 고행담이요, 후반은 주인공의 영웅적인 활동이 그려져 있다. 여기서는 주인공의 연애담은 표현되어 있지 않다. 영웅소설의 표현법이 다 그러하듯 중국소설〈삼국지연의〉〈수호지〉〈서유기〉 등의 표현법을 모방한 도술적 표현을 하였다.

영웅소설의 주인공들은 현실적 인간이 아니라 비현실적인 인간이요, 추상적 인간인 것과 같이 주인공 충렬도 그러한 인물이다. 물론 〈임진록〉이나 〈박씨전〉과 같은 역사적 전란에서 취재한 역사소설에서도 도술적 인물은 표현되었고, 〈홍길동전〉〈전우치전〉〈최고운전〉에서도 도술행각은 표현되었던 것이다. 이렇게 본다면 조선조의 소설에 있어 이러한 표현법은 공식화된 것이라고 볼 수 있겠다.

수많은 영웅소설은 유교와 불교의 사상적 배경에 의해 씌어졌지만 이 작품은 국가와 국왕에 대한 충성을 다하고 부귀공명을 누리게 되는 것으로 보아 유교 근본사상을 주제로 공명주의를 표현한 작품이라 하겠다.

유 충 렬 전
劉忠烈傳

卷之上

각설이라, 大明國 英宗 황제 즉위 초에 황실이 미약하고 법령이 不行한 중에 南蠻, 北狄과 서역이 강성하며 모반할 뜻을 두매, 이런고로 천자 남경에 뜻이 없어 다른 데로 도읍을 옮기고져 하시더니, 이때 마침 蒼海國 사신이 왔으매 성은 임이요, 명은 경천이라 하는 사람이 왔거늘 천자 반겨 引見하시고 접대한 후에 도읍 옮김을 의논하시니, 임경천이 주왈,

「소신이 옥루에서 육대 산천을 望氣하오니 今皇之地가 마땅하옵고 천하 명산 五嶽之中에 남악 衡山이 가장 신령한 산이요, 일국 주룡이 되었고, 창오산 구리봉은 변화하야 외청룡 되었고, 소상강 동정호는 수세가 광활하야 내청룡 되어 있어 내수구를 막았으니 제완조가 장구할 것이요, 또한 소신이 수년 전에 본국에서 망기하

온즉, 북두칠성 정기가 남경에 下降(하강)하고 삼태성 채색이 황성에 비쳤으니 紫微垣(자미원) 대장성이 남방에 떨어졌으니 미구에 신기한 영웅이 날 것이니 황상은 어찌 조그마한 일로 이러한 金城之地(금성지지)를 놓으시며 선황제마다 舊邦之地(구방지지)를 일조에 놓으리이까.」

천자 이 말을 들으시고 마음이 灑落(쇄락)하여 도읍 옮기심을 파하시고 국사를 다스리시니 시절이 태평하고 인심이 粗安(조안)하더라.

이때, 조정에 한 신하 있으되 성은 유요, 명은 심이니, 전일 선조 황제 개국 공신 劉基(유기)의 십삼대 손이요, 전 병부 상서 유현의 손자라. 世代名家(세대명가) 후예로 공후 작록이 떠나지 아니하더니, 유심의 벼슬이 正言(정언) 주부에 있는지라. 위인이 정직하고 性情(성정)이 민첩하며 일심이 충성하야 국록이 중중하니 가산이 饒富(요부), 作法(작법)이 화평하니 세상 공명은 일대에 제일이요, 인간 부귀는 만민이 칭송하되, 다만 슬하에 일점 혈육이 없어 매일로 한탄하여 일년 일도에 선영 제사 당하면 홀로 앉아 우는 말이,

「슬프다. 나의 몸이 무슨 죄 있어 국록을 먹거니와 자식이 없으니 세상이 좋다 한들 좋은 줄 어찌 알며 부귀가 영화롭되 영화된 줄 어찌 알리. 나 죽어 청산에 묻힌 백골 뉘라서 거두오며, 先塋香火(선영향화)를 뉘라서 주장하리.」

하염없는 눈물이 옷깃을 적시는지라. 이렇듯이 설워하니 부인 장씨는 이부상서 장윤의 장녀라. 주부 곁에 앉았다가 일심이 비감하여 왈,

「상공의 無後(무후)함은 소첩의 박복함이라. 첩의 죄를 論之(논지)컨대 벌써 버릴 것이로되 상공의 음덕으로 지금까지 부

지하오니 부끄러운 말씀을 어찌 다 하오리까. 듣사오니 천하에 절승한 산이 남악 형산이라 하오니 수고를 생각지 말고 산신께 발원하여 정성이나 들여 보사이다.」

주부 이 말을 듣고 대왈,

「하늘이 점지하사 팔자에 없었으니 빌어 자식을 낳을진대 세상에 無子한 사람이 있으리오.」

장부인이 여쭈오되,

「대체를 생각하면 그 말씀도 당연하되 만고 성현 孔夫子도 尼丘山에 빌어 낳았고 정 나라 鄭子産도 우성산에 빌었으니 우리도 빌어 보사이다.」

주부 이 말을 듣고 삼천일 齋戒를 정히 하고 소복을 整齊하며 제물을 갖추고 축문을 별로이 지어 가지고 부인과 함께 남악산을 찾아가니, 산세 웅장하여 봉봉이 높은 곳에 청송이 울울하여 태고시를 띠어 있고, 강수는 잔잔하여 彈琴聲을 돋우었다.

칠천 십이봉은 구름 밖에 솟아 있고 층암 절벽상에 각색 百花 다 피었고, 소상강 아침 안개 동정호로 돌아가고 창오산 저문 구름 호산대로 돌아 들며 강수성을 바라보며 수양 가지 부여잡고 육칠리를 들어가니 연화봉지 중계로다.

상대에 올라서서 사방을 살펴보니, 옛날 夏禹씨가 九年之水 다스리시고 층암 절벽 파던 터가 어제 한 듯 완연하고 산천이 심히 엄숙한 곳에 天祭堂을 높이 묻고 백마를 잡던 곳이 완연하였고, 湫淵*을 돌아보니 옛날 魏夫人이 선동 오륙인을 거느리고 導學하던 일층단이 무너졌다.

─────────────
*추연 : 웅덩이.

일층단별로 모아 노구밥*을 정결히 담아 놓고 부인은 단하에 跪座*하고 주부는 단상에 궤좌하여 분향 후 축문을 내어 玉聲*으로 축수할 제, 그 축문에 하였으되,

「維歲次* 갑자년 갑자월 갑자일에 대명국 동성문 내에 거하는 유심은 형산 신령전에 비나이다. 오호라 大明 太祖 創國功臣之孫이라 선대의 공덕으로 부귀를 겸전하고 일신이 無恙*하나 年光*이 반이 넘도록 일점 혈육이 없었으니 사후 백골인들 뉘라서 掩土*하며 선영 향화를 뉘라서 奉祀하리오. 인간에 죄인이요 지하에 악귀로다. 이러한 일을 생각하니 원한이 만심이라, 이러한 고로 더러운 정성을 신령전에 발원하오니 황천은 감동하와 자식 하나 점지하옵소서.」

빌기를 다함에 지성이면 감천이라 황천인들 무심할까. 단상의 오색구름이 사면에 옹위하고 산중에 백발 신령이 일절히 하강하여 정결케 지은 제물 모두 다 흠향한다. 길조가 여차하니 貴子가 없을소냐.

빌기를 다한 후에 만심 苦待하던 차에 일일은 한 꿈을 얻으니, 천상으로서 五雲이 영롱하고 일원 선관이 靑龍을 타고 내려와 말하되,

「나는 청룡을 차지한 선관이더니 翼星*이 無道*한 고로 상제께 아뢰되 익성을 치죄하여 다른 방으로 귀양을 보

---

* 노구밥 : 노구솥의 밥.
* 궤좌 : 꿇어앉다.
* 옥성 : 옥과 같이 고운 음성.
* 유세차 : 축문(祝文)이나 제문(祭文)의 첫머리에 나오는 말로서 「해의 차례」라는 뜻임.
* 무양 : 병이나 걱정이 없음.
* 연광 : 나이, 세월.
* 엄토 : 흙으로 가리어 덮음. 곧 매장함.
* 익성 : 이십팔수(二十八宿) 가운데의 한 별. 여기서는 천상(天上)의 성관(星官)을 뜻하고 있음.
* 무도 : 도의심(道義心)이 없음. 인도(人道)에 벗어나서 무지함.

냈더니 익성이 이걸로 함심하야 白玉樓 잔치시에 익성
과 대전한 후로 상제전에 득죄하야 인간에 내치심에 갈
바를 모르더니 남악산 신령들이 부인 댁으로 지시하기
로 왔사오니 부인은 愛恤*하옵소서.」
하고 타고 온 청룡을 五雲間에 放送하며 왈,
　「일후 風塵*중에 너를 다시 찾으리라.」
하고 부인 품에 달려들거늘 놀라 깨달으니 일장춘몽 황
홀하다.

　정신을 진정하여 주부를 請入하야 몽사를 説話한데 주
부 즐거운 마음 비할 데 없어 부인을 위로하여 춘정을 부
쳐 두고 생남하기를 만심 고대하더니 과연 그 달부터 태
기 있어 十朔이 찬 연후에 옥동자를 탄생할 제, 방 안에 香
臭 있고 문밖에 서기가 뻗질러 生光은 満地하고 瑞彩*는
충천한 중에 일원 선녀 오운중에 내려와 부인 앞에 궤좌
하여 白玉床에 놓인 과실을 부인께 주며 하는 말이,
　「소녀는 천상 선녀옵더니 금일 상제 분부하시되 紫微
垣* 장성이 남경 유심의 집에 還生하였으니 네 바삐 내
려가 산모를 구완하고 유아를 잘 거두라 하시기로 백
옥병의 香湯水*를 부어 동자를 씻기시면 백병이 소멸하
고 琉璃帒*에 있는 과실 산모가 잡수시면 명이 長生不
死하오리다.」
부인이 그 말을 듣고 유리대에 있는 과실 세 개를　모

＊애휼 : 사랑하고 불쌍히 여김.
＊풍진 : 바람에 날리는 티끌. 세상의 속된 일.
＊서채 : 상서로운 빛깔.
＊자미원 : 옛날 중국 천문학(天文學)에서 하늘을 삼원 이십팔수(三垣二十八
　　　　宿)로 나눈 가운데 태미원(太微垣), 천시원(天市垣)과 더불어 삼
　　　　원의 하나인 성좌(星座). 북극(北極)에 있어 소웅좌(小熊座)를 중
　　　　심으로 한 170여 개의 별로 이루어졌는데, 천제(天帝)가 거처하는
　　　　곳이라고 일러져 내려옴.
＊향탕수 : 염습(殮襲)할 때에 송장을 씻기 위하여 향을 넣어서 달인 물.
＊유리대 : 유리로 만든 주머니.

두 쥐니 선녀 여쭈오되,

「이 과실 세 개 중에 한 개는 부인이 잡수시고 또 하나
는 공자를 먹일 것이요, 또 한 개는 일후에 주부가 잡
수실 것이니 다 각기 임자를 옥황께옵서 점지하신 과
실을 다 어찌 잡수시리까.」

향탕수를 부어 한 개를 잡순 후에 옥동자를 彩衾*^{채금} 속에
뉘어 놓고 부인께 하직하고 오운 속에 싸이어 가니 반공
에 어렸던 서기 떠나지 아니하더라.

부인이 선녀를 보낸 후에 일어 앉으니 정신이 상쾌하
고 淸秀*한 기운이 전일보다 배나 더하더라.

주부를 청입하여 아기를 보이며 선녀의 하던 말을 낱
낱이 고하니 주부 공중을 향하여 옥황께 사례하고 아기
를 살펴보니 웅장하고 기이하다. 天庭*이 廣闊하고 地角*
이 方圓하야 初生* 같은 두 눈썹은 강산 정기 쐬었고 명
월 같은 앞가슴은 천지 조화 품었으며, 丹山의 鳳의 눈
은 두 귀 밑을 돌아보고 칠성에 싸인 종학 隆準龍眼* 번
듯하다. 북두칠성 맑은 별은 두 팔뚝에 박혀 있고 뚜렷
한 대장성이 앞가슴에 박혔으며, 三台星* 정신별이 背上*
에 떠 있는데 주홍으로 새겼으되「대명국 대사마 대원
수」라 은은히 박혔으니 웅장하고 기이함은 만고에 제일
이요 천추에 하나로다.

---

*채금 : 채색이 있는 이불.
*청수 : 얼굴이 깨끗하고 준수함.
*천정 : 양미간 또는 이마를 상서(相書)에서 이르는 말.
*지각 : 얼굴의 바탕.
*초생 : 초승달.
*융준용안 : 잘생긴 얼굴을 일컫는 말. 한 고조(漢高祖)의 얼굴을 융준용안
        이라고 했다 함.
*삼태성 : 대웅 성좌(大熊星座) 중에서 자미성(紫微星)을 지키는 별. 상태
        성(上台星) 두 개, 중태성(中台星) 두 개, 하태성(下台星) 두 개로
        됨.
*배상 : 등 위.

주부 기운이 쇄락하야 부인을 돌아보아 왈,

「이 아이 相을 보니 天人謫降* 적실하고 만고 영웅 분명하며 전일 황상께옵서 도읍을 옮기고져 하여 창해국 사신 임 경천더러 물으시니 임 경천이 아뢰기를 北斗精氣는 남경에 하강하고 자미원 대장성이 황성에 떨어졌으니 미구에 신기한 영웅이 나리라 하더니 이 아이가 적실하니 어찌 아니 즐거우리까. 오래지 아니하여 대장 節鉞*을 腰下*에 橫帶하고 상장군 印綬*를 錦囊에 넌짓 넣고 부귀 영화는 선영에 빛내고 猛氣英風*은 사해에 진동할 제 뉘 아니 칭찬하리오. 산신의 깊은 은덕 사후에도 難忘이요 백골인들 잊을소냐.」

이름은 충렬이라 하고 자는 성학이라 하다.

세월이 如流하여 칠세에 당함에 골격은 청수하고 총명은 拔萃*하여 필법은 王羲之*오, 문장은 李太白*이며 武藝將略은 孫과 吳*에 지내더라. 천문 지리는 흉중에 갈마두고,* 국가 흥망은 장중에 매였으니 말 달리기와 用劍之術은 천신도 당치 못할레라.

오호라, 시운이 불행하고 造物이 시기한지 유주부 世代 부귀 지극하더니, 사람이 興盡悲來가 미쳤으니 어찌 피할 가망이 있을소냐.

---

* 천인적강 : 천상(天上)의 사람이 인간계(人間界)에 귀양 옴.
* 절월 : 이조 때 관찰사(觀察使), 병사(兵使) 수사(水使) 대장(大將) 등이 왕에게 받아 차던 수기(手旗)와 도끼 모양의 것으로 생살권(生殺權)을 상징함.
* 요하 : 허리 아래.
* 인수 : 옛날 관인(官印)의 꼭지에 단 끈.
* 맹기영풍 : 용맹한 기운과 영웅스러운 풍모(風貌).
* 발췌 : 원문(原文)에는 「발체」. 여럿 속에서 훨씬 뛰어나다는 말.
* 왕희지 : 진대(晉代)의 명필(名筆). 회계인(會稽人). 자(字)는 일소(逸少).
* 이태백 : 성당시(盛唐時)의 시인(時人). 명(名)은 백(白), 태백은 자(字). 호(號)는 청련거사(青蓮居士), 시선(詩仙)으로 일컬어짐.
* 손오 : 중국 춘추시대 제(齊)나라의 병법가 손무(孫武)와 전국시대 왜(魏)의 병법가 오기(吳起)를 함께 일컫는 말.
* 갈마두고 : 갈무리하다, 즉 모아두다.

44

유주부는 遭讒謫所*하고
장부인은 避禍逢水賊*하다.

각설, 이때에 조정에 두 신하 있으되 하나는 도총대장 정 한담이요, 또 하나는 병부상서 최 일귀라. 본디 天上翼星으로 자미원 대장성과 백옥루 잔치에서 대전한 죄로 상제께 득죄하여 인간에 적강하여 대명국 황제의 신하 되었는지라. 본시 天上之人으로 지략이 유여하고 술법이 신묘한 중에 금산사 옥관도사를 데려다가 별당에 거처하고 술법을 배웠으니 萬夫不當之勇*이 있고 백만군중 大將之才라, 벼슬이 일품이요 포악이 무쌍이라. 만민의 생사는 장중에 매여 있고, 일국의 권세는 손 끝에 달렸으니, 楚懷王*의 項藉*이요, 唐明皇*의 安祿山*이라. 일생 마음이 천자를 圖謀*코자 하되 다만 정언 주부의 直諫*을 꺼려하고 또한 퇴재상 강 회주의 상소를 꺼려 중지한 지 오래더니 영종황제 즉위초에 열국제왕들이 각각 사신을 보내어 조공을 바치되 오직 吐蕃과 가달이 강포만 믿고 천자를 능멸히 하여 조공을 바치지 아니하거늘 한담과 일귀

---

*조참적소 : 참소를 만나 귀양 감.
*피화봉수적 : 화를 피하다가 수적을 만남.
*만부부당지용 : 만 사람이 당할 수 없는 용맹.
*초회왕 : 전국시대(戰國時代)의 굴원(屈原)이 사환(仕宦)하던 회왕(懷王)의 손자(孫子). 항우(項羽)가 의제(義帝)의 칭호(稱號)를 바쳤으나 뒤에 항우에게 핍박을 받다가 죽음.
*항적 : 항우(項羽). 진말(秦末) 초(楚)의 패왕(霸王).
*당명황 : 당현종(唐玄宗)때의 양귀비(楊貴妃)에게 심혹 되어서 결국은 안녹산(安祿山)의 난(亂)을 만남.
*안녹산 : 당현종시(唐玄宗時) 무장(武將)으로 양귀비의 양아(養兒)로 허가되어 현종의 총애를 받아 하동절도사(河東節度使)가 되자 반란을 일으켜 낙양(洛陽)을 공략(攻略)하고 웅무황제(雄武皇帝)라고 칭하였으나 그 아들 경서(慶緖) 및 이저아(李豬兒)에게 살해됨.
*도모 : 어떤 일을 이룩하기 위하여 꾀를 씀.
*직간 : 곧게 간(諫)함.

두 사람이 이때를 타서 천자께 여쭈오되,

「폐하 즉위하신 후에 德被萬民*하고 威振四海*하며 열국제신이 다 조공을 바치되 오직 토번과 가달이 강포만 믿고 천명을 거스리니 신 등이 비록 재주 없사오나 南敵을 항복받아 충신으로 돌아오면 폐하의 위엄이 남방에 가득하고 소신의 공명은 후세에 전하리니 伏願 황상은 깊이 생각하옵소서.」

천자 매일 남적이 강성함을 근심하더니 이 말을 듣고 大喜 왈,

「경의 마음대로 기병하라.」

하시니라.

이때, 유주부 朝會하고 나오다가 이 말을 듣고 榻前*에 들어가 伏地 주왈,

「듣사오니 폐하께옵서 남적을 치라 하시기로 기병하신단 말씀이 옳으니이까.」

천자 왈,

「한담의 말이 여차여차하기로 그런 일이 있노라.」

주부 여쭈오되,

「폐하 어찌 망령되게 허락하였읍니까. 왕실은 미약하고 외적은 강성하니 이는 자는 범을 찌름 같고 드는* 토끼를 놓침이라. 한낱 새알이 千斤之重*을 견디리까. 가련한 백성 목숨 백리사장 고혼 되면 근들 아니 積惡*이오. 복원 황상은 기병치 마옵소서.」

---

*덕피만민 : 은덕이 모든 백성에게 베풀어짐.
*위진사해 : 위엄이 온 세계에 떨침.
*탑전 : 임금의 자리 앞.
*드는 : 《세창본(世昌本)》에는 〈닷는〉으로 되어 있음. 문맥상의 의미로 보아 「들어오는」의 뜻으로 보임.
*천근지중 : 천근의 무게.
*적악 : 못된 짓만 하여 죄악을 쌓음.

천자 그 말을 들으시고 狐疑萬端하던 차에 한담과 일
귀 일시에 合奏하되,

「유심의 말을 듣사오니 殺之無惜*이요 誤國 간신 동류
로소이다. 대국을 저버리고 도적놈만 칭찬하여 개미
무리를 대국에 비하고, 한낱 새알을 폐하에게 비하니
일대에 간신이요 만고에 역적이라. 신 등은 저어하건대*
유심의 말이 가달을 못 치게 하니 가달과 동심하여 내
응이 된 듯하니 유심을 先斬하고 가달을 치사이다.」

천자 허락하다.

한림학사 왕 공열이 유심 죽인단 말을 듣고 복지 주왈,

「주부 유심은 선황제 개국공신 유기의 손이라. 위인이
정직하고 일심이 忠全하오니 남적을 치지 말잔 말이 사
리 당연하옵거늘 그 말을 죄라 하와 충신을 죽이시면,
태조 황제 사당 안에 유상공 配享하였으니 춘추로 行
祀*할 때에 무슨 면목으로 뵈오며, 유심을 죽이면 직간
할 신하 없사올 것이니 皇上은 생각하와 죄를 용서하
옵소서.」

천자 이 말 듣고 한담을 돌아보니 한담이 여쭈오되,

「유심을 죄하실진대 萬死無惜이오나 공신의 후예오니
죄목대로 다 못하오나 定配*나 하사이다.」

천자 「옳다」 하시고,

「황성 밖에 遠竄하라.」

하시니 한담이 聽令하고 승상부 높이 앉아 유심을 잡아
내어 數罪*하는 말이,

---

*살지무석 : 죽여도 아깝지 않음.
*저어하다 : 꺼리어하다.
*행사 : 제사를 지냄.
*정배 : 귀양 보냄.
*수죄 : 죄목을 따짐.

「너의 죄를 논지컨대 先斬後啓 당연하나 국은이 망극

하사 네 목숨을 살려 주니 일후는 그런 말을 말라.」

하고 燕北으로 정배하여,

「어서 바삐 발행하라. 만일 잔말하다가는 능지처참하

리라.」

주부 이 말을 들음에 분심이 撐天하여 양구에 하는 말

이,

「내 무슨 죄 있건대 연북으로 간단말가. 王莽*이 섭정

함에 漢室이 미약하고 董卓*이 作亂하니 충신이 다 죽

겠다. 나 죽은 후에 내 눈을 빼어 동문에 높이 달아 가

달국 적장 손에 네 머리 떨어지는 줄 완연히 보리라.

지하에 돌아가되 伍子胥의 忠魂이 부끄럽게 말라.」

한담이 이 말을 듣고 분심이 창천하여 왈,

「御命이 이러하니 무슨 發明한다.」

하고 궐문에 들어가며 금부도사 재촉하여 유심을 채질하

야 연북으로 가라 하는 소리 성화같이 재촉하니 유주부

하릴없어 謫所로 가려 하고 집으로 돌아오니 일가가 망

극하야 곡성이 진동하더라.

주부 충렬의 손을 잡고 부인더러 하는 말이,

「우리 연광이 반이 넘도록 일개 자녀 없었더니 황천이

감동하사 이 아들을 점지하여 봉황의 짝을 얻어 영화

를 보렸더니, 가운이 소체하고 조물이 시기하여 간신의

참소를 보아 만리 적소로 떠나가니 생사를 아지 못할

지라 어느 날 다시 볼까. 날 같은 인생은 조금도 생각

---

*왕망 : 전한말(前漢末) 신(新)의 임금. 한(漢)의 애제(哀帝)를 물리치고 평
　　제(平帝)를 독살하여 스스로 가제(假帝)라 부르고 나라를 신(新)이라
　　고 하였음. 후한(後漢)의 광무제(光武帝)에게 멸망되었음.
*동탁 : 후한의 정치가. 영제(靈帝)가 죽은 뒤 소제(小帝)를 폐하고 헌제
　　(獻帝)를 세움. 하태후(何太后)를 죽임.

말고 이 자식을 길러내어 후사를 받들게 하면 황천에 돌아가도 눈을 감고 갈 것이요, 부인의 깊은 은덕 후세에 갚으리다.」

하고 충렬을 붙들고 슬피 울며 하는 말이,

「네 아비 무슨 죄로 만리 연경에 가단말인가. 너를 두고 가는 설움 단산에 나는 봉황 알을 두고 가는 듯, 북해 黑龍(흑룡)이 如意珠(여의주)를 버리고 가는 듯 痛迫(통박)*하고 설운 원정 一口(일구)로 難說(난설)이라. 생각하니 기가 막혀 말할 길이 전혀 없고 일시나 잊자 하니 가슴에 맺힌 한이 죽은들 잊을소냐. 너의 아비 생각 말고 너의 모친을 모셔 무사히 지내며, 봄풀이 푸르거든 부자 상면한 줄 알고 있으라.」

하며 방성통곡하며 竹刀(죽도)*를 끌러 충렬을 채우면서,

「구천에 상봉한들 부자 信標(신표) 없을소냐. 이 칼을 잃지 말고 부디 간수하여 두라.」

처자를 이별하고 행장을 바삐 차려 문 밖에 나오니 정신이 아득하고, 한 번 걷고 두 번 걸어 열 걸음 백 걸음에 九曲肝腸(구곡간장)* 다 녹으며 일편단심 다 녹겠다. 성중에 보는 사람 뉘 아니 落淚(낙루)하며 강산 초목이 다 슬퍼한다.

동성문 나서면서 연경을 바라보며 領車使(영거사)*를 따라갈 제, 삼일을 행한 후에 청송령을 지나서 옥해관을 당도하니 이때는 추팔월 망간이라. 한풍은 소슬하고 낙목은 소소한데 庭前(정전)에 국화꽃은 秋九愁心(추구추심)* 떠어 있고 碧空(벽공)에 걸린 달은 삼경야회 돋우는데 객창 寒燈(한등)* 깊은 밤에 촉불로 벗

---

*통박 : 원통하고 박절함.
*죽도 : 대로 만든 조그만 칼로서 노리개로 차던 물건.
*구곡간장 : 굽이굽이 깊이 든 마음 속.
*영거사 : 인솔하여 가는 관리.
*추구추심 : 추구월(秋九月)의 쓸쓸한 마음을 뜻하는 말.《세창본(世昌本)》에는 〈축객수심〉으로 되어 있음.
*한등 : 여관방의 쓸쓸한 등불.

을 삼아 객침 베고 누웠으니 타향의 가을소리 손의 수심
다 녹인다. 공산에 우는 두견성은 귀촉도 불여귀를 일
삼고 청천에 뜬 기러기는 한창 밖에 슬피 울 제, 行役^{행 역}이
곤한들 잠잘 가망 전혀 없어 그 밤을 지낸 후에 이튿날
길을 떠나 소강상을 바삐 건너 汨羅水^{멱 라 수}를 다다르니 이 땅
은 초회황제 만고 충신 屈三閭^{굴 삼 려}* 간신의 패를 보고 澤畔^{택 반}에
葬死^{장 사}하니 후인이 비감하여 회사정을 높이 짓고 조문 지어
쓰되,

　「일월같이 빛난 충혼 만고에 빛나 있고 금석같이 굳은
　　절개 천추에 밝았으니, 이 땅에 지나는 사람 뉘 아니 감
　　심하리.」

이렇듯이 슬픈 일을 현판에 붙였거늘 유주부 글을 보니
충심이 직발하야 행장에 필묵을 내어 들고 회사정 東壁^{동 벽}
上^상에 대자로 쓰기를,

　「대명국 유심은 간신 정 한담과 최 일귀 참소를 만나
　　연경으로 謫去^{적 거}하더니, 일월같이 밝은 마음 辯白^{변 백}할 길 전
　　혀 없고 빙설같이 맑은 절개 뵈일 곳이 바이없어 멱라
　　수에 지내다가 굴삼려의 충혼 만나 물에 빠져 죽으니
　　라.」

쓰기를 다한 후에 물가에 내려가서 하늘께 축수하고 일
성 통곡에 옷자락으로 눈을 가리고 만경창파 깊은 물에
훨썩 뛰어드니, 이때에 영거하던 사신이 이를 보고 顚^전
之倒之^{지 도 지} 달려들어 손을 잡고 말려 왈,

　「충성은 천신도 알 것이라. 그대의 罪案^{죄 안}은 천자에게 매
　　였으니, 명을 받아 적소로 가옵다가 이곳에 죽사오면
　　나도 또한 죽을 것이요, 그대 적소를 버리고 죽사오면

─────────
*굴삼려 : 전국시대 초회왕의 충신이며 문학가인 굴원(屈原).

무죄함은 천하의 아는 바라. 천행으로 천자 감심하사 쉬이 방송할 줄 모르고 죽어서 충혼이 될지라도 살음만 같을소냐.」

한사하고 만류하여 백사장에 들어내니 유주부 하릴없어 회사정을 지나서 황주에 다다르니 西湖가 여기로다. 송나라 망국시에 일품 대신들이 국사를 돌보지 아니하고 풍악만 일삼아 日日長醉하는고로 서호의 고운 태도 西施에게 비하였으니* 어찌 아니 망극하랴. 그 땅을 지나서 이삼삭 만에 연경에 당한지라. 유주부 자사에게 예사한대 자사 본 후에 주부를 인도하여 객실로 전송하니 주부 물러나와 적소로 들어가니, 이때는 동절이라. 연경은 본디 極寒之地라 三丈白雪 쌓여 있고, 퇴락한 객실 방에 냉풍은 소슬하고 백설은 분분하여 인적이 끊어지니 불쌍하고 苦狀함은 측량치 못할레라.

각설이라, 이때에 정 한담 최 일귀가 유주부를 讒訴하여 적소로 보낸 후에 마음이 교만하야 별당으로 들어가 옥관 도사를 보고 천자를 도모할 묘책을 물은데 도사 문 밖에 나와 天氣를 자세히 보고 들어와 하는 말이,

「이 사이 밤마다 살피온즉 두려운 일이 황성에 있나이다.」

한데, 한담이 문왈,

「두려운 일이라 하오니 무슨 일이 있나이까.」

도사 왈,

「천상에 삼태성이 황성에 비쳤으되 그 중에 유심의 집에 비쳤으니, 유심은 비록 연경에 갔으나 신기한 영웅

---

* 서호의~비하였으니 : 소식(蘇軾)의 《음호상초청후음(飮胡上初晴後陰)》 시에 〈약파서호비서자 담장농말총상의(若把西湖比西子 淡粧濃沫總相宜)〉라는 구절이 있음.

이 황성내에 살았으니 그대 도모할 일이 어려울 듯하노라.」

한담이 이 말을 듣고 외당에 나와 도사 하던 말을 일귀더러 하니 일귀 대왈,

「도사의 신기함은 천신에게 지내나니 신기한 영웅이 황성내에 있다 하니 진실로 마음에 황공하여이다.」

한담이 왈,

「내 생각하니 유심이 연만하되 자식이 없는고로 수년 전에 衡山(형산)에 山祭(산제)하여 자식을 얻었다 하더니, 도사의 말씀이 황성에 있다 하니 의심하건대 유심의 아들인가 하노라.」

일귀 왈,

「적실히 그러하면 유심의 집을 함몰하여 후환이 없게 함이 옳을까 하노라.」

한데 한담이 「옳다」 하고 그 날 삼경에 가만히 승상부에 나와 나졸 십여 명을 차출하여 유심의 집을 둘러싸고 화약 염초를 갖추어 그 집 사방에 묻어 놓고 화심에 불붙여 일시에 불을 놓으라고 약속을 정하니라.

이때에 장부인이 유주부를 이별하고 충렬을 데리고 한숨으로 세월을 보내더니, 이날 밤 삼경에 홀연히 곤하여 침석에 졸더니 어떠한 한 노인이 紅扇(홍선) 一柄(일병)을 가지고 와서 부인을 주며 왈,

「이날 밤 삼경에 대변이 있을 것이니 이 부채를 가졌다가 화광이 일어나거든 부채를 흔들면서 후원 담장 밑에 은신하였다가 충렬만 데리고 인적이 끊친 후에 南天(남천)을 바라보고 갓없이 도망하라. 만일 그렇지 아니하면 옥황께서 주신 아들 화광 중에 고혼이 되리라.」

하고 문득 간 데 없거늘 놀라 깨어 보니 南柯一夢이라. 충
렬이 잠이 깊이 들어 있고 과연 홍선 한 자루 금침 위에
놓였거늘 부채를 손에 들고 충렬을 깨워 앉히고 耿耿不
寐하던 차에, 삼경을 당하매 일진광풍이 일어나며 난데
없는 천불이 사면으로 일어나니 웅장한 高樓巨閣이 紅爐
點雪 되어 있고 전후에 쌓인 세간 추풍낙엽 되었도다.

부인이 창황 중에 충렬의 손을 잡고 홍선을 흔들면서
담장 밑에 은신하니 화광이 충천하고 灰燼滿地하니 丘山
같이 쌓인 기물 화광에 소멸하였으니 어찌 아니 망극하랴.

사경을 당하매 인적이 고요하고 다만 중문 밖에 두 군
사 지키거늘 문으로 못 가고 담장 밑에 배회하더니, 창난
한 달 빛 속으로 두루 살펴보니 중중한 담장 안에 나갈
길이 없었으니, 다만 물 가는 수채 구멍이 보이거늘, 충
렬의 옷을 잡고 그 구멍에다가 머리를 넣고 복지하여 나
올 제, 겹겹이 싸인 담장 수채로 다 지나 중문 밖에 나
섰으니 충렬이며 부인의 몸이 모진 돌에 긁히어서 백옥
같은 몸에 유혈이 낭자하고 월색같이 고운 얼굴 진흙 빛
이 되었으니 불쌍하고 가련함은 천지도 슬퍼하고 강산도
비감한다.

충렬을 앞에 안고 사잇길로 나오며 남천을 바라고 갓
없이 도망할 제 한 곳에 다다르니, 옆에 큰 뫼가 있으되
높기는 만장이나 하고 봉우리의 오색 구름 사면에 어리었
거늘 자세히 보니 이 뫼는 天祭하던 南岳衡山이라. 전일
보던 얼굴이 부인을 보고 반기는 듯 뚜렷한 天祭堂이 완
연히 뵈이거늘, 부인이 悲懷를 금치 못하여 충렬을 붙들
고 방성통곡하는 말이,

「너 이 뫼를 아난다. 칠년 전에 이 산에 와서 산제하

고 너를 낳았더니 이 지경이 되었으니 너의 부친은 어데 가고 이런 변을 모르는고. 이 산을 보니 네 부친 본 듯하다. 통곡하고 싶은 마음 어찌 다 측량하리.」

충렬이 그 말 듣고 부인의 손을 잡고 울며 왈,

「이 산에 산제하고 나를 낳았단 말인가. 적실히 그러하면 산신은 이러한 연유를 알건마는 산신도 무정하네.」

부인이 이 말을 듣고 목이 메어 말을 못하거늘 충렬이 위로한데 이윽히 진정하여 충렬을 앞세우고 변양수를 건너서 회수 가에 다다르니 날이 이미 서산에 걸려 있고 遠村에 저녁 내 나고 淸江에 놀던 물새는 楊柳 속에 날아들고 청천에 뜬 가마귀 夕雲간에 울어들 제, 해상을 바라보니 遠浦에 가는 돛대 저문 안개 떠어 있고 강촌에 漁笛소리 細雨 중에 흩날렸다.

슬픈 마음 진정하고 충렬의 손을 잡고 물가에 배회하되 건너갈 배 전혀 없어 하늘을 우러러 탄식을 마지 아니하더라.

이때에 정 한담 최 일귀 유심의 집에다가 불을 놓고 사이로 엿보더니 일진 광풍에 화광이 일어나며 웅장한 고루 거각에 일편 재물 없었으니, 그 안에 든 사람 씨도 없이 다 죽겠다 하고 별당에 들어가 도사를 보고 다시 물어 가로되,

「전일에 우리 등이 대사를 이루고자 하더니 선생의 말씀이 영웅이 있다 하고 근심하더니 이제도 그러한지 다시 망기하옵소서.」

도사 밖에 나와 천기를 살펴보고 방으로 들어와 하는 말이,

「이제는 삼태성이 황성을 떠나 변양 회수에 비췄으니

그 일이 수상한지라. 내 생각하니 유심의 家眷(가권)이 적소를 찾으랴 하고 회수 가에 갔는가 싶으노라.」

한담이 이 말 듣고 안마음에 생각하되 화광이 그렇게 嚴壯(엄장)하니 일정 소멸하여 죽었다 하였더니, 일정 영웅이면 벗어남이 괴이치 아니하다 하고 외당에 나와 날랜 군사 다섯 명을 속출하여 분부하되,

「너희 등이 바삐 이 밤에 변양 회수 가에 다다라 나의 전갈로 분부하되 今明日間(금명일간) 어떠한 여인이 어린 아이를 데리고 물을 건너려 하거든 즉시 결박하여 물에 넣으라. 만일 그렇지 아니하면 회수의 사공과 너희 등을 낱낱이 죽이리라.」

한대 나졸이 大驚(대경)하여 회수에 나는 듯이 달려오니 과연 물가에 人跡(인적)이 있어 여인의 울음소리 들리거늘 사공을 불러내어 한담의 하던 말을 낱낱이 고하니 사공이 대경하여 대왈,

「감히 대감의 영을 죽사온들 피하오리까.」

하고 소선 일척을 대이고 苦待(고대)하더라.

부인이 충렬을 데리고 건널 배 없어 물가에 주저하던 차에 난데없는 일척 小船(소선)이 떠오며 부인을 청하거늘, 그 간계를 모르고 충렬을 이끌고 배에 올라 중류에 당함에 일진광풍이 일어나며 양돛대 선창에 자빠지고 난데없는 적선이 달려들어 부인을 잡아매고 무수한 적군들이 사면으로 달려들어 부인을 결박하여 적선에 추켜 달고 충렬을 물 가운데 내던지니, 가련하다 유주부 千金貴子(천금귀자) 백사장 세우중에 無主孤魂(무주고혼) 되겠구나. 만경창파 깊은 물에 풍랑이 일어나니 일점혈육 충렬의 백골인들 찾을소냐, 육신인들 건질소냐. 월색은 창망하고 愁雲(수운)은 寂寞(적막)하여 冥冥(명명)한

구름 속에 江神(강신)이 우는 소리 강산도 슬퍼하고 천신도 비감커든 하물며 사람이야 일러 무엇하랴.

이때에 장부인이 도적에게 결박하여 배 안에 꺼꾸러져 충렬을 찾은들 수중에 빠졌거든 대답할 수 있을소냐. 한 번 불러 대답 않고 두 번 불러 소리 없으니 천만번을 남부른들 소리 점점 없어지고 사면에 있는 것이 흉악한 도적놈이 또한 노를 바삐 저어 부인을 재촉하여 소리 말고 가자 하니 부인이 망극하여 물에 빠져 죽고자 한들 큼직한 배닻줄로 연약한 가는 몸을 사면으로 얽었으니 빠질 길이 전혀 없고 結項(결항)하여 죽자 한들 섬섬한 수족을 빈틈없이 결박하였으니 결항할 길 전혀 없어 도적의 배에 실려 할일없이 잡혀가니 동방이 밝아오며 또 한 곳에 배를 매고 부인을 잡아내어 마상에 앉히고 말을 채질하여 달려가니 세상에 불쌍한들 이에서 더할소냐.

이때에 회수 사공 마용이라 하는 놈이 三子(삼자)를 두었으되 다 용맹이 과인하고 검술이 신묘한지라. 장자 이름은 마철이요, 일찍 상처하고 아직 娶妻(취처)치 못하였으니 마침 이때를 당하여 장부인의 얼굴을 보고 月態(월태)는 감추었으나 花容(화용)은 늙지 않고 愁色(수색)이 만면하야 골격이 수려하나 아직은 춘색이 그저 있는지라.대체 장부인이 충렬을 낳을 때에 玉皇(옥황)이 선녀로 하여금 천도 한 개 먹였으니 年光(연광)은 반이나 춘색은 불변이라.그런고로 회수 사공놈이 충렬을 물에 넣고 부인은 데려다가 아내를 삼고자 하여 이런 변을 짓더라.

이때에 장부인이 하릴없어 도적의 말에 실려 한 곳에 다다르니 泰山峻嶺(태산준령) 암석을 의지하여 數三家(수삼가) 마을이 있는지라. 石逕(석경) 아래 밝은 날에 草屋(초옥) 속에 들어가니, 큰 굴방이 있으되 사변에 주석으로 싸고 출입하는 문은 철편으로 지어 달고 그 방에 부인을 가두오니 가련하다 장부인이여. 팔자도 무쌍하고 신세도 망칙하다. 數代 장상서 규중 여자로 유씨에게 출가하여 연광이 반이 넘도록 無子女하다가 천행으로 자식 하나 두었더니,만리 연경에 家君 잃고 천리 해상에 자식을 잃었으되 모진 목숨 죽지 못하고 도적놈에게 잡혀 와 이 지경이 되었도다. 紛壁紗窓 어디 두고 도적놈의 토굴방에 앉았으며, 千金 같은 자식 잃고 萬金 같은 가군 이별하고 나 혼자 살아나서 구천에 돌아간들 유주부를 어찌 보며 인간에 살아 있은들 도적놈을 어찌 볼꼬. 무수히 통곡하니 기운이 盡하여 토굴 속에 누웠더니, 婢子 한 년이 夕飯을 차려 왔거늘 기진하여 먹지 못하고 도로 보내니 또한 가지고 와서 미음을 먹기를 권하니 부인 안마음에 생각하되 내 아들 충렬은 천신이 감동하고 신령이 도운 바라. 일후에 응당 귀히 될 것이니 내 이제 연경으로 가서 주부를 데리고 충렬을 볼진대 인제 죽으면 후회가 있으리라 하고 强作하여 일어앉아 미음을 마시니 비자 반겨 賊將에게 고한대, 도적이 대희하여 그날 밤에 토굴방에 들어가 禮하고 앉으며 왈,
「부인은 이러한 陋地에 와 나 같은 이를 섬기고져 하니 진실로 감격하오이다.」
부인이 그 말을 들으매 분심이 撑天하나 신세를 생각하니 연연 弱質이 함정에 든 범 같은고로 하릴없어 거짓 답왈,
「팔자 기박하여 수중에 죽게 되었더니 그대 나 같은 殘命을 구완하여 百年同居하고자 하니 감격하온 말씀 어찌 다 측량하리오마는 다만 미안한 일이 있으니 금월

초삼일은 나의 부친 忌日^{기 일}이라. 아무리 여자라도 부친의 제삿날 당하여 어찌 吉禮^{길 례}를 지내오며 또한 백년을 偕老^{해 로}할진대 어찌 기일을 가리지 아니하리오.」

도적이 그 말을 듣고 즐거운 마음 측량치 못하여 정답게 하는 말이,

「진실로 그러할진대 장인의 제삿날에 사원들 어찌 아니 정성을 하리오.」

하고,

「제물을 극진히 장만할 것이니 부디 염려 말고 안심하옵소서.」

부인이 치사하고 조금도 의심치 아니하고 반겨하니 도적이 감사하여 但無他意^{단 무 타 의}하고 안으로 들어가며 비자를 보내어 부인을 모시라 하니, 비자 들어와 곁에 누워 잠을 깊이 들어 인적이 고요하거늘, 부인이 그날 밤 삼경에 도망하여 나오더니 방에 자는 비자년이 문득 잠을 깨어 만져 보니 부인이 간 데 없고 중문이 열렸거늘 부인을 부르며 쫓아오거늘 부인이 대경하여 거짓 앉아 뒤보는 체하고 비자를 꾸짖어 왈,

「연일 고생하여 목이 마르기로 냉수를 많이 먹었더니 배가 불안하여 나와 뒤를 보거늘 네 이런 잔말을 하여 집안을 놀래느냐.」

비자 無聊^{무 료}하여 방으로 들어가고 부인도 속절없이 방으로 들어가 자더니, 그 밤을 지내매 이튿날 賊漢^{적 한}이 부인의 말에 속아 노속을 데리고 제물을 장만하거늘, 부인이 목욕하고 방으로 들어와 사면을 살펴보니 동벽상 위에 무엇이 놓였거늘 떼어 보니 기묘한 것이로다. 非木非石^{비 목 비 석}이요 非玉非金^{비 옥 비 금}이라. 광채 찬란하여 일광을 가리우고 暈色^{운 색}이

휘황하여 안채에 쏘이는 중의 天地造化^{천지조화}를 모모이 갈마 있고 강산정기는 복판마다 새겼으니 고금에 못 보던 玉函^{옥함}이라 龍宮造化^{용궁조화} 아니면 천신의 수품이라. 전면을 살펴보니 黃金大字^{황금대자}로 뚜렷이 새겼으되「大明國 都元帥^{대명국 도원수} 유 충렬은 開坼^{개탁}이라」하였거늘 부인이 옥함 보고 대경 실색하여 마음에 생각하되,

「세상의 동성 동명이 또 있단말가. 진실로 내 아들 충렬의 器物^{기물}일진대 어찌 이곳에 있는고.」

하며,

「충렬아, 너의 옥함은 여기 있다마는 너는 어디 가고 너의 기물을 모르느냐.」

옥함을 고쳐 싸서 그곳에 놓고 밤 들기를 기다리더니, 밤이 당하매 적한이 재물을 많이 장만하여 부인의 방에 들여왔거늘 부인이 받아 차차로 陳設^{진설}하였다가 子夜半^{자야반}을 지내매 제사를 파하고 飮服^{음복}한 후에 각각 잠을 잘새, 적한이며 노속 등이며 종일토록 곤하기로 家眷^{가권}이 다 잠이 들었거늘 부인이 옥함을 내어 행장에 깊이 싸 가지고 밖에 나와 北斗七星^{북두칠성}을 바라고 갓없이 도망할 제, 한 곳에 다다르니 날이 이미 밝으며 큰 길이 내닫거늘 행인더러 물은즉 영릉관 대로라 하거늘 주점에 들어가 조반을 걸식하고 종일토록 가되 몇 리를 온지 모르러라.

한 곳에 당도하니 앞에 큰 물이 있고 또한 風浪^{풍랑}은 到天^{도천}하며 창파는 만경이라. 四顧無人跡^{사고무인적}한데 청산만 푸르러 있고 십리 장강 빈 물가에 궂은비는 무슨 일이고. 무심한 저 백구는 사람 보고 놀라는 듯 이리저리 날라갈 제 슬픈 마음 긴 한숨에 피 같은 저 눈물 뚝뚝 떨어져 백사장에 내려지니 모래 위에 붉은 점이 萬點桃花^{만점도화} 핀 듯하고

무정한 저 물새는 春^춘國^국인가 날아들고 有^유意^의한 淸^청江^강聲^성은 속절없이 목 맺히니 어찌 아니 한심하리.

부인이 종일토록 行^행役^역에 기운이 곤하여 인가를 찾아가 밤을 지새고져 하나 배 없어 물가에 주저하더니, 이때에 서산에 日^일暮^모하고 한수에 명생하니 진퇴유곡이라 하릴없어 물가에 찾아가니 그 길이 끊어지지 아니하고 산곡 사이로 연하여 있거늘, 길을 잃지 아니하고 점점 들어가니 無^무人^인寂^적寞^막한데 다만 들리나니 두견 접동 울음소리와 슬픈 원숭이 소리뿐이로다. 청림을 더위잡아 澗^간水^수를 밟아 가니 창망한 달빛 속에 數^수間^간 초옥이 뵈이거늘 반겨 급히 들어 가니 柴^시門^문에 개 짖으며 한 노구 문 밖에 나오거늘 노구 보고 예를 한데, 노구 답례하고 방으로 들어가자 하니 부인이 들어가 앉으며 살펴보니 사면에 여복이 없고 남복 만 걸려 있고 또한 곁에 방으로서 男^남丁^정소리 나거늘 심신이 불안하여 坐^좌不^불安^안席^석이라. 夕^석飯^반을 먹은 후에 노구할미 문왈,

「그대는 뉘집 부인이관데 어찌 혼자 이곳에 왔나이까.」
부인이 대왈,
「나는 본디 황성 사람으로 친정에 갔다가 海^해上^상에서 水^수賊^적을 만나 명을 도망하여 이곳에 왔나이다.」
노구 이 말 듣고 곁방으로 들어가 자식더러 일러 왈,
「저 여인의 말을 들으니 가장 고이하도다. 수일 전에 들으니 석장동 堂^당姪^질놈이 회수 사공하다가 금월 초에 해 상에서 한 부인을 얻어 백년 동거코자 한다더니 저 여인 의 말을 들으니 수적을 만나 도망하여 왔다 하니 정녕코 당질놈이 얻은 계집이라. 바삐 이 밤 삼경에 석장동을 득달하여 마철을 보고 데려다가 이 계집 잃지 말라.」

한데 노구 자식이 이 말을 듣고 급히 후원에 들어가 말 한 필 내어 타고 바삐 채질하여 나서니 본디 이 말은 千里馬라 순식간에 석장동에 당도하였는지라.

이때에 장부인이 행역에 곤하여 노구 방에 잠이 깊이 들었더니 非夢間에 한 노옹이 偃然히 들어와 부인 곁에 앉으며 왈,

「今夜에 대변이 날 것이니 부인은 무슨 잠을 자시나이까. 급히 일어나 동산에 올라가 은신하였다가 변이 일어나거든 바삐 물가에 내려가면 一葉瓢舟 물가에 있을 것이니 그 배를 타고 급히 患을 면하라. 만일 그렇지 아니하면 千金貴體를 安保하기 어려울지라.」

하고 간 데 없거늘 놀라 깨달으니 南柯一夢이라. 급히 일어나 보니 노구도 간 데 없거늘 행장을 옆에 끼고 동산에 올라가 은신하고 동정을 살펴보니 과연 남으로서 一聲放砲소리 나며 화광이 충천한 중에 무수한 도적이 사면으로 에워싸고 한 도적이 함성 왈,

「그 계집이 여기 있느냐.」

하는 소리 山谷이 진동하니 부인이 대경하여 咫尺을 분별치 못하고 顚之倒之 동산을 넘어 물가에 다다르니 四顧無人跡이 적막한데 난데없는 일엽표주 물에 매였으며, 배 가운데 일개 선녀 船艙 밖에 나서며 부인을 재촉하여 배 안에 들라 하니, 부인이 창황 중에 배에 올라 선녀를 보니, 머리 위에 玉蓮花를 꽂고 손에는 鳳尾扇을 들고 青衣紅裳에 白玉佩*를 찼으니 진짓 선녀요, 인간 사람 아니로다. 부인이 황송하여 鞠躬拜禮 왈,

「박명한 천첩을 이다지 구완하니 선녀의 깊은 은덕 어

---

*백옥패 : 흰 옥으로 만든, 수식으로 차는 물건.

찌 다 갚으리까.」

선녀 대왈,

「소녀는 남해 용왕 장녀옵더니 금일에 부왕이 분부하시기를 대명국 유충렬의 모 장부인이 금야에 도적의 변을 볼 것이니 네 바삐 가 구완하라 하시기로 왔사오니 부인의 명은 상제도 아는 바라, 소녀 같은 계집이야 무슨 은혜 있다 하리까.」

부인이 상제께 치하할 제 마지 못하여 도적이 벌써 물가에 다다라 방포일성에 난데없는 화광은 강수가 끓는 듯하고 일척 小船(소선)에 양돛을 높이 달아 살같이 달려드니 부인의 탄 배에서 두어 발 남은지라, 賊船(적선) 중 一員(일원) 도적이 창검을 높이 들고 선창을 두드리며 함성하는 말이,

「네 이년 어디로 가는다. 천신이 아니거든 물속으로 들어갈까. 가지 말고 게 있거라. 나의 호통 한 소리에 나는 새라도 떨어지고 닫는 짐승도 못 가거든 요망한 계집이 어디로 가려 하는다.」

이렇듯이 소리하니 배 가운데 있는 부인의 혼백이 있을소냐. 창황 중에 돌아보니 도적의 배 선창으로 달려드니 부인이 하릴없이 통곡하며 하는 말이,

「무지한 도적놈아, 나는 남경 유주부의 아낼러니 간신의 참소를 만나 이 지경이 되었으나 너의 아내 될 수 있느냐. 차라리 물에 빠져 淸白孤魂(청백고혼) 되리라.」

도적이 이 말 듣고 분심이 탱천하야 창검으로 냅다 칠 제, 부인의 탄 배 거의 잡게 되었더니 난데없는 광풍이 동남으로 일어나며 백사장 쌓인 돌이 風便(풍편)에 흩날려 비 온 듯이 떨어지니, 만경창파 깊은 물이 풍랑이 도도하여 벽력같이 내려지니 강산이 두렵거든 도적놈의 일엽주가

제 어이 견딜소냐. 풍랑 소리 천지가 진동하며 적선의 양
돛대가 부러져 물 가운데 내려지니 천하 項壯士*^{항 장 사}라도 해
상에서 배를 타고 가자 한들 돛대가 없었으니 어디로 가
리오. 적선은 하릴없어 빈 배만 둥둥 뜨고 부인의 일엽
주는 용왕의 표주라 바람 분들 파선할소냐. 汎汎* 중류에
서 높이 떠 살같이 따라갈 제 그 배 앞은 고요하여 창파
는 잔잔하고 월색은 은은한데 옥황이 분부하여 용왕이 주
신 배거든 염려가 있을소냐.

　순식간에 배를 언덕에 대이고 부인을 인도하여 암상에
내린 후, 부인이 정신을 진정하여 무수히 치사하고 행장
을 간수하여 물가로 올라갈 제 기운이 진하여 촌보를 못
갈러라.

　종일토록 가다가 한 곳에 다다르니 산천은 수려하고 지
형은 단정하니, 이 땅은 천덕산 할임동이라. 그곳을 당
도함에 날이 또한 저물거늘 부인이 勞困하여 물가에 쉬
어 앉아 잠깐 졸더니, 전일 現夢하던 노인이 부인을 깨
워 왈,

　「부인은 악이 다 盡하였으니 이 산곡으로 들어가면 자
　연 구할 사람이 있을 것이니 바삐 가라.」

하거늘 놀라 깨어 보니 청산은 울울하고 시내는 잔잔한지
라. 일어나 차차 들어갈 제, 백옥 같은 고운 수족으로 악
한 산곡 길을 발 벗고 들어가니 모진 돌에 채이며, 모진
나무에도 채이며 열 발가락이 하나도 성한 데 없어 유혈
이 낭자하고 일신이 흉측하니 세상이 귀찮은지라. 月態花
容 고운 얼굴 수심이 만면하여 皮骨이 相連*하여 살 마음

*항장사 : 항우와 같은 장사.
*범범 : 배가 유유히 떠가는 모습.
*피골 상련 : 바짝 말라 가죽과 뼈가 서로 닿음.

이 전혀 없어 죽을 마음만 간절하다. 슬피 앉아 우는 말이,

「만리 연경을 가자 하니 연경이 사만 오천 육백리라. 여자의 일신이 千山萬水(천산만수)를 어찌 가며, 몇 날이 못하여서 이러한 변을 당한데 연경으로 가다가는 내 절개 毀節(훼절)*하고 내 목숨 살 수 없겠다. 차라리 이곳에서 죽어 백골이나 고향으로 흘러갈거나. 남은 혼백이라도 황성을 다시 보리라.」

행장을 끌러 옥함을 내어 놓고 비단수건으로 주홍 글자를 새겨 쓰되,

「모년 모월 모일에 대명국 동성문 내에 사는 유충렬 모장씨는 옥함을 내 아들 충렬에게 전하노라. 죽은 혼백이라도 받아 보라.」

字字(자자)이 수건으로 옥함을 매어 물 속에 넣고 대성통곡하며 치마를 덮어쓰고 물에 빠져 죽으려 할 제, 산곡 사이로 어떠한 여인이 동이를 곁에 끼고 금간수에서 물을 긷다가 부인을 보고 급히 내려와 만류하여 암상에 앉히고 문왈,

「부인은 무슨 일로 이러하신고. 내 집으로 가자.」

하거늘 부인이 문득 노인이 현몽하던 말을 생각하고 따라가니 암상 석경 새에 數間茅屋(수간모옥)이 精妙(정묘)*한데 채운이 어리었으니 군자 사는 데요, 신선 있는 곳이로다. 방으로 들어가 보니 葛巾野服(갈건야복)*은 벽상에 걸려 있고 만권 書册(서책)은 案上(안상)에 놓였으니 부인의 마음이 반갑고 안정하여 고생하던 전후 말과 연경을 찾아가다가 중로에서 봉변하던

---

* 훼절 : 절개를 꺾임.
* 정묘 : 정세(精細)하고 묘함.
* 갈건야복 : 갈포(葛布)로 만든 두건(頭巾)과 베옷.

말을 낱낱이 고한데, 주인도 낙루하고 손도 슬피 우니
그 아니 가련한가.

원래 이 집은 대명국 성종황제 때에 벼슬하던 이 인학
의 아들 이처사의 집이니, 인학의 모친은 유주부의 종숙
모라 이별한 지 積年이라 처사는 마음이 청백하고 행실이
標致하여 벼슬로 있더니 하직하고 산중에 들어와 농업을
힘 쓰며 학업을 일삼으니 심양강 五柳村의 陶處士*의 행
실이요, 富春山 七里灘에 嚴子陵의 절개로다. 세상 공명
은 張子房이 辟穀하고 인간 부귀는 疏太傅가 散金하니
만고의 일인이요 일대의 하나니라. 뜻밖에 부인의 말을
듣고 대경하야 중당에 마저 禮畢 후에 前後首末을 다 못
하고 낙루하여 왈,
「주부 妻叔을 이별한 지 積年이라, 그다지 人事 변하여
이 지경이 될 줄 어찌 알리오.」
서로 울며 마음을 위로하여 음식 거처를 편히 공양하
니 부인의 일신은 無恙하나 다만 흉중에 맺힌 한이 종시
떠나지 아니하여 세월을 보내더라.

회사정에 幸逢大人하고
옥문관에 謫居老宰相하다.

각설, 이때에 충렬은 모친을 잃고 물에 빠져 살 길이
없었더니, 문득 두 발이 닿거늘 자세히 보고 살피어 보니
물 속에 큰 바위라. 그 위에 올라 앉아 하늘을 우러러
어미를 찾더니 간 데 없고 사면을 돌아보니 청산은 은은
하고 다만 들리느니 물소리뿐이로다. 강천에 낭자한 원

*도처사 : 동진말(東晉末)의 시인 도연명(陶淵明), 명은 잠(潛). 그는 고향
　인 강서성(江西省) 구강현(九江縣) 심양강(尋陽江) 오류촌(五柳村)
　에서 전원생활을 하며 오류선생(五柳先生)이라 자처함.

숭이 소리 삼경에 슬피 우니 충렬이 통곡하며 섰더니, 이

때에 남경장사들이 재물을 많이 싣고 북경으로 떠나갈

제 회수에 배를 놓아 범범중류 내려가더니 처량한 울음

소리 풍편에 들리거늘, 선인 등이 고이하여 배를 바삐 저

어 우는 곳을 찾아가니 과연 一童子 물에서 슬피 울거늘

급히 건져 舟中에 놓고 然故를 물은즉,

「해상에서 수적을 만나 어미를 잃고 우나이다.」

선인 등이 비감하여 물가에 내려 놓고 갈 대로 가라 하

며 배를 띄워 북경으로 행하더라.

충렬이 선인을 이별하고 정처없이 다니다가 촌촌이 걸

식하며 곳곳이 借宿할 제, 朝東暮西하니 추풍낙엽이요,

去來無蹤迹하니 청천에 浮雲이라. 얼굴이 致斃하고 행색

이 가련하다. 흉중에 대장성은 때 속에 묻혀 있고, 背上

에 三太星은 헌 옷 속에 묻혔으니 활달한 奇男子가 도리

어 걸인이라. 傅説*이도 武丁을 만나 있고, 밭만 갈던

伊尹이도 殷王 成湯 만나 있고, 渭水에 呂尚*이도 周文

王 만났건만 유수같이 가는 광음 훌훌 흘러가니, 충렬

의 고운 연광 십사세에 당한지라. 천지로 집을 삼고 사해

에 밥을 부쳐 도로에 개걸타가 한 곳에 다다르니 이 땅

은 楚國이라. 영릉을 지나다가 長沙를 바라보고 한 물가

에 다다르니 창망한 빈 물가에 슬픈 원숭이 소리로다. 백

사장 細雨中에 白鷗는 飛去飛來뿐이로다. 후면을 돌아보

니 綠竹 蒼松 우거지고 적막한 옛정자 풍랑 속에 보이

거늘 그곳에 올라가니, 이 물은 汨羅水요 이 정자는 회

---

*부열：은나라 고종 때 정치를 잘한 사람. 처음에 곤궁하여 부암(傅巖) 들
　　에서 담을 쌓다가 은 고종이 구득(求得)하여 재상을 삼음.
*여상：일명 강태공(姜太公). 주문왕(周文王)의 스승이며 주 무왕(周武王)
　　을 도와 은의 주왕(紂王)을 정벌하고 나라를 세움. 뒤에 제(齊)에 봉
　　해짐.

사정이라 하는 정자라. 유주부가 글을 쓰고 물에 빠져 죽고자 하던 곳이라. 마음이 절로 비감하여 정자에 올라가 사면을 살펴보니, 제일은 屈三閭의 行狀*을 써 붙이고 그 밑에 만고 문장 풍월이며 行人 過客 路程記를 사면에 붙였더라.

동벽상에 새로 두 줄 글이 있거늘 그 글을 보니 「모년 모월 모일에 남경 유주부는 간신의 패를 보고 연경으로 적거하다가 멱라수에 빠져 죽노라」 하였거늘, 충렬이 그 글을 보고 亭上에 꺼꾸러져 방성통곡 왈,

「우리 부친이 연경으로 갔는 줄만 알았더니 이 물에 빠졌도다. 나 혼자 살아나서 세상에 무엇하리. 회수에 모친 잃고 멱라수에 부친 잃었으니 何面目으로 세상에 살아날꼬. 나도 함께 빠지리라.」

하고 물가에 내려가니 충렬의 울음소리 龍宮 사무쳤는지라. 천신이 무심할까.

이때에 영릉 땅에서 사는 강 희주라 하는 재상이 있으되 소년 登科하야 승상 벼슬하더니 간신의 讒訴를 만나 퇴사하여 고향에 돌아왔으나 일단 충심이 국가를 잊지 못하여 매양 천자 誤決하는 일이 있으면 상소하여 구완하니 조정이 그 直諫을 꺼려하되 그 중에 정 한담과 최 일귀가 가장 미워하더니, 마침 본부에 갔다가 廻路에 우편 주점에서 자더니 非夢間에 오색 구름이 멱라수에 어리었는데 청룡이 물 속에 빠지려 하며 하늘을 향하여 무수히 통곡하며 백사장에 배회하거늘 內念에 괴이하여 날 새기를 기다리더니 鷄鳴聲이 나며 날이 장차 밝거늘 멱라수에 바삐 오니 과연 어떠한 동자 물가에 앉아 울거늘

---

*행장 : 사람이 죽은 뒤에 그 평생에 지내던 일을 기록한 글.

급히 달려들어 그 아이 손을 잡고 회사정에 올라와 자세히 물어 왈,

「너는 어떠한 아이로서 어데로 가며 무슨 연고로 이곳에 와 우는다.」

충렬이 울음을 그치고 대왈,

「소자는 남경 동성문내에 사는 정언 주부 유공의 아들이옵더니 부친께옵서 간신의 참소를 만나 연경으로 적거하시다가 이 물에 빠져 죽은 종적이 회사정에 있는고로 소자도 이 물에 빠져 죽고져 하옵니다.」

강승상이 이 말을 듣고 大驚失色하여 왈,

「이것이 웬말이냐. 근년에 老病으로 황성을 못 갔더니 그다지 인사 변하여 이런 변이 있단 말인가. 유주부는 일국에 충신이라 同朝에 벼슬하다가 나는 年晚하기로 고향으로 돌아왔더니 유주부 이런 줄을 몽중에나 생각하였으랴. 의외라, 往事는 물론하고 나를 따라가자.」

하니 충렬이 왈,

「대인은 소자를 생각하와 가자 하옵시나 소자는 천지간 불효자라 살아서 무엇하며 또한 모친이 변양 회수 중에 죽삽고 부친은 이 물가에 죽었사오니 소자 혼자 살 마음이 없나이다.」

승상이 달래어 왈,

「부모가 俱没한데 너조차 죽는단 말인가. 세상 사람들이 자식 낳아서 좋다 하는 것이 후사를 끊치지 아니함이라. 너조차 죽게 되면 유주부 사당에 一點香火 있을소냐. 잔말 말고 따라가자.」

하시니 충렬이 하릴없어 강승상을 따라가니 영릉 땅 월계촌이라. 인가가 즐비한데 辟除 소리 요란하고 高樓巨閣

이 반공에 솟았는데 繡戸 紋窓이 있고 朱輪翠蓋* 왕래한데 인물이 俊秀하더라.

　승상이 충렬을 외당에 두고 안으로 들어가 부인 소씨더러 충렬의 말을 낱낱이 하니 소씨 이 말을 듣고 충렬을 청하여 손을 잡고 낙루하며 왈,

　「네가 동성문내 사는 장부인의 아들이냐.　부인이 연만토록 자식이 없으매 날과 같이 매일 한탄하더니 장부인은 어찌하여 저러한 아들을 두었다가 영화를 다 못 보고 황천객이 되었으니 세상사 허망하다. 간신의 해를 입어 충신이 다 죽으니 나라인들 무사하랴. 다른 데 가지 말고 내 집에 있으라.」

하시니 충렬이 拜謝하고 외당으로 나오니라.

　이때, 강승상이 아들은 없고 다만 일녀를 두었는지라. 부인 소씨 여아를 낳을 적에 일원 선녀 五雲을 타고 내려와 소씨를 대하여 왈,

　「소녀는 옥황 선녀옵더니 緣分이 자미원 대장성과 한가지로 있다가 소녀를 降門에 보내매 왔사오니 부인은 애휼하옵소서.」

하거늘 부인이 혼미중에 여아를 탄생하니 용모 비범하고 거동이 단정하여 詩書 音律을 無不通之하니 女中君子요 聰明 지혜 무쌍이라. 부모 사랑하여 擇婿하기를 염려하더니 천행으로 충렬을 데려다가 외당에 거처하고 자식같이 길러낼 제 충렬의 相을 보니 口不可言이로다. 부귀 爵祿은 인간에 무쌍이요 英雄俊傑은 만고 제일이라. 승상이 대회하여 내당에 들어가 부인더러 혼사를 의논하니 부인 대회하여 왈,

---

*주륜취개 : 지위가 높은 사람이 타는 고급 수레.

70

「내 마음도 충렬을 사랑하더니 승상의 말이 또한 그러할진대 不數多言하고 혼사를 지내옵소서.」

승상이 밖에 나와 충렬의 손을 잡고,
「네게 대사를 陳託할 말이 있다. 老夫 말년에 無男獨女를 두었더니 금일로 볼진대 너와 天定이 적실하니 이제 百年苦樂을 네게 부치노라.」

하신데 충렬이 跪坐하여 낙루하며 여쭈오되,

「소자 같은 잔명을 구원하여 슬하에 두고자 하옵시니 感謝無地로되, 다만 痛迫하온 일이 흉중에 사무쳤나이다. 소자 박복하와 양친이 죽은 줄도 모르고 娶妻하오면 인간에 죄인이라 글로 한이로소이다.」

승상이 그 말 듣고 비감하여 충렬의 손을 잡고 왈,
「그도 일시 權道라. 너의 집 始祖公도 早失父母하고 張門이 취처하였다가 聖君을 만나 開國功臣 되었으니 조금도 설워 말라.」

하시고 즉일 택일하여 吉禮를 행하니 신랑 신부의 아름다운 것이 선인 謫降 적실하다. 예를 파하고 방으로 들어가 사면을 살펴보니 빛나고 빛난 것이 一口難説이요, 一筆難記로다. 洞房화촉 깊은 밤에 신랑 신부 평생 연분 맺었으니 그 사랑한 말은 어찌 다 측량하며 어찌 다 기록하리.

밤을 지낸 후에 이튿날 승상 兩主께 뵈온데 승상 부부 즐거운 마음을 이기지 못하더라.

이러구러 세월이 如流하여 유생의 나이 십오세라. 이때에 승상이 賢婿를 얻고 말년에 근심이 없으나 다만 유주부 간신의 해를 보아 멱라수에 죽음을 생각하니 분심이 直發하여 나라에 글을 올려 유주부를 雪冤코자 하여

즉시 황성을 가려 하거늘 유생이 挽留(만류)하여 왈,

「대인의 말씀은 감격하오나 간신이 滿朝(만조)하와 國權(국권)을 앗

았으니 천자 상소를 듣지 아니할까 하나이다.」

승상이 不聽(불청)하고 급히 행장을 차려 황성에 올라가 퇴

재상 권공달의 집에 私處(사처)*를 정하고 상소를 지어 承旨(승지)를

불러 천자께 올리라 하더라.

그 상소에 하였으되,

「前丞相(전승상) 강 희주는 謹頓首百拜(근돈수백배)하옵고 上疏于陛下前(상소우폐하전)하나

이다. 황송하오나 충신은 國家之本心(국가지본심)이요, 간신을 물리

치고 충신을 나소와 仁政(인정)을 행하시고 덕을 베푸사 창

생을 살피시면 소신 같은 病骨(병골)이라도 太古舜風(태고순풍) 다시 만

나 靑山白骨(청산백골)이나 좋은 땅에 묻힐까 하였더니 간신의 말

을 듣삽고 주부 유심을 연경으로 遠竄(원찬)하시니, 선인의

하신 말씀 인군과 신하 보기를 초개같이 하여 밖으로

충신의 입을 막고 간신의 악을 받아 국권을 앗았으니

어찌 아니 한심하오리까. 王莽(왕망)이 섭정하매 왕실이 미

약하고 懷王(회왕)이 위태함에 項籍(항적)이 죽였으니 伏願(복원) 황상은

깊이 생각하옵소서. 신이 비록 죽는 날이라도 思恩(사은) 海(해)

같사오니 복원 황상은 충신 유심을 즉시 放送(방송)하와 폐

하를 돕게 하옵소서. 주달하올 말씀 무궁하오나 황송

하와 그치나이다.」

하였거늘 천자 상소를 보시고 대노하여 조정에 내리어 보

라 하신데, 이때 정 한담 최 일귀 강 희주의 상소를 보

고 大忿(대분)하여 즉시 闕內(궐내)에 들어가 여쭈오되,

「退臣(퇴신) 강 희주의 상소를 보오니 大逆不道(대역부도)라. 충신을 왕

망에게 비하여 폐하를 죽인다 하오니 이 놈을 逆律(역률)로

---

* 사처 : 개인이 거처하는 곳.

다스리어 陵遲處斬하옵고 일변 저희 三族을 멸하여지이다.」

천자 허락한데, 한담이 즉시 승상부에 나와 나졸을 재촉하여 강 희주를 拿入하라 하니 나졸이 聽令하고 권공달의 집에 가 강 희주를 철망으로 결박하여 잡아갈 제, 이때 강 희주 삼족을 멸하라 하는 말을 듣고 유생이 또한 連坐할까 하여 급히 편지를 만들어 집으로 보내고 철망에 싸이어 禁府로 들어갈 제, 백발이 소소하니 피눈물이 반반하여,

「충신을 구완타가 장안 市上에 無主孤魂 되단말인가. 죽은 혼백이라도 龍逢 比干을 벗하여 천추에 영화 될 것이요, 간신 정 한담은 簒逆하려 하고 충신은 誣陷하여 怨魂이 되게 하니 살아도 부끄럽지 아니하랴.」

무수히 呼願하고 금부로 들어가니, 이때 정 한담이 승상부 높이 앉아 승상을 나입하여 계하에 꿇리고 數罪하는 말이,

「네 전일에 자칭 충신이라 하더니 충신도 역적이 된단말인가.」

승상이 눈을 부릅뜨고 한담을 보며 왈,

「管叔 蔡叔이 周公더러 역적이라 아니 하였느냐. 한데 陽貨가 孔子더러 소인이라 함이 어제 들은 듯하노라.」

하니, 한담이 대노하여 좌우 나졸을 재촉하여 수레 위에 높이 싣고 장안 시상에 나올 제, 이때에 천자 皇太后는 강승상의 姑母라. 승상 죽인단 말을 듣고 급히 천자께 들어가 낙루하여 왈,

「들으니 강 희주를 무슨 죄로 죽이느냐. 친정 골육이 다만 늙은 강 희주뿐이라. 설사 죽일 죄가 있다 하여도

날로 보아 죽이지 말고 遠方에 流竄하기를 바라노라.」

천자 哀然하여 즉시 한담을 불러,

「죽이지 말고 유심 一體로 옥문관에 원찬하라.」

하시니 한담이 聽命하고 마지 못하여 옥문관에 원찬하고 강 희주의 일족을 다 잡아다가 宮奴婢를 貢入하라 하고, 일변 나졸을 命招하여 영릉으로 간지라.

이때 유생이 강 희주 승상이 황성 가신 후로 주야 염려하더니 뜻밖에 강승상의 서간이 왔거늘 급히 개탁하니 하였으되,

「오호라 노부는 전생에 죄 중하여 슬하에 자식 없고 다만 일녀를 두었더니 천행으로 그대를 만나 부귀영화를 보려 하고 여아의 평생을 그대에게 부쳤더니, 가운이 그러한지 造物이 시기한지 충신을 구완타가 만리 변방에 생사를 모르나니 이러한 변이 또 있느냐. 노부는 연만하여 풀 끝에 짐 나고 餘年이 不遠하여 이제 죽어도 섭지 아니하거니와 여아의 일생을 생각하니 가련하고 불쌍한지라. 천생연분으로 그대를 만나 신정이 미흡하여 이 지경이 되었으니 형용이 어찌될지 가슴이 답답하다. 그러하나 노부는 逆律로 잡히어 철망을 씌워 옥문관으로 원찬하고 나의 일족은 잡아다가 宮婢 屬公하라 하고 나졸이 내려가니 그대 급히 집을 떠나 환을 면하라. 만일 신정을 못 잊어 도망치 아니하면 우리 두 집의 일점혈육이 靑春孤魂이 될 것이니 부디 도망하였다가 일후에 귀히 되거든 내 자식을 찾아 버리지 말고 백년 해로하여 나 죽은 날에 박주 일배라도 香火를 피운 후에 승상은 일생 기르던 충렬의 손에 많이 흠향하고 가라 하면 구천의 餘魂이라도 일배주를 滿盤酒肉으로 먹

고 청산에 썩은 뼈도 춘풍을 다시 만나 그 은혜를 갚
으리라.」

하였거늘 충렬이 보기를 다함에 낭자 방에 들어가 편지를
뵈이며,

「전생에 명이 기박하여 조실부모하고 천지로 집을 삼
고 사해로 밥을 부쳐 浮雲같이 다니더니 천행으로 대
인을 만나 낭자와 백년 언약을 맺었더니, 일년이 다 못
하여 이런 변이 있으니 어찌 아니 망극하리오.」

입었던 袴衣 汗衫을 벗어 글 두 귀를 써 주며,

「타일에 보사이다.」

낭자 이 말을 듣고 대경실색하여 유생의 옷을 잡고 放
聲大哭하여 왈,

「노부 무슨 죄로 만리 胡地에 간다 하며 청춘 소첩 무
슨 죄로 박명한고. 날 같은 여자는 생각 말고 급히 환
을 면하소서.」

紅裳 한 폭을 떼어 글 두 귀를 지어 주며,

「급히 나가소서.」

하거늘 유생이 글을 받아 금낭 속에 넌짓 넣고 곡성으로
해를 지내니라.

낭자 울며 왈,

「가군이 이제 가면 어느 날 다시 보며 어명이 지중하여
궁비 속공하게 되면 황천에 가 다시 볼까 하나이다.」

충렬이 슬피 울며 하직하고 가는 정이 垓下城 秋夜月
에 虞美人을 이별한 듯하더라.

'행장을 급히 차려 서천을 바라고 정처없이 가더니 신
세를 생각함에 속절없는 눈물이 비 오는 듯이 떨어지며 長
長天地 길고 긴 길에 앞이 막혀 못 가겠다. 서천 구름을

바라보고 한없이 가더라.

소부인은 청수에 投死^{투 사}하고
강낭자는 娼家^{창 가}에 守節^{수 절}하다.

각설, 이때 부인과 낭자 유생을 이별하고 일가가 망극하여 울음소리 떠나지 아니하더라. 불과 사오일에 금부도사 나려와 월계촌에 달려들어 소부인과 낭자를 잡아내어 수레 위에 싣고 군사를 재촉하여 황성으로 올라가며 일변 집을 헐어 못을 파고 가니, 가련하다. 강승상이 세대로 있던 집을 일조에 못을 파니 집오리만 둥둥 떴다.

소씨와 낭자 속절없이 잡혀 올라갈 제 청수에 다다르니 日暮西山^{일 모 서 산}이라. 객실에 들어 잘 제, 이때 금부나졸 중에 장한이라 하는 군사 전일 강승상 벼슬할 때에 장한의 부친이 승상부 胥吏^{서 리}로서 득죄하여 거의 죽게 되었더니 강승상이 구하여 살린고로 장한의 부자 그 은혜를 주야 생각하더니, 이때를 당함에 불쌍함을 이기지 못하여 다른 군사 모르게 슬피 울더니, 그날 밤 삼경에 다른 군사 다 잠이 깊이 들었거늘 가만히 부인 자는 방문 앞에 나가니, 이때 부인과 낭자 서로 붙들고 울며 잠을 아니 자거늘, 문밖에 기침하고 부인을 부른데, 부인이 놀라서 문을 열고 보니 장한이 伏地^{복 지}하여 가만히 여쭈오되,

「소인은 금부 羅將^{나 장}이옵더니 전일 대감 벼슬할 때에 소인의 아비 나라에 득죄하여 죽게 되었삽더니 대감이 살리시기로 그 은혜 골수에 사무치어 갚기를 바라더니 이때를 당하여 소인이 어찌 무심하오리까. 바라옵건대 부인은 너무 염려마옵소서. 이날 밤에 명을 도망하오시면 그 뒤는 소인이 당할 것이니 조금도 염려 마옵시고 도

망하여 살기를 바라소서.」

부인이 이 말을 듣고 마음이 조금 풀리어 낭자를 데리고 장한을 따라 주점 밖에 나서니 밤이 이미 삼경이라. 인적이 고요하거늘 동산을 넘어 십리를 가니 청수에 다다라 장한이 하직하고 왈,

「부인과 낭자는 이 물가에 빠져 죽은 표를 하고 가옵시면 후환이 없을 것이니 부디 살아나 후사를 보사이다.」

하고 가거늘, 이때 부인이 낭자의 신세 생각하니 정신이 아득하여 이제 비록 도망하여 왔으나 청춘 여자를 데리고 어디로 가 살며 혹 살아난들 승상과 賢婿[현서]를 이별하고 살아서 무엇하리. 차라리 이 물에 빠져 죽으리라 하고, 낭자를 속여 뒤보는 체하고 급히 청수에 가 신을 벗어 물가에 놓고 淸江綠水[청강녹수] 깊은 물에 뛰어드니, 가련하다. 강승상의 부인 백옥 같은 고운 몸이 魚腹[어복]중에 葬事[장사]하니 어찌 아니 가련하랴.

이때 낭자 모친을 기다리더니 종시 오지 아니하거늘 급히 나서 살펴보니 사면에 인적이 없는지라. 마음이 답답하여 모친을 부르며 청수 가에 나와 보니 모친이 신을 벗어 물가에 놓고 간 데 없거늘 발을 구르며 또한 신을 벗어 물가에 놓고 빠져 죽으려 하더니, 이때는 밤 오경이라 동방이 차차 밝아오며, 마침 영릉골 官婢[관비] 한 년이 외촌에 갔다가 回路[회로]에 청수 가에 다다르니 어떠한 여자 물가에서 통곡하며 물에 빠져 죽고자 하거늘 급히 쫓아와 낭자를 붙들어 물가에 앉히고 연고를 물은 후에 제 집으로 가자 하니 낭자 限死[한사]하고 죽으려 하거늘 관비 萬端開諭[만단개유]하고 데리고 와서 수양딸을 정한 후에 자색과 태도를

살펴보니 천상선녀 같은지라. 이 고을 동리마다 守廳을
드렸으면 千金財産을 부러워하며 萬兩太守를 원할소냐.
만가지로 달래어 다른 데로 못 가게 하더라.

각설이라, 이때에 유생이 강승상의 집을 떠나서 서천
을 바라보고 정처없이 가며 신세를 생각하니, 속절없고
하릴없다. 이제는 無可奈何로다. 산중에 들어가 削髮爲
僧하여 훗길이나 닦으리라 하고 청산을 바라고 종일토
록 가더니 한 곳에 다다르니, 앞에 큰 산이 있으되 千峰
萬壑이 충천한 중에 오색구름이 구리봉에 떠 있고 각색 화
초 만발한지라. 장차 신령한 산이라 하고 찾아 들어가니
경개 絶勝하고 풍경이 灑落하다. 산행 육칠리에 들리나
니 물소리 잔잔하고 보이나니 청산만 울울한데, 청림은
더위잡고 석양에 올라가니 垂楊千萬絲는 춘풍을 못 이기
어 동구에 흐늘거려 늘어지며, 綠竹 청송은 우거진 가지
에 백조 춘정 다투었다. 층층한 花溪 상에는 앵무 공작 넘
노는데, 蒼天에 걸린 폭포 층암절벽 치는 소리 寒山寺 쇠
북소리 客船에 이르는 듯 반공에 솟은 암석 청송 속에 있
는 거동 산수 그림 팔간 병풍 둘렀는 듯 산중에 있는 경
개 어찌 다 기록하리.

춘풍이 언듯하며 경쇠소리 들리거늘 차츰차츰 들어가
니 오색구름 속에 단청하고 휘황한 고루거각이 櫛比하여,
일주문을 바라보니 黃金大字로 「서해 광덕산 백용사」라
뚜렷이 붙였거늘, 산문으로 들어가니 일원 大僧이 나오
거늘 그 중의 거동을 보니 소소한 두 눈썹은 두 눈을
덮어 있고, 白邊같이 뚜렷한 귀는 두 어깨에 늘어졌으니
淸秀한 골격과 은은한 정신은 범승이 아닐레라.

백팔염주 육환장을 짚고 흑포장삼의 떨어진 송낙 쓰고

나오며, 유생을 보고 왈,

「소승이 연만하기로 유상공 오시는 행차에 동구 밖에 나가 맞지 못하니 소승의 무례함을 容赦하옵소서.」

유생이 대경 왈,

「천생에 팔자 기박하여 조실부모하고 정처없이 다니다가 우연히 이곳에 와 대사를 만나오니, 그다지 관대하시며 소생의 성을 어찌 아나이까.」

노승이 답왈,

「어제날 남악형산 화선관이 소승의 절에 왔삽다가 소승더러 부탁하기를 「명일 午時에 남경 동성문내에 사는 유심의 아들 충렬이가 올 것이니 逐客 말고 대접하라」 하시기로 소승이 찾아 나옵더니 상공의 服色을 보오니 남경 사람인고로 알았나이다.」

유생이 그 말을 듣고 一喜一悲하여 노승을 따라 들어가니 諸僧들이 合掌拜禮하며 반겨하는지라. 노승의 방에 들어가 석반을 먹은 후에 그 밤을 편히 쉬니 이곳은 선경이라, 세상을 모두 잊고 일신이 無恙한지라.

이후로는 노승과 한가지로 병서도 潛心하고 불경도 學論하니라. 이때에 大明天地無過客이요, 廣德山中有髮僧이라, 본신이 천상 사람으로 생불을 만났으니 기이한 술법을 가르치고 천지 日月星晨이며 천하명산 신령들이 모두 다 합력하니 그 재주와 英敏함을 뉘라서 당하리오. 주야로 공부하더라.

각설, 이때에 남경 朝臣 중에 도총대장 정 한담과 병부상서 최 일귀, 일상 꺼리던 유 심과 강 희주를 만리 밖에 원찬하고 조정 百官을 처결하여 천자를 도모코자 하여 신기한 방법과 遁甲藏身之術과 昇天入地之策과 變

化爲神之法이며 握火杜水之術을 통달하게 배웠으니, 이놈도 본신이 천상 익성으로 인간 사람은 당할 이 없더라.

일국 萬民之上이라, 蕭墻之變이 있었으니 나라가 어찌 무사하랴.

이때는 영종 황제 즉위 삼년 춘정월이라. 국운이 불행하며 南匈奴 單于며 北狄과 동심하여 천자를 도모하려 하고, 서천 삼심육도 郡長과 南蠻 가달이며 吐蕃 오국이 합세하여 장사 팔천여 원과 精兵 오백만으로 주야 행군하여 진남관에 다다라 擊書를 남경에 보내고 진남관에 웅거한지라.

이때에 백성들이 난리를 보지 못하였다가 뜻밖에 난을 만나니 籠床落野하여 散之四方 피란하니 積燃도 蕩盡하고 倉穀도 진갈한지라, 하늘이 정한 운수 그리 않고 어이하리.

이때 천자 望日에 호산대에 올라 망월하고 환궁하여 대연을 排設하고 上下同樂 즐기더니, 뜻밖에 진남관 守門將이 狀啓를 올렸거늘 급히 개탁하니 하였으되,

「남적이 강성하여 오국과 합력하여 진남관 평사뜰 백리 내에 가득하옵고 백성을 노략하며 황성을 치려 하오니 바삐 군병을 보내어 도적을 막으소서.」

하였거늘 천자 대경하사 諸臣을 모아 의논할새 정 한담과 최 일귀 이 말을 듣고 대희하여 급히 별당에 들어가 도사를 보고 밖에 도적이 일어났단 말을 하고 대사를 부르니, 도사 문에 나서 천기를 살핀 후에,

「時哉時哉로다. 신기한 영웅이 황성에 있는가 하였더니 이제 죽었으며, 때 맞추어 도적이 일어났으니 이는 그대 천자할 수라, 急擊勿失하라.」

하니 한담이 대희하야 일귀로 더불어 甲胄를 갖추고 궐문
으로 들어가는지라.

　이때　천자 제신과 防敵할 꾀를 의논하더니　장안에 바
람이 일어나며 一員大將이 階下에 伏地 奏曰,

　「소장 등이 비록 재주 없사오나 한번 나가 남적을 陷没

　하여 황상의 근심을 덜고 소장의 공을 세워지이다.」
하거늘 모두 보니 身長이 십여 척이요 면목이 웅장한데,
황금투구에 綠雲袍를 입은 것은 도총대장 정 한담이요, 면
상이 숯먹 같고 眼彩가 황홀하여 백금투구에 紅雲袍를 입
은 것은 병부상서 최 일귀라.

　천자 대희하사 兩將의 손을 잡고 왈,

　「경 등의 충성 智略은 짐이 이미 아는지라. 남적을 함

　몰하여 짐의 근심을 덜게 하라.」

　양장이 청령하고 각각 물러나와 정병 오천씩 거느려 행
군하여 진남관에 留陣하고 그날 밤에 군사 한 명만 잠을
깨워 가만히 降書를 써 주며 또한 편지를 써서 적진 중
에 보내고 회답을 기다리는지라.

　그 군사 적진에 들어가 적장을 보고 항서를 올린 후에
또 편지를 드리거늘 적장이 대희하여 즉시 개탁하니 하
였으되,

　「남경 장사 정 한담 최 일귀는 일장서간을 南陣 大將

　所에 올리나이다. 우리 양인 등이 竭忠 盡心하여 천자

　를 도와 국가에 有功하고 백성에게 덕이 있어　지성으

　로 奉公하되 知己하는 인군을 못 만나 항시 怏怏한 마

　음이 있는지라, 대장부 세상에 나서 어찌 남의 신하 오
래되리오. 男兒流芳百歲＊할진대 亦當遺臭萬年이라　하였

──────────
＊남아류방백세 : 남아가 꽃다운 이름을 후세에 전함.

으니 이때를 당하여 어찌 묘계 없으리오. 우리 양인을 선봉으로 삼으시면 항복할 것이니 그대 뜻이 어떠하뇨. 회답을 보내라.」

하였거늘 적장이 그 글을 보고 대희하여 왈,

「우리 등이 남경으로 나올 때 도사 근심하기를 정 한 담 최 일귀를 염려하더니 이제 저희 등이 먼저 항복코 져 하니 이는 天佑神助함이라.」

하고 즉시 회답을 써 준데, 군사 급히 본진으로 돌아와 답서를 올리거늘 떼어 보니 하였으되,

「그대의 마음이 우리 마음 같은지라, 선봉을 원대로 맡 길 것이니 금야에 반가이 보사이다.」

하였거늘, 정, 최 양장이 갑주를 갖추고 적진에 들어가 는지라.

이적에 중군장이 급히 황성에 올라가 전후 수말을 천 자에게 고한데, 천자 이 말을 듣고 龍床 밑에 떨어져 발 을 구르며 정 한담 최 일귀 적장에게 항복하였으니 적진 은 범이 날개를 얻은 듯하고 짐은 용이 물을 잃었으니 이 제는 할일없다. 성중에 있는 군사 낱낱이 聰督하고 각 도 각읍에 行關하여 군사와 군량을 준비하고 우승상 조 정만으로 도성을 지키고 태자로 중군을 정하시고 상이 친 히 후군이 되어 행군을 재촉하니 군사 십여 만이요, 장수 백여 원이라.

行軍鼓를 재촉할 제, 전일 길주자사 갔던 이 행이 轅 門 밖에 복지 주왈,

「소신이 재주 없사오나 이때를 당하여 신자 도리에 어 찌 社稷을 돕지 아니하오리까. 소신으로 先鋒을 정하 옵소서.」

천자 대희하사 즉시 이 행으로 선봉을 삼아 도적을 막을새, 이때 정 한담 최 일귀 적진에 항복하여 한담이 선봉이 되고 일귀는 중군대장이 되어 급히 황성을 짓쳐들어오며 의기양양하고 호령이 엄숙한데 旗幟 槍劍은 팔공산 나무같이 벌려 있고, 투구 갑옷은 寒天에 일광같이 안채가 쐬이는 듯, 金鼓喊聲은 천지 진동하고 목탁 나팔은 강산이 뒤눕는 듯 순식간에 들어와 금산성 백리 뜰에 빈틈없이 벌려 서서 內外陰陽陣*을 치고 도사 진중에 망기하며 싸움을 재촉하니, 적진중에서 放砲一聲에 한 장수 내달아 외쳐 왈,

「명진 중에 천극한 敵手 있거든 바삐 나와 對敵하라.」

하니 명진 중에서 應砲하고 左翼將* 주 선우 應聲하고 달려들어 싸울새, 양진 군사 처음으로 구경하니 行伍*를 차리지 못하여 勝負를 구경하더니 수합이 못하여 극한의 칼이 번듯하며 주선우 머리 馬下에 떨어지니, 명진 중으로 좌익장 죽음을 보고 또 한 장수 내달아 원문 밖에 고성 왈,

「극한은 가지 말고 최 상정의 칼을 받으라.」

하니 극한이 달려들어 함성이 끊쳐지고 그 칼이 번듯하며 최상정의 머리 떨어지니 명진 중에서 우익장 죽음을 보고 왕 공열이 응성하고 달려들어 극한과 싸울새 일합이 못하야 거의 죽게 되었더니, 명진 중에서 팔대장군이 일시에 달려들어 왕 공열을 구완하더니 적진 중에서 명진 팔장이 나옴을 보고 한진이 극한과 합력하여 팔장으로 더불어 싸우더니, 한진은 서편을 치고 극한은 동을 치니 觸

---

*내외음양진 : 옛날 진법(陣法)의 하나.
*좌익장 : 좌편의 군대를 통솔하는 장수.
*항오 : 항은 세로 줄, 오는 가로 줄, 곧 군대의 행렬.

處에 죽는 군사 그 수를 모를레라. 삼합이 못하여 극한의
창검 끝에 팔장이 다 죽으니, 이때 太子 중군에 있다가
팔장 죽음을 보고 不勝忿心하여 말을 타고 진문 밖에 나
서며 외쳐 왈,

「무도한 남적놈아, 천명을 거역하니 罪死無惜이로다. 너
희 진중에 정 한담 최 일귀 머리를 베어 명진 중에 보
내는 자 있으면 玉璽를 전하리라.」

하고 극한을 맞아 싸우더니, 선봉장 이 황이 이 말을 듣
고 달려오며,

「태자는 아직 분을 참으소서. 소장이 잡으리다.」

하고 나는 듯이 들어가 좌수의 칼을 들고 극한의 머리를
베이고 장창을 들고 한진의 머리를 베어 두 손을 갈라
들고 좌우로 충돌하여 본진으로 돌아오니, 적진중에서 한
담이 장막 밖에 나서며 청사마를 채쳐 九尺長劍 높이 들
고 바로 명진을 대칼에 함몰코자 하니, 이때에 먼저 남적
선봉으로 왔던 정 문걸이 내달아 한담을 불러 왈,

「대장은 분을 참으소서. 소장이 이 황을 잡으리다.」

하고 번창출마하여 싸우더니 일합이 못하여 문걸의 칼이
진중에 빛나며 이 황의 머리 마하에 내려지는지라. 문걸
이 칼 끝에 꿰어 들고 본진으로 행하다가 돌이켜 명진 선
봉을 짓쳐들어오며,

「명진은 불쌍한 인생을 죽이지 말고 바삐 항복하라.」

하며 순식간에 선봉을 다 베고 달려들어 중군으로 들어
오거늘, 태자 중군을 지키다가 당치 못할 줄 알고 후군
과 천자를 모시고 금산성으로 도망한지라.

이때에 문걸이 명진 장사를 씨도 없이 다 죽이고 明
帝를 찾은즉 도망하고 없는지라. 군장 복색을 모두 다 탈

취하고 본진으로 돌아오며, 정 한담이 바로 달려들어가
니 천자 망극하여 옥새를 땅에 놓고 앙천통곡 왈,

　「짐이 불명하여 선황제 사백년 왕업을 일조에 정 한담
에게 잃게 되니 이는 養虎遺患이라, 뉘를 원망하리오. 모
두 다 짐의 不察이라 황천에 돌아간들 선황제를 어찌
보며 인간에 살았은들 되놈에게 무릎을 어찌 꿇랴.」
하며 금산성이 떠나가게 통곡이 진동하더라.

　수문장이 보하되,

　「해남 절도사 군병을 거느려 왔나이다.」

　천자 대희하여 바삐 入侍하라 한데, 절도사 군사 십만
병을 거느려 성중에 들어가 천자께 뵈이거늘,

　「즉시 절도사로 선봉을 삼아 도적을 막으라.」
하니 절도사 청령하고 城下에 留陣하였더니, 이때 한담
이 도성으로 들어가 용상에 높이 앉아 백관을 호령하니
滿朝百官이 일조에 항복하더라. 滿城人民이 도적에 밥이
되어 물 끓듯 하더라.

　이 날 한담이 삼군을 재촉하여 금산성을 쳐 파하고 옥
새를 앗고자 하여 성하에 다다르니 명진 군사 길을 막거
늘 정 문걸이 匹馬單槍으로 명진을 짓쳐 좌우로 충돌하니
일신이 검광 되어 닫는 앞에 장졸의 머리 추풍낙엽이요 顚
顚酒纛 같더라. 순식간에 죽이고 산성 문밖에 달려들어
성문을 두드리며,

　「明帝야 옥새를 드리라.」
하는 소리 금산성이 무너지며 강산이 뒤넘는 듯하니 성
중에 있는 군사 혼백이 없었으니 그 아니 가련한가.

　천자와 조정만이 황황급급하여 북문을 열고 도망하여
암석간에 은신하였더니, 이때 태자 황후와 태후를 모

시고 도망하려 하더니, 문걸이 성중에 들어와 천자를 찾다가 도망하고 없음에 황후 태자를 잡아 본진으로 보내고 돌아오니 정 한담이 황후를 결박하여 진 앞에 꿇리고 천자 간 곳을 가르치라 한데, 황후 망극하여 대답치 아니하거늘, 좌우군사 창검을 갈라 들고 옥체를 겨누면서 바른대로 가르치라 하니 황후 황망중에 대답하되,

「이 몸은 계집이라, 성중에 묻혀 있다가 불의에 난을 당하여 천자는 밖에 있는고로 生死存亡을 모르노라.」

한담이 분노하여 황후 태자를 진중에 두어 주려 죽게 하고 용상에 높이 앉아 천자의 일을 행하며 군사를 호령하되,

「명제를 사로잡는 자 있으면 천금 賞에 萬戶侯를 봉하리라.」

하니 군사 청령하고 각진으로 돌아오니라.

이때 천자 금산성에서 도망하여 조 정만으로 더불어 산곡 사이에 은신하고 있더니, 황태후 적진에 잡혀가 죽이려 하는 말을 듣고 통곡하여 巖下에 내려져 죽고자 하거늘 조 정만이 붙들어 구완하여 천자를 업고 명성원으로 도망하여 갈 제, 천자께 여쭈오되,

「남경이 진탕하였으니 도적 정 한담 잡기는 새로이 정 문걸 잡을 장수 없으니 이제 산동 육국에 請兵하여 싸우다가 事不如意하거든 옥새를 가지고 소신과 함께 용동수에 빠져 죽사이다.」

천자 옳이 여겨 詔書를 써 산동육국에 주야로 가 구원병을 청하니, 이때 육국왕이 이 말을 듣고 각각 군사 십만병과 장수 천여 원을 조발하여 급히 남경 명성원으로 보내니라.

이때 육국이 합세하여 호산대 너른 뜰에 빈틈없이 행군하여 돌어오니 천자 대희하여 군중에 들어가 위로하고 적진 형세와 수차 패함을 낱낱이 말하고 적응으로 선봉을 삼고 조 정만으로 중군을 삼아 황성으로 들어올 제 그 웅장한 거동은 추상 같은지라. 백사장 백리에 군사 늘어서서 들어오니 남경이 비록 진탕하였으나 무서운 것이 천자의 기굴러라. 금산성하에 유진하고 싸움을 돋우니 이때 정 문걸이 선봉에 있다가 청병이 옴을 보고 필마단창으로 나오거늘 한담이 문걸을 불러 왈,

「적병이 저다지 엄장한데 장군은 어찌 경술히 가려 하오.」

문걸이 답왈,

「폐하 어찌 소장의 재주를 수이 알으시나이까. 長遍軍卒* 사십만과 百騎를 한칼에 다 죽였으니 남경이 비록 육국에 청병하여 억만병이 왔거니와 소장의 한칼 끝에 죽는 구경 앉아서 보옵소서.」

한담이 대희하여 장대에 높이 앉아 싸움을 구경할새, 문걸이 창검을 좌우에 갈라잡고 마상에 높이 앉아 나는 듯이 들어가며 호통일성에,

「명제야 옥새를 가져왔느냐. 너를 잡으려 하였더니 이제 왔음에 眞所謂 春雉自鳴*이라. 바삐 항복하여 잔명을 보존하라.」

하고 억만 군중에 무인지경같이 횡행하여 東將을 치는 듯 南將을 베고, 北將을 베는 듯 西將이 쓰러지니 죽는 군사 如山하고 流血이 成川 되었도다. 西楚霸王*이 강

---

* 장편군졸 : 많은 군사.
* 춘치자명 : 봄꿩이 스스로 울듯이 자신을 스스로 나타내는 것.
* 서초패왕 : 항우(項羽).

동 건너 함곡관을 부수는 듯, 常山 趙子龍이 산양수 건너 삼국 청병 짓치는 듯 문걸이 닿는 곳마다 씨할 군사 없었으니 그 아니 망극할까. 이때 천자 조 정만과 옥새를 갖고 용동수에 빠지고자 하나 또한 도망할 길이 없어 하늘을 우러러 탄식하기를 마지 아니하더라.

각설이라, 이때 유충렬이 서해 광덕산 백용사에 있어 노승과 한가지로 知音이 되어 세월을 보내더니, 이때는 부홍 십삼년 추칠월 망간이라. 寒風은 蕭蕭하고 落木은 紛紛한데 고향을 생각하며 신세를 생각할 제 月經夜三更에 홀로 앉아 비감하더니, 노승이 일어나 밖에 갔다 들어오며 충렬을 불러 왈,

「상공이 금일 天文을 보았나이까.」

충렬이 놀라 급히 나와 보니, 천자의 紫微星*이 떨어져 명원성에 잠겨 있고 남경에 殺氣 가득하였거늘 방으로 들어와 한숨 짓고 落淚하니 노승이 왈,

「남경에 兵亂은 났거니와 산중에 피난하는 사람이 무슨 근심이 있으리까.」

충렬이 울며 왈,

「소생은 남경 世祿之臣이라. 國變이 이러하니 어찌 근심이 없으리오마는 赤手單身이 만리 밖에 있사오니 한탄한들 어찌하리오.」

노승이 웃고 벽장을 열어 옥함을 내어 놓으며 왈,

「옥함은 龍宮造化거니와 옥함 짜맨 수건은 어떠한 사람의 수건인지 자세히 보라.」

유생이 의심하여 옥함을 살펴보니,

「남경 도원수 유충렬은 개탁이라.」

---

*자미성 : 자미원(天帝가 거처하는 곳)에 있는 별의 이름.

금자로 새겨 있고 짜맨 수건을 끌러 보니,

「모년 모월 모일에 남경 동성문내에 사는 충렬의 모친 장부인은 내 아들 충렬에게 부치노라.」

하였거늘 충렬이 수건과 옥함을 붙들고 방성통곡하거늘, 노승이 위로왈,

「소승이 수년 전에 절 重刱化主로 변양 회수에 다다르니 기이한 오색 구름이 수건에 덮였거늘 바삐 가서 보니 옥함이 물가에 놓였거늘 임자를 주려 하고 갖다가 간수하였더니 금일로 볼진대 상공의 戰爭機械가 옥함 속에 있는가 하나이다.」

대체 이 옥함은 회수 사공 마철이가 물 속에 잠수질하다가 큰 거북이 옥함을 지고 나오거늘, 마철이 거북을 죽이고 옥함을 가져다가 제 집에 두었더니, 전일 장부인이 도적에게 잡히어 석장동 마철의 집에 가서 옥함을 갖다가 수건에 글을 쓰고 회수에 넣었더니 백용사 부처중이 가져다가 이 날 충렬을 주는지라.

이때 충렬이 옥함을 안고 왈,

「이것이 일정 충렬의 器物일진대 옥함이 열릴지라.」

하고 윗짝을 열어 놓으니 빈틈없이 들었거늘 보니, 갑주 한 벌과 장검 하나, 책 한 권이 들었거늘, 투구를 보니 非金非玉이라 광채 찬란하여 眼彩를 쏘이는 중에 속을 살펴보니 금자로 「일광주」라 새겨 있고 갑옷을 보니 용궁조화 적실하다. 무엇으로 만든 줄 모르러라. 옷깃 밑에 금자로 새겨 있고 장검 놓였으되 頭尾가 없는지라 신화경*을 펴 놓고 칼 쓰는 법을 보니 갑주를 입은 후에 신화경 일편을 보고 천상 대장성을 세 번 보게 되면 사린 칼이 절

──────────
*신화경 : 술법에 사용되는 경문.

로 펴져 변화무궁할지라 하였거늘, 즉시 시험하니 십척 장검이 번듯하며 사람을 놀래거늘, 한가운데 대장성이 샛별같이 박혀 있고 금자로 새기기를 「장성검」이라 하였거늘, 모두 다 행장에 간수하고 노승더러 왈,

「천행으로 대사를 만나 갑주와 창검을 얻었거니와 龍馬^{용마} 없었으니 장군이 無容之地^{무용지지}라.」

한데, 노승이 답왈,

「옥황께옵서 장군을 대명국에 보낼 제, 사해용왕이 모를손가. 수년 전에 소승이 서역에 가올 제, 백용암에 다다르니 어미 잃은 망아지 누웠거늘 그 말을 데려왔으나 山僧^{산승}에게 不當^{부당}이라 송임촌동 長者^{장자}에게 맡기고 왔으니, 그곳을 찾아가 그 말을 얻은 후에 중로에 지체 말고 급히 황성에 득달하와 지금 천자의 목숨이 頃刻^{경각}에 있사오니 급히 가서 구원하라.」

한데 유생이 이 말을 듣고 송임촌을 바삐 찾아가 동장자를 만난 후에 말을 구경하자 하니, 이때 천사마 제 임자를 만났으니 벽력 같은 소리하며 백여 장 토굴을 넘어 뛰어나서 충렬에게 달려들어 옷도 물며 몸도 대어 보니 웅장한 거동은 一筆^{일필}로 難記^{난기}로다. 深山^{심산} 猛虎^{맹호} 냅다 선 듯, 北海黑龍^{북해흑룡}이 碧空^{벽공}에 오르는 듯 강산 정기는 안채에 갈마 있고 飛龍造化^{비룡조화}는 네 굽에 번듯한데, 턱 밑에 일점 용인의 새겼으되 「사송 천사마」라 하였거늘 유생이 대희하여 장자더러 말을 사자 하니 장자 웃어 왈,

「수년 전에 백용사 부처중이 이 말을 맡기며 왈「이 말을 길러내어 임자를 찾아 주라」하기로 맡아 길렀더니 이 말이 장성하매 잡을 길이 없어 토굴에 가두었으나 천만인이 구경하되 하나도 가까이 못 가더니, 오늘날

그대를 보고 제 스스로 찾아오니 부처중이 이르던 임자 그대가 적실하니 하늘이 주신 보배니 어찌 판단 말인가. 物各有主오니 가져가옵소서.」

한데 유생이 대희하여 안장을 갖추어 동장자를 하직하고 송임촌을 지나서 광덕산을 행하여 노승에게 치하하고 積年 정회를 하직할 제 諸寺衆의 諸僧들의 別懷之談을 어찌 다 설화하고 기록하리.

하직하고 그 말 위에 높이 앉아 남경을 바라보며 구름을 가리켜 말더러 경계 왈,

「하늘은 나를 내시고 용왕은 너를 낼 제 그 뜻이 모두 다 남경을 돕게 함이라. 이제 남적이 황성에 강성하여 천자의 목숨이 경각에 있다 하니 대장부 급한 마음 一刻이 如三秋라, 너는 힘을 다하여 남경을 瞬息에 득달하라.」

그 말이 그 말을 듣고 청천을 바라보며 벽력 같은 소리하고 白雲을 헤쳐 나는 듯이 들어가니, 사람은 天神이요 말은 飛龍이라. 남경을 바람같이 달려오니 금산성 너른 뜰에 살기가 충천하고 황성 문안에 곡성이 진동하더라.

이때 천자 중군 조 정만으로 더불어 옥새를 가지고 도망하여 용둥수에 빠져죽고자 하되 적진을 벗어날 길이 없어 遑遑罔極하던 차에 문득 북편으로 千兵萬馬 들어오며 천자를 부르거늘, 천자 대명군사 오는가 반겨 바래더니, 남적과 동심하여 마용이 진공이라 하는 도사를 데리고 천자를 치려 하여 억만 군병을 총독하여 일시에 들어오니 이때에 정 한담이 천자 되어 백관을 거느리고 최 일귀는 대장 되어 삼군을 경계할 제, 또한 북적이 합세하여 그 형세 웅장함이 만고에 으뜸이라.

선봉장 정 문걸이 의기양양하여 명진 육국청병을 한칼에 다 무찌르고 선봉을 헤쳐 진중에 들어와,

「명제야, 항복하라. 내 한칼에 육국청병 다 죽어 있고 또한 북적이 합세하였으니 네 어이 당할소냐. 바삐 나와 항복하여 너의 모자를 찾아가라.」

하고 짓쳐들어오니, 이제 천자 하릴없어 옥새를 목에 걸고 降書를 손에 들고 항복하려 하고 나올 적에 중군 조정만과 명진에 남은 군사 어찌 아니 한심하고 슬프리오. 천자의 울음소리 명성원이 떠나가게 방성통곡하며 항복하러 나오더라.

卷之下

각설, 이때 유충렬이 금산성하에서 望氣하다가 형세 위
급함을 보고 일광주 용린갑에 장성검을 높이 들고 천사
마를 채질하여 바삐 중군소에 들어가 조 정만을 보고 성명
을 올려 싸우기를 청한데, 중군이 바삐 나와 손을 잡고
울며 왈,

「그대 충성은 지극하나 지금 皇上이 항복하려 하시고
또한 적진 형세 저러하니 그대 청춘이 戰場白骨 될 것
이니 원통하고 망극하다.」

충렬이 不勝忿氣하여 陣門 밖에 나서면서 벽력같이 소
리하여 敵將을 불러 왈,

「이 봐, 역적 정 한담아. 남경 동성문내에 사는 유 충
렬을 아는다 모르는다. 바삐 나와 목을 드리라.」

하는 소리 양진이 뒤놀며 천지 강산이 진동하니, 문걸이
대경하여 돌아보니 일광투구에 안채 쏘이고 용린갑은 혼
신을 감추우고 천사마는 비룡 되어 雲霧중에 싸이어 공중
에 소리만 나고 제 눈에는 보이지 아니하니 창검만 높이
들고 주저주저하던 차에 벽력 같은 소리 끝에 장성검이 번

듯하며 정 문걸의 머리 공중에 베어 들고 중군으로 달려 뜨니, 조 정만이 엎더지며 문밖에 급히 나와 손을 잡고 들어갈 제, 이때 천자는 옥새를 목에 걸고 항서를 손에 들고 진문 밖에 나오다가 뜻밖에 호통소리 나며 일원 대장이 문걸의 머리를 베어 들고 중군으로 들어가거늘, 大驚大喜하여 중군을 급히 불러 왈,

「적장 베던 장수 성명이 뉘냐, 바삐 入侍하라.」

충렬이 말께 내려 천자전에 伏地한데, 천자 급히 문왈,

「그대는 뉘신지 죽을 사람을 살리는가.」

충렬이 저의 부친과 강 희주 죽음을 절분히 여겨 통곡하며 여쭈오되,

「소장은 동성문내 居하던 정언 주부 유심의 아들 충렬이옵더니 周流丐乞*하여 만리 밖에 있삽다가 아비 원수 갚으려고 여기 잠깐 왔삽거니와 폐하 정 한담에게 困乏* 하심은 夢中이로소이다. 전일에 정 한담을 충신이라 하시더니 충신도 역적 되나이까. 그 놈의 말을 듣고 충신을 원찬하여 다 죽이고 이런 환을 만나시니 천지 아득하고 일월이 無光하옵니다.」

슬퍼 통곡하며 머리를 땅에 두드리니 산천초목도 슬퍼하며 滿陣中이 낙루 아니 할 이 없더라.

천자 이 말을 들으시고 後悔莫及* 할 말 없어 우두커니 앉았더니, 태자 적진에 잡혀 갔다가 본진에서 문걸 베임을 보고 脫身 逃走 급히 와서 충렬의 손을 붙들고 왈,

「경이 이게 웬말인가. 옛날 周成王*도 管蔡의 말을 듣고

---

*주류개걸 : 두루 흘러다니며 구걸함.
*곤핍 : 곤란을 당하고 핍박당함.
*후회막급 : 후회하나 미칠 수 없음.
*주성왕 : 주무왕(周武王)의 아들. 주공(周公)의 힘을 입어 왕위(王位)를 유지하고 정치를 잘함.

周公을 의심터니 회과자책하여 聖君이 되었으니 충신
이 다 죽기는 莫非天運이라. 그런 말을 하지 말고 盡忠
竭力하여 황상을 도우시면 태산 같은 그 공로는 천하를
半分하고 하해 같은 그 은혜는 맺어 갚으리라.」

충렬이 울음을 그치고 태자 相을 보니 천자 氣像 적실
하고 一代聖君 될 듯하여 투구 벗어 땅에 놓고 천자전에
사죄 왈,

「소장이 아비 죽음을 恨歎하여 분심이 있는고로 激切
한 말씀을 폐하전에 아뢰었으니 罪死無惜이라. 소장이
죽사온들 폐하를 돕지 아니하오리까.」

천자 충렬의 말을 듣고 친히 계하에 내려와서 투구를
씌우면서 손을 잡고 하는 말이,

「寡人은 보지 말고 그대 선조 창건하던 일을 생각하여
나라를 도와 주면 태자 하던 말대로 그대 공을 갚으리
라.」

충렬이 청명하고 물러나와 장대에 높이 앉아 군사를 총
독하니 疲病將卒이 불과 일이백명이라. 천자 삼층단에 높
이 앉아 하늘에 제사하고 印劍을 끌러내어 충렬을 주신
후에 대장 司命旗에 친필로 쓰시기를 「大明國 大司馬 都
元帥 유 충렬」이라 뚜렷이 써내주니 원수 사은하고 진법
을 시험할 제, 長蛇一字陣을 쳐 頭尾를 相合케 하고 군중
에 호령하되,

「남북적병이 비록 억만병이라도 나 혼자 당하려니와 너
희 등은 行伍를 잃지 말라.」

약속할 제, 이적에 적진중에서 문걸 죽음을 보고 일진
이 진동하여 서로 나와 싸우려 할새 삼군대장 최 일귀 분
기를 이기지 못하여 녹포운갑에 백금투구를 쓰고 장창대

검을 좌우에 갈라 들고 적제마를 채질하여 나는 듯이 달려들며 외쳐 왈,

「적장 유 충렬아, 네 아직 미거하여 남북강병 억만군을 능멸히 생각하니 바삐 나와 죽어 보라.」

원수 장대에 있다가 최 일귀란 말을 듣고 바삐 나와 應聲하되,

「정 한담은 어디 가고 너만 어찌 나왔느냐. 너희 두 놈의 간을 내어 우리 부모 靈位前에 再拜하고 드리리라.」

함성하고 달려들어 장성검이 번듯하며 일귀 가진 장창대검이 片片破碎* 부서지니 최 일귀 대경하여 鐵槌*로 치자 한들 원수 일신이 보이지 아니하니 치자 한들 어이하리. 적진중에서 옥관도사 싸움을 구경타가 대경하여 급히 錚*을 쳐 거두오니, 일귀 겨우 본진에 돌아와 정신을 잃었는지라.

이때 북적 선봉 마룡은 천하에 명장이라. 충렬을 잡지 못하고 돌아옴을 분히 여겨 진문을 헤쳐 왈,

「대장은 어찌 조그마한 아이를 살려 두고 오니이까. 소장이 잡아오리이다.」

하며 나는 듯이 들어올 제, 북적 진중에서 또한 도사 진진이 나와 마룡의 말머리를 잡고 왈,

「대장은 가지 마옵소서. 적장의 갑주창검을 보니 용궁의 조화라, 수년 전에 대장성이 남경에 떨어지더니, 이제 검술을 보니 북두성 대장성이 칼 빛을 응하며, 일광주 용린갑은 일신을 가리었으니 사람은 천신이요, 말은 비룡이라 뉘 능히 당하리오.」

---

*편편파쇄 : 조각조각 깨어져 부서짐.
*철퇴 : 옛날 무기의 하나로 쇠몽둥이.
*쟁 : 군사를 물리는 꽹과리.

마룡이 분노하여 도사를 꾸짖어 왈,

「대장부 앞에 요망한 도사놈이 무슨 잔말을 하느냐. 바삐 물러서라.」

진진이 생각하되 미구에 대환이 있을지라, 진중에 들지 말고 小路로 도망하여 싸움을 구경터라.

이때에 마룡이 좌수에 삼천근 철퇴를 들고 우수에 창검을 들고 호통을 지르며 나와 원수를 맞아 싸우더니, 일광주에 쏘이어 두 눈이 캄캄하여 정신이 없는지라. 운무 중에 소리 나며 검광이 빛나며 원수를 치려 하니 장성검이 번듯하며 마룡의 손을 치니, 철퇴 든 팔이 마저 땅에 떨어지니 마룡이 대경하여 우수에 잡은 칼로 공중에 솟아 번개를 냅다 치니 구척장검 길고 긴 칼이 낱낱이 파쇄하여 빈 자루만 남은지라. 제 아무리 명장인들 赤手로 당할소냐. 본진으로 도망코자 할 즈음에 벽력 같은 소리 진동하며 장성검이 번듯하며 마룡의 머리 안개 속에 내려지니 목은 질러 본진에 던지고 몸은 적진에 던지며 왈,

「이 봐 정 한담아, 바삐 나와 죽기를 재촉하라. 네놈도 이같이 죽이리라.」

하며 좌우로 횡행하되 공중에 소리만 나고 일신은 아니 보이니 적진이 대경하여 魂不附身하더라.

한담이 대노하여 용상을 치며 왈,

「억만군중에 충렬이 잡을 자 없느냐.」

형사마 비껴타고 십척장검 빼어 들며 진문 밖에 썩 나서니 최 일귀 응성하고 나와 왈,

「대장은 아직 참으소서. 소장이 당하리다.」

하며 나는 듯이 들어가며 외쳐 왈,

「적장 유 충렬은 어제 미결한 싸움을 결단하자.」

　원수 응성하고 천사마상 번뜻 올라 좌수의 신화경은 신장을 호령하고 우수의 장성검은 일월을 희롱하는지라, 적진을 바라보고 나는 듯이 들어가 혼신이 일광 되어 가는 줄을 모를레라. 일귀를 맞아 싸워 반합이 못하여서 장성검이 번듯하며 일귀의 머리를 베어 칼 끝에 꿰어 들고　본진으로 돌아와서 천자전에 바쳐 왈,

　「이것이 최 일귀 머리 적실하오니까.」

　천자 일귀의 목을 보고 大忿(대분)하사 도마 위에 올려 놓고 점점이 오리면서 원수를 치사왈,

　「짐이 불명하여 이놈의 말을 듣고 경의 부친을 門外出送(문외출송)*하였더니 이놈이 나를 속여 만리 연경에 보냈으니 이제는 雪恥(설치)하고 경의 은혜 論之(논지)컨대 割膚奉養(할부봉양)* 부족이라 백골이 塵土(진토) 되어도 그 은혜를 다 갚으리. 황태후는 어디 가고 이놈 고기 맛볼 줄을 모르는가.」

　원수의 손을 잡고 백번이나 치사하니 원수 더욱　감축하여 叩頭謝禮(고두사례)*하고 군중으로 물러나오니 중군 조 정만이 즐거움을 측량치 못하여 臺下(대하)에 내려 백배치사하며 즐기더라.

　이때 한담이 일귀 죽음을 보고 분심이 充壯(충장)*하여 벽력같은 소리를 천둥같이 지르고 장창대검 다 잡아 쥐고 전장 오백보를 솟아 뛰어서며 六丁六甲(육정육갑)을 베풀어 좌우 신장 옹위하고 遁甲藏身(둔갑장신)하여 변화를 부쳐두고 호통을 크게 질러 원수를 불러 왈,

　「충렬아 가지 말고 네 목을 바삐 納賞(납상)*하라.」

---

*문외출송 : 왕이 신하의 벼슬을 뺏고 내쫓음.
*할부봉양 : 살을 베어 봉양함.
*고두사례 : 머리를 조아려 사례함.
*충장 : 충만하여 씩씩함.
*납상 : 댓가로 바침.

원수 한담이 나옴을 보고 대희하여 응성하고 나올 제

천자 원수를 당부 왈,

「한담은 일귀 마룡의 類 아니라. 천신의 법을 배워 萬

夫不當之力이 있고 變化不測하니 각별히 조심하라.」

　원수 크게 웃고 陣前에 나서 한담을 望見하니, 신장이

십여 척이요, 면목이 웅장하며 황금투구의 녹포운갑에 조

화를 붙였는데 천상 익성정신을 흉중에 갈무었으니 一代

名將이요, 역적 될 만한지라. 원수 기운을 가다듬고 신화

경을 잠깐 펴 익성정신을 衰盡케 하고 장성검을 다시 닦

아 星彩 찬란케 하고 변화의 隱身하고 호통을 크게 하며

한담을 불러 왈,

「네놈은 명나라 정 종옥의 자식 정 한담이 아니냐. 세

대로 명나라 녹을 먹고 그 인군을 섬기다가 무엇이 부

족하여 충신을 다 죽이고 부모국을 치려 하니 비단 천

하 사람뿐 아니라 지하 귀신들도 너를 잡아 황제전에

드리고자 할 것이니 너 같은 萬古逆賊이 살기를 바랄소

냐. 네놈을 生擒하여 전후죄목을 물은 후에 너의 살을

脯肉을 떠서 宗廟에 제사하고 그 남은 고기는 받아다

가 우리 부친 忠魂堂에 夕奠祭*를 지내리라. 바삐 나와

나를 보라.」

　한담이 분노하여 應聲出馬 나오거늘, 원수 한담을 맞아

싸울새, 칼로 치게 되면 반합에 죽을 것이로되 살리고 잡

고자 하여 장성검 높이 들어 한담을 치려더니 한담은 간

데 없고 翩翩彩雲*이 일어나며 원수의 장성검의 劍光이 없

어지고 펴 있던 칼이 도로 사리거늘, 원수 대경하여 급히

물러와 신화경을 바삐 펴 일편을 외운 후에 장성검을 세
번 치며 風伯을 바삐 불러 채운을 쓸어 버리고 안순풍이
지조화를 부쳐 적진을 살펴보니 한담이 변신하여 채운에
싸이어 십여 척 장검 번뜩이며 원수를 따르거늘, 원수 그
제야 깨닫고 왈,

　「한담은 천신이라 산채로 잡으려 하다가는 환을 당하
　리라.」

하고 싸우러 나갈 제, 진전에 안개 자욱하며 장성검 번개
되어 공중에 빛나며 한담을 치려 하되, 한담의 몸에는 종
시 칼이 가직히 가질 못하거늘 적진을 향하여 뒤로 들어
진중을 헤칠 듯하니 한담이 원수를 따라 잡으려 하고 급
히 회마차의 번개 언듯하며 한담의 탄 말이 땅에 꺼꾸러
지거늘, 급히 칼을 들어 한담의 목을 치니 목은 맞지 아니
하고 투구만 깨어지니 적진에서 한담의 투구 깨어짐을 보
고 대경하여 급히 쟁을 쳐 거두우매 한담이 기운이 쇠진
하여 거의 죽게 되었더니 쟁을 쳐 거두매 본진에 돌아와
정신을 놓고 기운을 수습치 못하거늘, 좌우 구하니 겨우
정신을 차려 앉으며 왈,

　「선생은 어찌 알고 소장을 불렀나이까.」

　도사 왈,

　「적장의 칼 끝이 장군의 투구 깨어지기로 만분 위태하
　여 불렀노라.」

　한담이 대경하여 머리를 만져 보니 투구 없는지라, 더
욱 놀라 왈,

　「적장은 일정 천신이요 사람은 아니로다. 십년을 공부
　하여 사람은커녕　귀신도 측량치 못하는 법이 많았
　더니 마룡과 최 일귀 죽음을 조심하여 십년 배운 법을

오늘날 모두 다 베풀어 적장을 잡으려 하더니, 잡기는 새로이 기운이 쇠진하여 거의 죽게 되었더니 천행으로 선생의 힘을 입어 목숨이 살았으나 천만가지로 생각하되 힘으로는 잡을 수 없으니 선생은 깊이 생각하옵소서.」

도사 이 말을 듣고 간담이 서늘하여 이윽히 생각하다가 군중에 傳令하여 진문을 굳게 닫고 한담을 불러 왈,

「적장을 잡으려 할진대 人力으로는 잡지 못할 것이니, 군장기계를 모아 如此如此하였다가 적장을 유인하여 진중에 들게 되면 제 비록 천신이라도 피할 길이 없으리라.」

한담이 대희하여 도사의 말대로 약속을 定制하고 수일을 지낸 후에 갑주를 갖추고 진문에 나서며 원수를 불러 왈,

「네 한갓 혈기만 믿고 우리를 대적하니 後生이 可畏로다. 빨리 나와 雌雄*을 결단하라. 」

이때에 원수 의기양양하여 진전에 횡행타가 부르는 소리를 듣고 응성출마하여 일합이 못하여 거의 잡게 되었더니 적진이 또한 쟁을 쳐 거두거늘 乘勝逐赴*하여 바로 적진 선봉을 헤쳐 달려들 제 장대에서 북소리 나며 난데없는 안개 사면에 가득하고 적장이 간 데 없고 陰風이 瀟瀟하며 寒雪이 紛紛하니 지척을 모를러라. 가련하다, 유충렬이 적장 꾀에 빠져 함정에 들었으니 命在頃刻*이라. 원수 대경하여 신화경을 펴 놓고 둔갑장신하여 일신을 감추고 안순법을 베풀어 진중을 살펴보니 토굴을 깊이 파

---

*자웅 : 싸움판의 승부.
*승승축부 : 이긴 김에 계속 쫓아감.
*명재경각 : 목숨이 경각에 있음.

고 그 가운데 長槍劍戟은 삼(ㅅ)대 같이 벌였으며 四海神將이 나열하여 독한 안개, 모진 沙石 사면으로 뿌리면서 함성소리 크게 질러,

「항복하라.」

하는 소리 천지 진동하는지라. 원수 그제야 奸計에 빠진 줄 알고 신화경을 다시 펴 육정육갑을 베풀어 신장을 호령하며 風伯을 바삐 불러 雲霧를 쓸어 버리니, 명랑한 青天白日 일광주를 희롱하고 장성검은 번개 되어 적진중이 요란할 제, 적진을 살펴보니 무수한 군졸이며 진중에 모든 복병 둘러싸서 백만겹을 에웠는데, 장대에서 북을 치며 군사를 재촉커늘, 원수 분노하여 일광주를 다시 만져 용린갑을 다스리고 천사마를 채질하여 左右陣中 호통하며 좌충우돌 횡행할 제, 호통소리 지나는 곳에 번갯불이 일어나는 곳에 雷聲霹靂이 진동하니 군사 장수 넋을 잃고 모든 장수 귀가 먹고 눈이 어두워 제 군사를 제 모른다. 서로 밟혀 분주할 제, 변화 좋다 장성검은 東天에 번듯하며 胡敵이 쓰러지고 西天에 번듯하여 전후 군사 다 죽으니 추풍낙엽 볼 만하며, 武陵桃源 紅流水는 흐르나니 핏물이라.

선봉 중군 다 헤치고 적진 장대 달려드니 정 한담이 칼을 들고 대상에 섰거늘 호통소리 크게 하고 장성검을 높이 들어 대칼에 베어 들고 후근에 달려드니, 이때 황후 태후 적진에 잡혀가서 토굴 속에서 소리하여 하는 말이,

「저기 가는 저 장수는 행여 명나라 장수거든 우리 姑婦 살려주소.」

원수 분기 등등하여 적진에 횡행타가 슬픈 소리 나며, 천사마 그곳을 행하거늘 급히 가 보고 말에서 내려 왈,

「소장은 동성문내 거하던 유주부 아들 충렬이옵더니, 아
비 원수 갚으려고 不遠千里(불원천리) 달려와서 정 문걸을 한칼
에 베고, 그 후에 최 일귀 마룡을 잡고 한담의 목을
베려 이곳에 왔사오니 소장과 함께 본진으로 가사이
다.」

황후 태후 이 말을 듣고 토굴 밖에 나와 원수의 손을
잡고 치사하여 왈,

「그대 일정 유주부의 아들인가. 어디 가 장성하여 저런
명장이 되었는가. 그대 부친은 어디 있느뇨. 장군의
힘을 입어 우리 고부 살려내어 소소백발 이내 몸이 천
자 아들 다시 보고 妍妍紅顏(연연홍안)* 내 며느리 황제 낭군 다
시 보게 하니, 그 공로 그 은혜는 태산이 무너져서 평지
가 되어도 잊을 수 없고 천지가 변하여 碧海(벽해)가 될지라
도 잊을 가망 전혀 없네. 머리를 베어 신을 삼고 혀를
빼어 창을 받아 백년 삼만 육천일에 날마다 이고서도
그 공로를 다 갚을까. 본진에 돌아가서 내 아들 어서 보
세.」

원수 배사하고 황태후를 바삐 모셔 본진에 돌아와 정
한담의 목을 내어 천자전에 바치려고 칼 끝을 빼어 보니
참놈은 간 데 없고 허수아비 목을 베어 왔는지라. 원수 분
노하여 다시 싸움을 돋우더라.

이때 천자 양진 싸움을 구경터니, 원수 적진에 달려들
며 사면에 안개 가득하고 적진 복병이 벌 일듯 하여 빈틈
없이 둘러싸고 고각함성은 천지 진동하고 원수의 검광이
뵈이지 아니하거늘 천자 대경실색하여 발을 구르며 땅에
엎더져 통곡 왈,

---

*연연홍안 : 곱고 고운 젊은 얼굴.

「이제는 죽었구나. 천행으로 충렬을 얻었더니 이제는 죽었으니 불칙한 이내 팔자 살아 무엇하리. 신령하신 黃泉后土*는 이런 景狀을 살피사 유 충렬을 살려주소서.」

이렇듯이 슬피 울더니 뜻밖에 적진중에 안개 없어지며 벽력 같은 소리 나며 장성검 번개 되어 적진 억만병을 순식간에 쓰러쳐 무인지경 되었는데 일원대장이 진문 밖에 나서며 황후 태후를 모시고 본진으로 돌아오거늘, 천자와 태자 버선 발로 달려들어 천자는 원수 손을 잡고 태자는 태후의 손을 잡고 한데 어우러져 즐거운 마음 측량 없어 웃음 절반, 울음 절반 두 가지로 섞이어서, 천자는 옥새를 목에 걸고 항서는 손에 들고 항복하려 나오다가 뜻밖에 충렬을 얻어 살아난 말씀을 하고, 황태후는 적진에 잡혀가 토굴 속에 갇히었다가 뜻밖에 원수 만나 살아 온 말씀을 하고 군사들도 즐거워 치하 분분하더라.

이때 정 한담이 도사의 꾀를 듣고 적장을 유인하여 함정에 넣었더니, 죽기는 고사하고 삼군 억만병을 한칼에 무찌르고 장대에 달려들어 한담의 혼백 붙인 위인을 베고 후군을 짓치다가 황태후를 데려가는 양을 보고 넋을 잃어 도사에게 들어가 여쭈오되,

「충렬은 일정 천신이라, 이제는 百計無策이오니 선생은 어찌하오리까.」

도사 대경망극하여 아무리할 줄을 모르다가 한 꾀를 생각하고 한담을 불러 왈,

「적장 유 충렬은 去去年前에 연경으로 귀양 간 유심의 아들이라 하니, 이제 급히 군사를 재촉하여 유심을 잡아다가 진중에 가두고 죽이려 하면 제 아무리 충신이나

---

*황천후토 : 하늘의 신(神)과 땅의 신.

인군만 생각하고 제 아비를 생각지 아니하랴.」

한담이 이 말을 듣고 대희하여 군중에 전령하되, 날랜 군사 십여 명을 調抜(조발)하여 유주부를 빨리 拿入(나입)하라 분부하니라.

각설, 이때 유주부가 북방 極寒之地(극한지지)에 累年(누년) 고생하매 위인이 보잘것이 없고, 남경에 난리 났단 말을 듣고 주야 근심하며 행여 천자 죽을까 염려하여 冬至長夜(동지장야) 길고 긴 밤에 촉불만 돋워 켜고 축수왈,

「明天(명천)이 감동하사 우리 천자 살릴진대, 내 아들 충렬이 살았거든 남경을 구원하고 제 아비 원수를 갚게 하소서.」

이렇듯이 정성을 드리더니 뜻밖에 한 떼 군사 달려들어 유주부를 잡아내어 수레 위에 높이 싣고 불원천리 재촉커늘, 유주부 정신없어 인사를 놓았다가 겨우 인사를 차려 생각하되,

「이제는 하릴없이 죽는도다. 우리 천자 승전하였으면 날 잡아오라기 만무하다. 일정 정 한담이 역적 되어 천자를 죽이고 나도 또한 죽이려고 이 지경이 되었구나. 청천일월도 무심하고 형산신령도 못 믿겠다. 내 아들 충렬이도 정녕 죽었구나. 살았으면 어디 가서 아비 원수 못 갚는가.」

이렇듯이 슬피 울 제 군사들도 낙루하더라.

여러 날 만에 적진중에 득달하니 이때 정 한담이 용상에 높이 앉아 衮龍袍(곤룡포)*를 정히 입고 백관이 侍衛(시위)하여 유심을 잡아다가 계하에 엎지르고 달래어 하는 말이,

「그대 마음이 하 고집하기로 만리 연경에 수년을 고생

---

* 곤룡포 : 옛날 임금이 입던 정복(正服).

하니 내 마음이 불안한지라. 이제는 짐이 천자 되어 백관을 거느렸더니 그대 아들이 아직 未擧하여 天威를 모르고 죽은 明帝를 살리려고 우리 군사를 침노하니, 죄상을 논지컨대 진작 죽일 것이로되 그대를 생각하여 아직 살려 두었더니 종시 항복치 아니하기로 그대를 데려다가 자식에게 편지나 하여 부자 함께 만나 나를 도우면 高官大爵은 원대로 할 것이니 부디 사양치 말라.」

유주부 이 말을 듣고 분심이 撑腸하여 눈을 부릅뜨고 쪽골쳐* 앉으며 왈,

「네 이놈 정 한담아, 천지도 무섭잖고 일월도 두렵지 아니하냐. 나는 자식도 없고, 자식이 설혹 있은들 우리 천자를 모시고 너 같은 역적놈을 죽이려 하는데 그 아비 무슨 일로 성군을 저버리고 역적을 도우랴 하며, 내 자식은 새로이 광대한 천지간이 삼척 동자도 네 고기를 먹고자 하느니, 하물며 내 아들은 옥왕이 점지하사 남경을 도우라 하였으니 만고역적 너 같은 놈을 섬길 듯하냐.」

이렇듯이 恐責*하며 怒氣騰騰하거늘, 한담이 대노하여 유심을 잡어내어 군중에 베라 하니, 곁에 있던 군사 벌떼같이 달려들어 劍戟을 번뜩이며 유주부를 잡아내니, 도사 한담을 말려 왈,

「그대 어찌 輕先히* 아는다. 유심의 상을 보니 당대 황후 기상이니 천명이 완연커늘 그리할 가망 있을소냐. 만일 죽였다가는 대환이 目前에 있을 것이니 분심을 참으소서.」

---

* 쪽골쳐 : 쪼그려 고쳐 앉음.
* 공책 : 무섭게 꾸짖음.
* 경선히 : 경솔하게

한담이 분기를 이기지 못하여 생전 돌아오지 못할 데로 다시 귀양 보내고 거짓 유심의 편지를 만들어 무사로 하여금 명진중에 쏘아 원수를 보게 하니, 이때 원수 장대에 앉았다가 난데없는 살 하나가 진중에 내려지거늘, 급히 주워다가 살을 보니 살 끝에 편지 한 장 달렸거늘 끌러 보니 그 편지에 하였으되,

「연경에 적거한 유주부는 불효자 충렬에게 一張書簡(일장서간) 부치나니 급히 받아 떼어 보라. 오호라, 너의 부모 연광이 반이 넘어 일점혈육 없었더니 남악산에 산제하고 너를 늦게야 낳아 영화를 보렸더니 나의 팔자 기박하여 천자께 득죄하고 만리 연경에 귀양 가서 사생이 關頭(관두)*하되 아비를 찾지 아니하는구나. 부모를 상봉함은 天倫(천륜)에 당연커늘, 너의 몸만 장성하여 망한 나라 섬기려고 새 나라를 침노하니 새 천자 네 아비를 잡아다가 너 같은 몹쓸 자식 두었다 하시고 도마 위에 올려 놓고 죽이려 하니 이 아니 망극하냐. 세상 사람이 자식 낳으면 좋다 하는 말이 자식의 힘을 입어 영화를 보는고로 생남하면 좋다 하는데, 나는 무슨 죄로 영화 보기는 새로이 소소백발 파리한 목에 창검이 웬일이며, 피골상련 늙은 수족 수레소*를 어이하리. 네가 일정 나의 자식이거든 급히 항복하여 우리 부자 상봉하여 萬鍾祿(만종록)*을 먹게 하라. 만일 내 말을 듣지 아니하면 죽은 혼이라도 자식이라 아니 하고 모진 귀신이 되어 네 몸을 해하리라. 할 말이 무궁하되 命在頃刻(명재경각)하여 황황하기로 그치노라.」

하였더라.

---

*관두 : 막다른 절정.
*수레소 : 사지를 찢는 형벌에 쓰는 소.
*만종록 : 매우 두터운 봉록(俸祿).

원수 이 편지를 보고 정신이 아득하여 흉중이 막혀 인사를 모르더니 겨우 진정하고 천자께 들어가 그 편지를 드리며,

「이 글을 보옵소서, 폐하. 전일에 소신 아비의 필적을 보았을 것이니 이게 정녕 아비의 필적이오니까.」

천자와 태자 그 편지를 다 본 후에 拍掌大笑(박장대소)하며 원수를 위로 왈,

「그대의 부친이 죽은 지 오랜지라. 혼백이 살았더라도 글씨를 보니 전후 不見(불견) 필적이라, 설령 살았을지라도 이런 말을 어이 할까. 장군은 염려 말고 정 한담을 사로잡아 그 곡절을 물어 보면 내 말이 옳다 하리라.」

원수 물러나와 생각하되, 전일 강승상을 만날 때에 멱라수 회사정에 부친이 빠져 죽은 표적을 붙였으니 부친이 죽기는 적실한지라. 이제 어찌 적진에 들어가 편지를 부쳤으리오. 그러나 나의 마음 心亂(심란)하다. 적진을 쳐 파하고 한담을 사로잡아 이 일을 解得(해득)하리라 하고 일광주를 다시 씻고 黃龍鬚(황룡수)*를 거스르고 봉의눈을 부릅뜨며 용린갑을 졸라 입고 대장검을 높이 들며 신화경을 손에 들고 천사마를 바삐 몰아 진전에 나서며 한담을 크게 불러 왈,

「네 이놈, 간사한 꾀를 내어 나를 항복코져 하거니와 내 어찌 모를소냐. 바삐 나와 죽어 보라.」

한담이 황겁하여 도성에 들어가고 선봉을 머무르며 군문을 굳이 닫고 나지 아니하거늘, 원수 승승축부하여 적진에 달려들어 장성검 번듯하며 적진 선봉 씨가 없이 다 죽이고 도성문에 달려드니 사대문이 닫혔거늘, 호통소리 한

---

*황룡수 : 황룡의 수염과 같은 수염.

머리에 장성검을 번득이며 철편으로 문을 치니, 문이 편편파쇄하여 동시월 雪寒風(설한풍)에 백설같이 흩날리더라. 순식간에 달려들어 궐문 밖에 진 친 군사 대칼에 무찌르고 정 한담을 바삐 찾아 궐문 안에 들어갈새, 이때 한담이 원수 도성에 든단 말을 듣고 황황급급 북문으로 도망하여 도사를 데리고 호산대에 높이 올라 피란하는지라.

원수 도성에 들어 한담의 가권을 잡고 또 저희 三族(삼족)을 다 잡아 본진으로 보내고 만조백관을 호령하여 옥연을 갖추어 본진에 돌아가 천자를 모셔 환궁하고 한담의 家率(가솔)을 낱낱이 문죄 후에 씨 없이 베고, 조 정만을 신칙하여 본진을 지키우고 원수는 전일 살던 집터를 가 보니, 웅장한 고루거각 빈 터만 남았더라. 슬픈 마음 진정하고 궐문을 향하여 돌아서니 부모 생각 측량없어 지나가는 길이 캄캄하여 참을 길이 없는지라. 갑주 벗어 땅에 놓고 가슴을 두드리며 대성통곡 하는 말이,

「옛날에 箕子(기자)도 나라가 망한 후에 옛터를 지나다가 궁실이 무너져서 쑥대밭이 됨을 보고 麥秀歌(맥수가)*를 슬피 지어 故情(고정)을 생각하더니, 이제 유 충렬은 물 가운데 부모 잃고 도로에 개걸타가 이내 몸이 장성하여 살던 터를 다시 보니 장부 한숨 절로 난다. 우리 부모는 어디 가시고 이런 줄을 모르시는가. 桑田碧海(상전벽해)하단 말을 곧이 아니 들었더니, 이내 일을 생각하니 백년 인생 草露(초로) 같고 만세 광음 流水(유수)로다. 부귀 영화 본다 하고 부디 사람 輕(경)히 말고 제 복 있어 잘산다고 일가친척 괄세 마소. 苦盡甘來 興盡悲來(고진감래 흥진비래)는 고금에 常事(상사)로세. 陽地(양지)가 陰地(음지) 되고 음지가 양지 되는 줄을 그 뉘라서 알아보리, 권세

───────────────
*맥수가: 기자(箕子)가 고국(故國)이 망함을 탄식하여 지은 시(詩).

좋다 귀하다고 천만년를 믿지 마소.」

이렇듯이 낙루하고 도성에 들어오니 만조백관 侍衛 중에 충신은 다 죽고 남아 있는 자는 정 한담의 同類라. 낱낱이 잡아내어 罪之輕重하여 장안시에 처참하고 정 한담을 찾으려고 군중에 전령하여 찾으니라.

이때 정한담이 호산대에서 도사더러 의논할새, 도사 한 꾀를 생각하여 왈,

「이제 百計無策이라. 여간 남은 군사로 牌文 지어 남만과 서번과 호국에 보내어 패전한 말을 하고 구원병을 청하여 한번 싸운 후에 事不如意하면 목숨만 도망하여 후일을 봄이 어떠하뇨.」

한담이 대희하여 패문을 지어 급히 오국에 보내니라. 이때 오국 군왕이 각기 장수를 보내어 승전하기를 주야 기다리더니 뜻밖에 패군한 소식이 왔거늘 각각 분노하여 서천 삼십육도 군장이며 가달 토번왕과 호국대왕이 정병 팔십만과 용장 천여 원이며 신기한 도사를 좌우에 앉히고 진세를 살피며 각각 군왕 등은 중군이 되어 천하명장을 간택하여 선봉을 정한 후에 행군을 재촉하여 달려드니 그 거동 웅장함은 一口難說이라.

이때 정한담이 청병 옴을 보고 기운이 펄쩍하여 성명을 바삐 적어 군중에 통지하고 도사와 함께 호왕께 현신하고 前後首末을 낱낱이 아뢰니, 호왕 등이 이 말을 듣고 정 문걸이며 마룡이 죽었단 말을 듣고 간담이 서늘하여 접전할 마음이 없으나 한갓 분심을 못 이기어 정 한담과 동심하여 호산대에 진을 치고 격서를 남경으로 보내니라.

이때 원수는 도성에 들고 조정만은 금산성하에 유진하였더니 뜻밖에 조 정만이 장계를 올리거늘, 급히 개탁하

여 보니 하였으되,

「오국군왕들이 패군한단 말을 듣고 각각 중군이 되어
오는 중에 정 한담과 옥관도사 합력하여 격서를 보내었
으니 원수는 급히 와 防敵하소서.」

하였거늘 원수 듣고 크게 웃어 왈,

「정 문걸 마룡은 천하 명장이라도 내 칼 끝에 죽었거든
하물며 호국 오국병호*야 제 비록 昇天入地하는 놈이
선봉이 되었으나 한갓 장성검의 피만 묻힐 따름이라.
황상은 염려 마옵시고 소장의 칼 끝에 적장의 머리 떨
어지는 구경이나 하옵소서.」

즉시 갑주를 갖추고 본진에 돌아와 군사를 신칙하여 항
오를 각별히 단속하고 적진에 글을 보내 싸움을 돋울 제
이때 정 한담이 오국군왕전에 한 꾀를 드려 왈,

「도사의 재주는 소장이 십년을 공부하여 변화무궁하오
니 구척장검 칼머리에 강산도 무너지고 하해도 뒤눕더
니, 명진 도원수 유 충렬은 천신이요 사람은 아니라. 이
제 대왕이 억만병을 거느려 왔으나 충렬 잡기는 새로
이 접전할 장수 없사오니, 만일 싸우다가는 우리 군사
씨가 없고 대왕의 중한 목숨 보존하기 어려울 것이니
오늘 밤 삼경에 군사를 갈라 금산성을 치게 되면 제 응
당 구할 차로 올 것이니, 그때를 타 소장은 도성에 들
어가 천자를 항복받고 옥새를 앗았으면 제 비록 천신
인들 제 인군 죽었으니 무슨 면목으로 싸우리까. 그 꾀
마땅하오니 대왕의 처분은 어떠하시니까.」

호왕이 대회하여 한담으로 대장삼고 천극한으로 선봉
을 삼고 약속을 정제할 제, 제군중에 기치를 둘러 도성으

---

*오국병호 : 오(吳)국의 오랑캐 군대.

로 갈 듯이 하니 원수 산하에 있다가 적세를 탐지하고 도성에 들어오니라.

이 밤 삼경에 한담이 선봉장 극한을 불러 군사 십만명을 주어 금산성을 치라 하니, 극한이 청명하고 금산성에 달려들어 호통일성에 십만명을 나열하여 군문을 바삐 헤쳐 군중에 들어 좌우를 충돌하며 군사를 짓쳐들어가니 불의에 환을 만나 황황급급한지라.

원수 도성에서 적세를 탐지하더니 한 군사 보하되,

「지금 도적이 금산성에 들어 군사를 다 죽이고 중군장을 찾아 횡행하니 원수는 급히 와 구원하소서.」

원수 대경하여 금산성 십리뜰에 나는 듯이 달려들어 벽력 같은 소리하며 적진을 짓쳐 중군에 들어가 조 정만을 구원하여 장대에 앉히고 필마단창으로 성화같이 달려들어 장성검 지난 곳에 천극한의 머리를 베고, 천사마 닫는 곳에 십만 군병이 팔공산 초목이 구시월 만난 듯이 순식간에 없어지니 원수 본진에 돌아와 칼 끝을 보니 정 한담은 어디 가고 전후 불견 되놈이라.

이때 한담이 원수를 치우고 정병만 가리어 급히 도성에 드니 성중에 군사 없고 천자는 원수의 힘만 믿고 잠을 깊이 들었다가 뜻밖에 천병만마 성문을 깨치고 궐내에 들어가 함성하는 말이,

「이 봐 명제야 어디로 갈다. 팔랑개비라 飛上天하며 두더지라 땅으로 들다. 네놈의 옥새 앗으려고 하더니 이제는 어디로 갈다. 바삐 나와 항복하라.」

하는 소리 궁궐이 무너지며 혼백이 상천하는지라. 명제 넋을 잃고 용상에 떨어져 옥새를 품에 품고 말 한 필 잡아 타고 엎더지며 자빠지며 북문으로 도망하여 변수 가에

다다르니 한담이 궐내에 달려들어 천자를 찾은즉 간 데 없고 황후 태후 태자 도망하여 나오거늘, 호령하고 달려들어 황후를 잡아 궐문에 나와 호왕에게 맡기고 북문에 나서니, 이때 천자 변수 가에 도망커늘 한담이 대희하여 천둥 같은 소리하고 순식간에 달려들어 구척장검 번듯하며 천자의 앉은 말이 백사장에 거꾸러지거늘, 천자를 잡아내어 馬下에 엎지르고 서리 같은 칼로 通天冠*을 깨던지며 호통하는 말이,

「이 봐 들어라, 하늘이 날 같은 영웅을 내실 제는 남경에 천자 시킴이라. 네 어찌 천자를 바랄소냐. 네 한 놈 잡으려고 십년을 공부하여 변화무궁하니 네 어찌 순종치 아니하고 조그마한 충렬을 얻어 내 군사를 침노하니 너의 죄를 논지컨대 이제 바삐 죽일 것이로되, 옥새를 드리고 항서를 써 올리면 죽이지 아니하려니와 그렇지 아니하면 네 놈의 노모처자를 한칼에 죽이리라.」

천자 하릴없어 하는 말이,

「항서를 쓰자 한들 紙筆이 없다.」

하시니 한담이 분노하여 창검을 번득이며 왈,

「龍袍를 떼고 손가락을 깨어 항서를 쓰지 못할까.」

천자 용포를 떼고 손가락을 깨물려 하니 차마 못할 즈음에 황천인들 무심하리.

이때 원수 금산성에 적진 십만병을 한칼에 무찌르고, 바로 호산대에 득달하여 적진 정병을 씨 없이 함몰코자 행하더니 뜻밖에 월색이 희미하며 난데없는 빗방울이 원수 面上에 내려지거늘, 원수 고이하여 말을 잠깐 머무르고 천기를 살펴보니 도성에 살기 가득하고 천자의 자미성이 떨

*통천관 : 임금이 조칙(詔勅)을 내리거나 정무(政務)를 볼 때 쓰던 관.

어져 변수 가에 비췄거늘 대경하여 발을 구르며 왈,

「이게 웬 변이냐.」

갑주 창검 갖추고 천사마상 바삐 올라 산호편을 높이 들어 말석을 채질하며 말더러 叮說* 왈,

「천사마야, 너의 용맹 두었다가 이런 때에 아니 쓰고 어디 쓰리오. 지금 천자 도적에게 잡히어 명재경각이라. 순식간에 득달하여 천자를 구원하라.」

천사마는 본디 천상에서 타고 온 飛龍이라, 채질을 아니 하고 정설만 하되 제 가는 대로 두어도 순식간에 몇천 리를 갈 줄 모르는데 하물며 제 임자 급한 말로 정설하고 산호채로 채질하니 어찌 아니 급히 갈까. 눈 한번 깜작이며 황성 밖을 얼른 지나서 변수 가에 다다르니, 이때 천자는 백사장에 엎더지고 한담은 칼을 들고 천자를 치려 하거늘, 원수 이때를 당하매 평생에 있는 기력과 일생에 지른 호통을 진력하여 다 지르니, 천사마도 평생 용맹 이때에 다 부리니, 변화 좋은 장성검도 三十三天* 어린 조화 이때에 다 부리고, 원수 닫는 앞에 귀신인들 아니 울며, 강산도 무너지고 하해도 뒤눕는 듯 혼백인들 아니 울리오. 渾身이 불빛 되어 벽력같이 소리하며 왈,

「이놈 정한담아, 우리 천자 해치 말고 나의 칼을 네 받으라.」

하는 소리에 나는 짐승도 떨어지고 江神 河伯 넋을 잃어 용납치 못하거든 정 한담의 혼백인들 아니 가며 간담이 성할소냐. 호통소리 지나는 곳에 두 눈이 캄캄하고 두 귀가 먹먹하여 탔던 말 둘러 타고 도망하여 가려다가 형산

---

*정설 : 단단히 부탁하는 말.
*삼십삼천 : 불교에서 욕계(慾界)를 사천왕천(四天王天), 도리천(忉利天) 등의 33개로 구분하여 이르는 말.

마 꺼꾸러져 백사장에 떨어지니 창검을 갈라들고 원수를 바우거늘*, 구만 청천 구름 속에 번개칼이 언뜻하며 한담의 두 팔목이 마하에 내려지며 장성검 언뜻하며 한담의 장창대검 부서지니 원수 달려들어 한담의 목을 산채로 잡아 들고 말에서 내려 천자 앞에 복지하니, 이때 천자 백사장에 엎더져서 半生半死 기절하여 누웠거늘 원수 붙잡아 앉히고 정신을 진정한 후에 복지주왈,

「소장이 도적을 함몰하고 한담을 사로잡아 말에 달고 왔나이다.」

천자 황망중에 원수란 말을 듣고 벌떡 일어앉아 보니, 원수 복지하였거늘, 달려들어 목을 안고,

「네가 일정 충렬이냐. 정 한담은 어디 가고 네가 어찌 예 왔느냐. 나는 죽게 되었더니 네가 와서 살리도다.」

원수 전후수말을 아뢴 후에 한담의 머리를 풀어 손에 감아 들고 도성에 들어오니, 이때 오국군왕이 성중에 들었다가 한담이 사로잡혔단 말을 듣고 황겁하여 도성에 들어 城中寶貨 一等美色을 탈취하고 황후와 태후 태자를 사로잡아 수레 위에 높이 싣고 본국으로 들어가고 없는지라.

천자 원수 붙들고 대성통곡왈,

「이 몸이 하늘에 득죄하여 나라가 망케 되었다가 충신 그대를 얻어 회복하게 되었으나 부모 처자를 되놈에게 보내고 나 혼자 살아 무엇하리. 천하를 그대에게 전하나니 그리 알라. 과인은 이제 죽어 혼백이나 호국에 들어가 모친을 만나 보면 구천에 들어가도 餘恨이 없으리라.」

하고 闕內 백화담에 빠져 죽고자 하거늘, 원수 붙들어 용

상에 앉히고 여쭈오되,

「소신이 충성이 부족하여 이 지경이 되었으나, 이때를 당하여 臣者 도리에 호국을 그저 두오리까. 소신이 재주 없사오나 호국에 들어가 胡種*을 함몰하고 황태후를 편히 모셔 돌아오리이다.」

천자 원수 손을 잡고 낙루하며 부탁하되,

「경이 충성을 다하여 호국을 쳐 멸하고 과인의 노모와 처자를 다시 보게 하면 살을 베어도 아깝지 아니하리오.」

원수 배사하고 나와 정 한담을 끌러 계하에 엎지르고 좌우 나졸 호령하여 온갖 형벌 갖추고 前後罪目을 낱낱이 물어 왈,

「이놈 들으라, 네 자칭 신황제라 하고 날더러 天意를 모른다 하더니 어찌 두 팔이 없어 내게 잡혀왔느냐.」

한담이 慙愧無言*이라.

「네 자칭 십년 공부하여 천자를 圖謀한다 하더니 어떠한 놈에게 공부하여 역적이 되었느냐.」

한담이 여쭈오되,

「소인이 불행하여 도사놈의 말을 듣고 이 지경이 되었으니 아뢸 말씀 없나이다.」

「도사놈이 어디 갔는고.」

「소인이 변수 가에 갔을 때에 호국에 들어갔을 듯하나이다.」

원수 왈,

「네놈은 날과 不共戴天之讎*라, 진작 죽일 것이로되 내

---

*호종 : 오랑캐 종족.
*참괴무언 : 부끄러워 아무 말이 없음.
*불공대천지원수 : 함께 하늘 밑에 살 수 없는 원수.

부친의 存亡(존망)을 알고자 하느니 바른대로 아뢰라.」

한담이 다시 여쭈오되,

「소인이 죄 重(중)하야 도사의 말을 듣고 정언 주부를 誣陷(무함)*하여 연경의 귀양 갔삽더니 수일 전에 다시 잡아다가 항복을 받고져 하되 종시 듣지 아니하는고로 다시 호국 포판이라 하는 데로 귀양 갔사오니 그간 생사는 모르나이다.」

원수 이 말을 듣고 통곡왈,

「강 회주는 죽었느냐 살았느냐.」

한담이 여쭈오되,

「강승상도 무함하여 옥문관으로 귀양하고, 그 집 가솔을 다 잡아오더니 中路(중로)에 夜間逃走(야간도주)하여 영릉 땅 청수에 빠져 죽었다 하더이다.」

원수 모친이 회수의 봉변한 일이 한담의 所爲(소위)*인줄 모르고 강낭자 죽은 일만 切忿(절분)하여 한담을 대칼에 베고자 하되 부친을 만난 후에 죽이리라 하고 三木(삼목)*을 갖추어 결박하여 전옥에 가두고 갑주 장검을 갖추어 천자께 하직하고 나오려 하니 천자 階下(계하)에 내려 손을 잡고 낙루왈,

「짐의 手足(수족)을 만리 타국에 보내고 마음이 어떠할꼬. 부디 충성을 다하여 모친과 자식을 살려 수이 돌아오소. 만일 그간에 환이 있으면 뉘로 하여 살아날까.」

십리 밖에 전송하며 만번 당부하니, 원수 聽命(청명)하고 匹馬單槍(필마단창)*으로 만리 타국에 들어갈 제, 이때 호왕이 들어가

---

*무함 : 없는 사실을 거짓 꾸미어서 남을 못될 구렁에 빠지게 함.
*소위 : 행위.
*삼목 : 옛날에 곤장으로 정강이를 치던 형벌.
*필마단창 : 한 필의 말과 한 자루의 창이란 뜻으로 혼자 간단한 무장을 하고 한 필의 말을 타고 감을 이름.

며 후환이 있을까 하여 各道各關^{각 도 각 관}에 行關^{행 관}*하여 호국 들어오는 길에 인가를 없애고 물마다 배를 없애어 인적을 통치 못하게 하였는지라. 원수 전장에 고생하며 음식을 전폐한 날이 많은 중에 부친의 소식을 알고져 하여 침식이 불안하던 차에 호국 수만리를 주점 없이 지내오니 기운이 반감하였는지라. 행역이 노곤하여 유주에 득달하여 자사를 잡아내어 問罪^{문 죄} 왈,

「네 이놈, 세대로 國祿之臣^{국 록 지 신}으로 국가 불안하되 네 몸만 생각하고 국사를 돌보지 아니하며, 또한 정 한담의 말을 듣고 유주부를 네 골의 귀양하였다 하더니 어디 계시뇨.」

자사 황겁하여 사죄 왈,

「소인도 국록지신으로 어찌 무심하리까마는, 호병이 남경에 가는 길에 소인 고을에 달려들어 군사와 양식을 탈취하고 소인을 죽이려 하기로 소인이 도망하여 목숨만 살아났으나, 본디 재주 없고 赤手單身^{적 수 단 신}이라 할 바를 몰라 다만 국가 어찌된 줄을 모르더니 수일 전에 소식을 들어본즉 호병이 승전하여 황후 태후 태자를 사로잡아 가노라 하기, 황황망극하던 차에 장군이 와 계시니 황송하오나 성명은 뉘시며 무슨 일로 유주부를 찾나이까.」

원수 비감하여 왈,

「나는 이 고을 적거하신 유주부의 아들이러니 부모 원수 갚으려고 적진에 들어가 천자를 구완하고 정 한담 최일귀 한칼에 베고, 오국정병을 일시에 무찌르고 천자를 모셔 환궁하였더니 뜻밖에 오국왕이 들어와 나를 속

---

*행관 : 동등한 관아 사이에 공문을 보냄.

여 도성을 엄살하고 황후를 사로잡아 갔는고로, 북적
을 함몰하고 황후를 모셔오려고 가는 길에 들렸노라.」

자사 이 말을 듣고 계하에 내려 백배 치사하고 주육을
많이 내어 대접하고 십리 밖에 전송하니라.

원수 유주를 떠나 호국에 다다르니 風雪(풍설)은 분분하고 도
로는 험악하여 인적이 없는지라.

각설, 이때 호왕이 십만병을 거느려 남경에 갔다가 한
담이 사로잡혔단 말을 듣고 도성에 들어가 황후 태후 태
자를 사로잡고 성중 보화와 일등미색을 탈취하여 본국으
로 돌아와 勝戰曲(승전곡)을 울리며 잔치를 배설하고 수일 즐긴
후에 황후 태후 태자를 잡아내어 계하에 엎지르고, 나졸
이 좌우에 늘어서서 검극을 벌였는데 호왕이 인검으로 난
간을 치며 태자를 호령하여 왈,

「네 이놈, 전일은 네 아비 힘을 믿고 氾濫(범람)히 東宮(동궁)이라
하였거니와 이제는 과인이 하늘께 명을 받아 천자를 항
복받고 네 祖母(조모)를 사로잡아 왔으니 萬乘天子(만승천자)* 나밖에
또 있느냐. 네 바삐 항복하여 나를 도우면 죽이지 아
니하려니와 그렇지 아니하면 너희 母子(모자)를 北海上(북해상)에 던
지리라.」

이렇듯 호령하니 군사의 엄장함은 閻王國(염왕국)이 가까운 듯,
호왕의 엄한 위풍 단산맹호 장을 치는 듯 황후 태후 정신
이 아득하여 삼인이 서로 목을 안고 계하에 엎더져서 아
무라할 줄 모르더니, 이때 태자의 年(연)이 삼십세라. 호왕
을 호령하여 하는 말이,

「네 이놈 역적놈아, 한갓 강포만 믿고 외람히 남경을 침
노하여 이 지경이 되었으나 焉敢生心(언감생심)에 황제를 叱辱(질욕)하

---

*만승천자 : 천자(天子)나 황제를 높이어 일컫는 말. 만승지군.

며 나를 항복받아 네 신하를 삼을소냐. 君臣之分義(군신지분의)를
논지컨대 황제는 萬民之父(만민지부)요, 황후는 萬民之母(만민지모)라. 너는
萬古逆賊(만고역적)놈이라.」

하니 호왕이 분노하여 나졸을 재촉하니, 일시에 달려들어
황후 태후 태자를 잡아내어 온갖 형벌 다 갖추고 수레 위
에 높이 싣고 동문대도상에 나올 적에 旗幟劍戟(기치검극)*을 삼대
같이 세웠는데, 총융대장 높이 앉아 刺客(자객)을 賞給(상급)하고 검
술을 희롱할 제, 황후 태후 태자 수레에서 내려 황후는 태
후의 목을 안고 태자는 황후의 목을 안고 삼인이 한몸
되어 백사장 너른 들에 엎더져 땅을 허비며 방성통곡하
는 말이,
「전생에 무슨 죄로 白髮老嫗(백발노구) 紅顔少婦(홍안소부) 어린 손자 앞세
우고 되놈에게 잡혀와서 한칼 끝에 다 죽으니, 북방천
리 멀고 먼 길에 無主孤魂(무주고혼) 되단 말가. 皮骨相連(피골상련) 이내
몸은 되놈에게 자식 잃고 청춘소부 내 며느리 되놈에
게 낭군 잃고 子子單身(혈혈단신) 내 손자 되놈에게 아비 잃어 萬(만)
里胡國(리호국) 험한 땅에 뉘 보려고 예 왔다가 세 몸이 한몸
되어 자객 손에 죽게 되니, 천만년을 지낸들 이런 변
을 다시 볼까. 광대한 천지간에 흉악하고 불칙한 게 우
리 셋의 팔자로세. 도적에게 황성 잃고 우리 아들 정 한
담을 피하여 북문으로 도망터니 죽었는가 살았는가. 혼
백이나 둥둥 떠서 늙은 어미 죽는 줄을 귀신이나 알련
마는 창망한 구름 속에 사람 소리뿐이로다. 유 충렬은
어디 가고 날 살릴 줄 모르는가. 한심하다, 형산신령 仁(인)
善(선)한 내 아들을 남경에 점지하여 용상 위에 앉힐 적에
그 어미는 무슨 죄로 이 지경이 되게 하며, 萬古英雄(만고영웅)

---

*기치검극 : 깃발과 칼, 창.

유 충렬을 대명국에 점지할 제 어떤 人君(인군) 섬기려고 나의 손자 죽는 줄을 모르느냐. 비나이다 비나이다, 형산신령은 대명국 황성에 급히 가 우리 유원수를 찾아 내 말을 전하되 대명국 황태후, 불쌍한 며느리와 어린 손자 목 안고 기치창검 나열하며 白布帳(백포장) 장막 안에 자객이 벌렸는데 세 몸을 한데 놓고 금일 午時(오시)만 지나면 무죄한 세 목숨이 창검 끝에 달렸으니 한때 속히 전해 주오.」

이렇듯이 통곡하니 피 같은 저 눈물은 소상강 저문 비가 斑竹(반죽)에 뿌리는 듯, 가련하다 만승황후 是年(시년)이 이십팔 세라. 玉鬢紅顔(옥빈홍안) 고운 얼굴 월태화용 귀한 몸이 여러 날 잠 못 자고 굶었으니 형용이 초췌한 중에 호왕이 잡아낼 제 흉악한 군사놈이 억지로 끌어내니 유혈이 滿面(만면)하고 衣裳(의상)이 襤褸(남루)하니 청천에 밝은 달이 黑雲(흑운) 속에 잠겼는 듯, 綠水(녹수)의 紅蓮花(홍련화)가 흑비를 머금은 듯 가련하고 슬픈 경상 차마 보지 못할러라.

이때에 摠戎大將(총융대장) 군사를 재촉하여 죄인을 잡아다가 깃대 밑에 엎지르고 자객을 호령하여,

「일시에 처참하라.」

하니 자객들이 청명하고 紅袍藍帶(홍포남대) 허리에 띠고 匕首劍(비수검)*을 번뜩이며 좌우에 갈라서서,

「行刑(행형)한다.」

고함소리 청천에 진동하니 천지 어찌 무심할까.

이때 유원수 호국지경에 득달하여 상남뜰에 바삐 가니 호국 선우대가 구름 속에 보이거늘, 蒼江白雪(창강백설) 갈대 밑에 천사마를 물 먹이고 江水(강수) 쥐어 낯 씻더니 四顧無人(사고무인) 적막한데 난데없는 일엽표주 강상에 떠오더니 일원선녀 선

─────────────
*비수검 : 날이 날카로운 단도.

창 밖에 나와서 원수에게 예하고 금낭을 끌러 과실 두 개를 주며 왈,

「행역이 困苦(곤고)하오니 이 과실 한 개를 자시고, 한 개는 두었다가 일후에 쓰려니와 지금 황후 태후 태자 호국에 잡혀가서 동문 대도상에 온갖 형벌 갖추오고 자객을 재촉하여 검술을 희롱하니 황후의 귀한 명이 경각에 있는지라. 어찌 급함을 모르고 바삐 가지 아니하나이까.」

두어 말 이르더니 범범중류 가는지라. 원수 대경하여 그 과실 한 개 먹고 천기를 살펴보니, 태자의 장성이 떨어질 듯하고 자미성이 칼 끝에 달렸거늘, 대경하여 황용수를 거스리고 봉의눈을 부릅뜨고 일광주 용린갑을 단단히 졸라매고 장성검을 펴 들고 천사마를 채질하여 나는 듯이 들어가니 동문 밖 십리 사장에 군사 가득하였거늘 말다리를 급히 열어 조총을 잠깐 내어 대한고를 한번 놓으니 우뢰 같은 함성소리 청천백일 진동한 듯 호왕을 불러 외는 말이,

「여봐라 호왕놈아, 황후 태후 해치 말라.」

이때 자객이 비수를 번뜩이며 태자 목을 치려 할 제 난데없는 벽력소리 청천에 떨어지며 일원대장이 제비같이 들어오니, 일진이 황겁하여 주저주저하던 차에 천사마 눈 한번 깜작이며 동문 대도상에 장성검이 불빛 되어 십리사장 너른 들에 五馬作隊(오마작대)*로 싸인 군사 씨 없이 다 베고 성중에 달려들어 궐문을 깨치고 문 안에 만조백관 대칼에 무찌르고 용상을 쳐부수며 호왕의 머리 풀어 손에 감아 쥐고 동문대로에 급히 오니, 이때 황후 태후 태자 자객의 검광 끝에 혼백이 흩어져서 기절하여 엎더졌는지라.

---

*오마작대 : 마병이 행군 때에 오열종대로 편성하는 것.

원수 급히 달려들어 태자를 붙들어 앉히고 황후 태후
를 흔들어 앉히니 한식경이 지난 후에 겨우 인사를 차
리거늘 원수 복지하여 여쭈오되,

「정신을 차리옵소서. 대명국 도원수 유 충렬이 호왕을
사로잡고 자객과 군사를 한칼에 다 죽이고 이곳에 왔
나이다.」

태자 이 말을 듣고 급히 일어나 황후의 목을 안고,

「남경 유 충렬이 왔네. 정신을 진정하여 충렬을 다시 보
소.」

이렇듯이 부르짖으니 황후 태후 기절하였다가 유 충렬
이 왔단 말을 듣고 가슴을 두드리며 벌떡 일어앉아 사면
을 바라보니 군사는 하나도 없고 일원대장이 앞에 복지하
였거늘, 다시 여쭈오되,

「소장은 남경 유 충렬이옵더니 호왕을 사로잡아 이곳
에 왔나이다.」

황후 이 말을 듣고 칵 달려들어 손을 잡고 하는 말이,

「그대 일정 유원수냐, 從天降*하며 從地出한가. 북방
호지 수만리를 어찌 알고 왔는가. 그대 은덕 갚을진대
백골난망이라, 어찌 다 갚으리오.」

태자도 萬端致辭하고 천자 尊位를 바삐 물은데 원수 여
쭈오되,

「소장이 도적에게 속아 금산성에 들어가온즉, 적장 천
극한이 십만명을 거느려 왔거늘, 한칼에 다 베고 급
히 돌아오다가 천거를 보온즉 황상이 변수에 죽게 되었
거늘, 급히 달려가니 황상은 백사장에 엎더지고 정 한
담은 칼을 들어 황상을 치려 하거늘 소장이 달려들어

---

*종천강 : 하늘로부터 내려옴.

정 한담을 사로잡아 전옥에 가두고 황상은 편히 모셔 환궁하신 후에 소장은 大妃 大君을 모신 후에 아비를 찾으려 하고 왔나이다.」

삼인이 백배치사 왈,

「북망산에 있는 부모 희생하여 다시 본들 이에 더 반가우며 강동에 떠난 형제 야중에* 만나 본들 이도곤 더할소냐. 이제 돌아가 우리 천자와 원수로 더불어 결의형제하여 유전토록 떠나 살지 아니하며 천하를 반분하여 同樂太平할까 하노라.」

태자 호왕 잡아옴을 보고 원수의 칼을 뺏아 갖고 호왕을 엎지르고 왈,

「네 이놈아, 황후를 叱辱*하며 나를 항복받아 네 신하를 삼고자 하더니 청천 일월이 밝았거든 焉敢生心*인들 하늘을 욕할소냐.」

분심을 참지 못하여 장성검을 높이 들어 호왕의 머리를 베어 칼 끝에 꿰어들고 호왕의 간을 내어 낱낱이 씹은 후에 성중에 들어가 약간 남은 군사 다 죽이고 그 중에 군사 오명을 잡아내어 駿馬 세 필을 구하여 교자를 갖추어 황후 태자를 모시고 호국 옥새와 지도서를 가지고 행군할새, 도로장을 불러 왈 포판을 묻고 길을 재촉하며 부친을 생각하여 눈물이 비 오듯 하니 슬픈 마음 억제치 못하여 방성통곡 우는 말이,

「천자는 나 같은 신하를 두었다가 만리 호국에 죽게 된 부모처자 다시 만나 보거니와 나는 포판에 있는 부친 죽었는가 살았는가. 회수정에 모친 잃고 만리 북방에 부

---

* 야중에 : 나중에.
* 질욕 : 꾸짖으며 욕함.
* 언감생심 : 감히 그런 마음을 품을 수도 없음.

친 잃고 영릉 천수에 아내 잃었으니 살아서 무엇하며 죽어도 아깝잖고 도리어 악귀가 될지라. 포판을 어서 가면 우리 부친의 생사를 알아 볼까.」

하며 슬피 우니, 태후와 태자 원수의 손을 잡고 만단 위로하여 길을 재촉터니 여러 날 만에 포판을 득달한데, 이 땅은 북해상 無人之地라. 四無人跡하고 다만 들리느니 해상 풍랑소리 사람의 간장을 격동하고 蕭瑟寒風 원숭이는 슬피 울어 객의 수심을 돕는구나. 귀신이 난잡한데 유주부의 혈혈단신 살 가망이 전혀 없다.

이때, 유주부 도적에게 잡혀갔다가 항복치 아니한다 하고 피골상련 약한 몸에 형장을 많이 맞고 북해상 무인지에 음식이 없었으니 기갈을 어이하리. 미구에 殞命하게 되었더니, 이때 원수 순식간에 달려들어 보니 토굴을 깊이 파고 험한 수목으로 사면을 둘러싸고 짚자리 한 닢 위에 문 밖에 수직한 군사 한 명만 두어 三旬九食*으로 구먹밥*을 주는지라.

이 거동을 보고 엎더지며, 투구 벗어 땅에 놓고 사면 수목을 헤치고 토굴문 밖에 복지하여 여쭈오되,

「대명국 남경 동서문내 사는 충렬은 도적을 잡아 평란하고 황후 태후 태자를 모셔 이리 왔나이다.」

이때 유주부 기운이 쇠진하여 인사를 버리고 잠이 깊이 들었더니 몽중에 얼풋이 들으니 충렬이란 말을 들으매 천리 밖에서 나는 듯하여 꿈을 깨어 앉으며 왈,

「네가 귀신이냐 사람이냐.」

「충렬이 살아 왔나이다.」

---

*삼순구식 : 30일에 아홉 번 먹이는 밥.
*구먹밥 : 구멍으로 드리밀어 주는 밥.

주부 귀신인가 의심하여 충렬이 찾아오기는 천만 의사 밖이라 진언을 외우며 왈,

「내 아들 충렬은 회수에 죽었으니 네가 일정 혼신이냐. 혼백이라도 반갑고 반갑다.」

충렬이 울며 왈,

「소자 회수에 죽게 되었더니, 천행으로 살아나서 도적을 함몰하고 천자를 모셔 환궁하옵고 지금 호국에 가 황후 태후 태자를 모셔 문 밖에 왔나이다.」

유주부 이 말을 듣고,

「이게 웬말이냐.」

토굴을 두드리며,

「네가 일정 충렬이냐. 충렬이 적실커든 십년 전에 연경으로 귀양 올 적에 주던 竹粧刀 어디 보자.」

원수 옷을 급히 벗고 汗衫에 차인 죽도를 끌러내어,

「두 손에 받들어올리나이다.」

주부 이 말을 듣고 토굴문에 엎드려서 손을 내어 받아보니 소상반죽 다섯 마디 황강죽루를 火針*으로 새겼으니 구천에 돌아간들 부자 신표 모를소냐. 벌덕 일어앉아 왈,

「이게 웬말이냐, 충렬이 왔구나. 죽도는 보았으나 내 아들 충렬은 가슴에 대장성이 박히고 등에는 삼태성이 있느니라.」

원수 옷을 벗어 땅에 놓고 주부 곁에 앉으니, 주부 가슴과 등을 살펴보니 샛별 같은 삼태성과 대장성이 뚜렷이 박혔는데 금자로 「대명국 도원수」라 번듯하게 새겼거늘, 왈칵 뛰어 달려들어 충렬의 목을 안고 왈,

「어디 갔다 이제 오냐. 하늘로 떨어졌느냐, 땅으로

---

*화침 : 불에 달군 쇠꼬장이.

솟았느냐. 우리 천자 살아 계시며, 너의 모친 어떠하며 만고역적 정 한담이 우리 집에 불을 놓아 너희 모자 죽이려 한다더니 어찌 살아나서 저다지 장성하였느냐. 네가 일정 충렬이냐, 네가 일정 성학이냐. 죽도 보고 표적 보니 충렬일시 분명하되 정 한담의 禍患(화환) 만나 회수중에 죽었거든 만경창해 너른 물에 七歲童(칠세동)이 어찌 살아 부자상봉한단 말인가.」

이렇듯이 傷哭(상곡)하다가 기절하니, 원수 대경하여 행장을 급히 끌러 선녀 주던 실과를 내어 주부를 먹인 후에 수족을 만져 정신을 회생케 하니 식경이 지내어 일어 앉으며 정신을 수습하니 난데없는 맑은 기운이 청천일월 같은지라. 충렬의 손을 잡고 왈,

「네 무슨 약을 얻어 이렇듯 나를 구하느냐.」

이때, 황후 태후 주부 회생함을 보고 급히 들어가 주부의 손을 잡고 왈,

「어찌 저리 귀한 아들을 두어 만리타국에 그대와 우리를 살려내어 이곳에 서로 만나 보게 하는고.」

주부 복지 奏曰(주왈),

「이게 다 황상의 덕택이로소이다.」

이때, 원수 황후 태자를 모시고 호국을 떠나 양자강을 건너갈 제, 남경이 장차 사만 오천 육백리라. 황주에 달려들어 療飢(요기)하고 나올 제 멱라수 회사정에 부친 글을 떼버리고 황성에 들어올 제, 이때 천자 원수를 만리타국에 보내고 주야 한탄하며 천행으로 황후 태후 태자를 찾아올까 하여 축수하더니 뜻밖에 유원수 장계를 올렸거늘 급히 개탁하여 보니,

「도원수 유 충렬은 호국에 들어가 호적을 함몰하고 황

후 태후 태자를 모시고 오는 길에 포판에 가 주부를 살
려내어 함께 본국에 들어오나이다.」
하였거늘 천자 대희하사 십리 밖에 나와 영접할 제 황후
태후 달려들어 일변 반기며 일변 슬피우니 그 정상은 차
마 보지 못할레라.

태자 복지하여 여쭈오되 호국에 들어가 호왕에게 見敗
하고 동문대도상에 거의 죽게 되었더니 천행으로 원수를
만나 살아난 말을 아뢰며, 포판에 들어가 주부 살려온 말
씀을 낱낱이 주달하니, 천자 이 말을 듣고 충렬의 등을
만지며 왈,
「옛날 삼국 시절에 劉·關·張 삼인이 桃園結義*하였더
니 寡人도 경으로 더불어 결의형제하리라.」
하고 백번 치사하시니, 이때 주부 복지 주왈,
「소신은 연경에 귀양 갔던 유심이옵더니, 자식의 힘을 입
어 잔명을 살아나서 폐하를 다시 뵈오니 만행이오나, 폐
하 이렇듯 國事에 困苦하시되 소신의 충성이 부족하여
호국에 갇히었삽기로 顧導치 못하오니 죄사무석이로소
이다.」
천자 유주부란 말을 듣고 버선 발로 뛰어내려 주부의 손
을 잡고 왈,
「이게 웬말인가. 회사정에 죽은 줄만 알았더니 어찌
하여 살아온가. 과인이 불명하여 역적놈의 말을 듣고
무죄한 우리 주부를 만리 연경에 보내었으니 뉘를 원망
할까. 모두 다 과인이 불명한 탓이로세, 그대의 얼굴을
보니 죄 중한 이내 몸이 무슨 면목으로 사죄할까. 그대
에게 공덕을 갚을진대 살을 베어 봉양하고 천하를 반분

―――――――――――
*도원결의 : 유비, 관우, 장비 삼인이 도원에서 결의형제한 것.

한들 어찌 다 갚을까.」

이렇듯이 치사하고 도성에 들어오니, 이때 장안 萬民^{만 민}이며 중군 조 정만이며 군사 일시에 들어와 원수전에 낱낱이 배사하고 남녀노소 없이 원수의 말을 잡고 뉘 아니 송덕하며 뉘 아니 축수할손가.

또 한 백발노인이 죽장을 잡고 떨어진 감투를 쓰고 어린 아이 앞세우고 동편 골목에 나오면서 술 한잔 받아 들고 안주는 낙엽에 싸서 손자에게 들리고 기엄기엄 기어 나와 원수전에 백배치사하며 만만세를 불러 왈,

「소인이 동성문내 사옵더니 삼대 독신으로 소인에게 미쳐 三子一女^{삼 자 일 녀}를 낳아 놓고 귀히 길러 제 몸이 장성터니, 만고역적 정 한담이 도성을 쳐 파하고 용상에 높이 앉아 자칭 천자하고 生民^{생 민}을 도탄할 제, 소인의 자식 둘을 군사에 充數^{충 수}*하여 전장에 싸우다가 자식 하나를 죽였더니 옥황이 남경을 도우사 장군님을 남경에 점지하여 도적을 치려 하고 진중에 달려들어 적장 정 문걸을 반합에 베어 들고 천자를 구완하시거늘, 소인의 끝에 자식을 성중에 두었다가는 정 한담에게 죽일 듯하여 중군 조 정만에게 야간 도망하여 장군님 진중에 보내고 북두칠성전에 일년 삼백 육십일에 밤마다 축수하며, 「우리 나라 장수님이 勝戰^{승 전}하게 하옵소서」 이렇듯이 축수하옵더니, 장군님의 힘을 입어 명진 군사는 하나도 상치 않고 왔기로 소인의 끝에 자식이 살아나서 이 손자를 두었으니, 이놈은 장군님 자식과 다름이 없는지라. 이제는 소인이 죽어도 白骨掩土^{백 골 엄 토}할 자식이 있고 先塋香火^{선 영 향 화} 받들 손자 있사오니 이는 모두 다 장군님의 덕이오매 소

---

*충수: 일정한 수효를 채움.

인이 죽을 날이 머지 아니하온지라. 다만 술 한잔을 장군님전에 올리나니 萬歲無量하옵소서. 이제 죽어도 餘恨이 없을까 하여 손자를 이끌고 왔나이다.」

이때 원수며 주부와 황후 태후 태자며 제장의 말을 듣고 일심이 비감하여 落淚하며 왈,

「이는 모두 다 노인의 축수한 공이요 천자의 은덕이라. 나 같은 사람이야 무슨 공이라 하리오. 돌아가 편히 살라.」

노인이 드리는 술을 받아 천자에게 드리고 행군을 재촉하니 천자 노인의 말을 듣고 조정만을 바삐 불러,

「그 노인의 아들 이름을 알아 입시하라.」

하시니, 이때 한 군사 떨어진 戰笠* 쓰고 環刀* 하나 손에 들고 원수 앞에 복지하였거늘 성명을 물은 후에 칭찬하고 친국문 호위장을 삼아 萬鍾祿을 부쳐 늙은 아비를 섬기라 하고 말을 재촉하여 도성에 들어 궐내에 들어가니 약간 있는 충신들이 叩頭百拜 치사하고 물러나니 삼군이 원수를 송덕하더라.

이때 천자와 원수며 황후 태후 一席에 앉아 達夜토록* 전후 고생하던 말을 설화하고 이튿날 전옥관을 불러 한담을 잡아다가 구정뜰에 엎지르고 유주부 천자 곁에 앉아 나졸을 호령하여 온갖 형벌 갖추고 數罪왈,

「네 이놈 정 한담아, 殿上을 치어다 보라. 나를 아느냐 모르느냐. 네 자칭 천자라 하더니 萬乘天子도 두 팔이 없느냐, 조그마한 유심의 아래 복지하기는 무슨 일인고. 네 죄를 아느냐.」

---

*전립 : 군인들이 쓰던 벙거지.
*환도 : 옛 군복(軍服)에 갖추어 차는 군도(軍刀).
*달야토록 : 밤이 다 가도록.

한담이 복지 주왈,

「소신이 털을 빼어 죄를 논지하여도 털이 모자라오니
죽여 주옵소서.」

주부 大怒曰,

「죄목이 열 가지니 자세히 들으라. 네놈이 천상에 익
성으로 명국에 謫降하여 용맹이 絶人하매 도사를 데려
다가 놓고 항상 천자를 도모코져 하니 만고에 큰 죄 하
나요, 조정에 直臣을 꺼려 무죄한 신하를 무함하여
나를 연경에 귀양 보내니 죄 둘이요, 도사놈의 말을 듣
고 신기한 영웅이 황성에 있다 하매 내 자식을 죽이려
고 내 집에 불을 놓았다가 살아 회수에 당하매 군사
를 보내어 나의 자식을 결박하여 물 속에 던져 죽이려
한 것이 죄 셋이요, 퇴재상 강 희주를 역적으로 몰아 옥
문관에 보내었으니 죄 넷이요, 강 승상의 가솔을 잡아
다가 중로에 죽인 것이 죄 다섯이요, 황후 태후 태자를
사로잡아 진중에 가두어 주려 죽게 함이 죄 여섯이요,
충신을 다 죽이고 천자를 속여 도적을 막으려 하다가
도적에게 항복함이 죄 일곱이요, 자칭 천자라 하여 생
민을 도탄하고 충신을 잡아 항복받고져 함이 죄 여덟이
요, 호국에 청병하여 황후 태후 태자를 호왕에게 보내
고 장안 美色 보화를 모두 다 탈취하여 남적에게 보낸
것이 죄 아홉이요, 천자를 변수 가에 죽이려 함이 죄 열
가지라. 세상에 인신이 되어 만고에 없는 열 죄목을 가
졌으니 이러하고 살기를 바랄소냐. 우리 황상께옵서 이
렇듯이 상한 일과 대비 대군께옵서 여러 번 죽을 뻔한
일과 만성 인민이며 육군 군사 죽은 일과 강승상 유
주부 타국에 죽게 된 일과 천하 진동하여 종묘 사직이

위태하고 백성들이 황겁하여 散之四方에 도망하니 이
게 도시 네놈의 所爲 아니냐.」

한담이 아무 말도 못하고 黙黙不答이라.　나졸을 재촉
하여,

「한담의 목을 장안시에 베어라.」

하니 나졸이 달려들어 한담의 목을 매어 수레 위에 높이
싣고 장안 大道上에 재촉하여 나오며 외쳐 왈,

　「이 봐 백성들아, 만고역적 정 한담을 오늘날로 베려
　가니 백성들도 구경하라.」

하며 소리하고 나올 적에 성중 성외 백성들이 한담 죽이
러 간단 말을 듣고 남녀노소 상하 없이 그놈의 간을 내
어 먹고져 하여 동편 사람은 서편을 부르고 남촌 사람은
북촌 사람을 불러 서로 찾아 골목 골목이 빈틈없이 나오
며,

　「이 봐 벗님네야, 가세 가세 어서 가세. 만고역적 정 한
　담을 우리 원수 장군님이 사로잡아 두 팔 끊고 전후 죄
　목 물은 후에 백성들을 뵈이려고 장안시에 벤다니 바
　삐 바삐 어서 가서 그놈의 살을 베어 부모 잃은 사람
　은 부모 원수 갚아 주고 자식 잃은 사람은 자식 원수
　갚아 주세.」

白髮老嫗 손자 업고 紅顔少婦 자식 품고 전후 좌우 나
열하여 어떤 사람은 달려들어 한담을 호령하고 어떠한 여
인들은 한담의 상투 잡고 신짝 벗어 양귀 밑을 찰딱찰
딱 치며,

　「네 이놈 정 한담아, 너 아니면 내 家長이 죽었으며 내
　자식이 죽을소냐. 덕택이 하해 같은 우리 원수 네놈 목
　을 진중에서 베었더면 네놈 고기를 맛보지 못할 것을,

백성들을 뵈이려고 산채로 잡아내어 오늘날 벤고로,
네 고기를 나누어다가 우리 가장 혼백이나 여한 없이 갚
으리라.」

수레소를 재촉하여 사지를 나눠 놓으니 장안 만민들이
벌떼같이 달려들어 점점이 오려 놓고 간도 내어 씹어 보
고 살도 베어 먹어 보며 유원수의 높은 덕을 뉘 아니 칭
송하리.

각도 각관에 回示하고 최 일귀 정 한담의 삼족을 다 멸
하고, 천자 삼층단에 올라 天祭하고 주부 유심의 職牒을
돋우어 金紫光祿太夫 대승상 燕國公에 燕王을 봉하시
고, 옥새 龍袍에 통천관을 상급하시고 만종록을 주시고,
원수로 大司馬 대장군 겸 승상위국공을 봉하여 만종록을
점지하시고 도원결의하여 충무후를 봉하시고, 그 남은
장수와 군사를 차례로 벼슬을 주어 賞賜하시니 모두 즐기
는 소리 太平天地 堯之日月 舜之乾坤*에 康衢童謠* 즐기는
듯, 천자를 축수하며 원수를 송덕하는 소리 천지 진동하
더라.

연왕 부자 천자 은덕을 祝謝하니 천자 위로 왈,
「그대의 숙소를 우선 정하여 약간 功을 쓰거니와 그 은
혜를 갚을진대 살을 깎아 봉양하고 천만번이라도 승상
의 공은 갚을 길이 없다.」

원수 복지 주왈,
「天恩이 망극하와 父子는 만났거니와 모친은 어디 가고
이런 줄을 모르는가. 옥문관에 적거한 강승상은 죽었
는지 살았는지, 가련하다 강낭자는 청수중에 죽었으니

---

* 순지건곤 : 요순시절(堯舜時節), 곧 태평성대.
* 강구동요 : 요(堯) 임금이 강구에서 동요를 듣고 자기의 정치가 잘되었나
　　　　　를 알아 본 고사.

어디 가서 만나 볼까. 낭자의 부탁한 대로 옥문관을 찾
아가서 강승상의 뼈나 거두어다가 묻어 주고 회수에 모
친을 제사하고 청수에 지내오며, 강낭자의 혼백이나 위
로하고 다른 데 娶妻하여 부친에게 영화를 뵈일까 하
나이다.」

한데, 上이 이 말씀을 들으시고 비감하여 태후전에 그
말씀을 고하니 태후는 강승상의 고모라. 이 말을 듣고 슬
피 낙루하시며 원수를 입시하여 손을 잡고 울며 왈,

「강승상은 나의 조카라. 지금까지 살았는지, 그대의 힘
을 입어 내 몸은 살았으나 친정 일가는 그 하나뿐이
라. 살았거든 데려오고 죽었거든 백골이나 줏어 오소.」

원수 주왈,

「그 사위 되었나이다.」

태후 듣고 대희하여,

「이게 웬말인가. 만고영웅 유 충렬이 충신인 줄만 알았
더니 나의 孫女婿가 되었구나. 어서 가서 생사를 알고
그대의 모친과 나의 손녀를 위로하여 제사하고 급히 돌
아오게 하소.」

원수 천자와 부왕께 하직하고 대군을 거느려 바로 서
번국을 행하여 양관을 넘어 서평관을 득달하여 격서를 바
삐 써서 서번국에 보내고 행군을 재촉하여 들어가니, 서
천 삼십육도 군장들이 충렬의 재주를 알고 황겁하여 금
은보화를 많이 싣고 옥새와 地圖書를 손에 들고 降書를
써 원수전에 바치고 인끈을 목에 걸고 낱낱이 항복하거
늘, 원수 장대에 높이 앉아 군왕을 잡아내어 일일이 수
죄하고 항서 삼십육장을 연폭하여 장계를 급히 써서 남
경으로 보낸 후에 번왕을 불러 옥문관 소식을 묻고 즉

시 행군하여 옥문관을 찾아갈 제, 슬픈 마음 진정하고 성중에 달려들어 守門將(수문장)을 불러 천자의 공문을 뵈이며,

「적거한 강승상이 어디 있느냐.」

수문장이 여쭈오되,

「강승상이 성중에 있삽더니 십여 일 전에 남적이 달려들어 강 승상을 잡아내어 호국으로 갔나이다.」

원수 이 말을 듣고 분심이 새로 나서 怒氣(노기) 등등하여 군사를 옥문관에 두고 수문장에게 申飭(신칙)*하여,

「군사를 착실히 犒軍(호군)*하여 나 돌아오기를 기다리라.」

하고 필마단검으로 남천을 바라보고 구름을 헤쳐 나는 듯이 달려 들어갈 제, 胡國地境(호국지경)에 다다르니 분기 더욱 撑天(탱천)하여 격서를 보내니라.

이때 가달왕이 남경에서 데려간 일등미색 좌우에 앉히고 갖은 풍악으로 날마다 즐기더니, 데려간 도사 마음이 산란하여 천기를 살펴보니 남경 도원수 지경에 들어오거늘 대경하여 왕께 告(고)하되,

「남경 도원수 지경에 들면 어찌하리오.」

文武諸臣(문무제신)을 모아 防敵(방적)을 의논할새, 장하에 삼원대장이 백금투구에 흑운포를 입고 삼천근 철퇴를 들고 구척장검을 좌우에 들고 계하에 복지주왈,

「소장 삼형제는 번양 석장동 사는 마철 등이옵더니 남경 유 충렬이 들어온단 말을 듣고 不遠千里(불원천리) 왔사오니, 소장을 선봉을 주시면 충렬의 목을 베어 오리이다.」

모두 보니 신장이 십척이요 氣骨(기골)이 엄장한지라. 가달왕이 대희하여 마철로 선봉을 삼고, 마응으로 중군을 삼고

---

*신칙 : 단단히 타일러서 경계함.
*호군 : 군사를 먹이는 일.
*불원천리 : 천리를 멀다 여기지 아니함.

마학으로 후군을 삼아 정병 팔십만을 조발하여 석대산하
에 留陣하고 도사와 문무백관을 거느리고 산에 올라 구
경하더라.

　이때 강승상이 되놈에게 잡혀가서 험악이 극심하되,
종시 항복치 아니하고 叱辱을 무수히 하니 호왕이 대노
하여 미구에 죽이려 하더니 뜻밖에 유원수 들어오매 죽이
지 못하고 典獄에 가두고 주려 죽게 하는지라.

　호왕이 남경에서 데려간 계집 하나가 되놈에게 종시 毁
節치 아니하고 일생 강승상을 붙들고 떠나지 아니하고
不避風雨하고 밤마다 축원하여 왈,

　「우리 나라 유원수 어서 와서 남적을 함몰하고 본국
　사람을 살려내어 부모 얼굴을 다시 보게 하옵소서.」

　이렇듯이 축수하더니 뜻밖에 강승상을 옥중에 가두니
한가지로 따라가서 주야 한탄하는지라.

　이때 원수 필마단창으로 호국에 달려드니, 석대산하에
千兵萬馬 유진하였으며 검술을 희롱하고 의기양양하거
늘 원수 순식간에 달려들어 적진을 바라보며 벽력 같은 소
리를 천둥같이 지르며,

　「네 이놈 가달왕아, 강승상을 해치 말라.」

하며 적진 선봉을 헤쳐 가니, 대장 마철이 응성출마하여
원수를 맞아 싸워 반합이 못하여 철퇴 맞아 부서지며 창
검 맞아 떨어지는지라. 마응 마학이 제 형이 당치 못할
줄 알고 일시에 달려들어 좌우로 쫓아오며 달려드나 일
광주 용린갑은 천신의 手跡이요 용궁의 조화라, 살 한 개
범하여 鐵丸 하나 맞을손가. 장성검 번개 되어 동천에 번
듯하며 마철의 머리를 베고, 남천에 번듯하며 마응을 베
고, 중앙에 번듯 마학의 머리를 베어 들고　적진 백만대

병을 순식간에 함몰하고 천사마를 재촉하여 석대산하에
다다르니, 호왕과 도사 대경하여 도망하되, 천사마 닫는
앞에 나는 제비도 가지 못하거든, 하물며 사람이야 어찌
가리오. 경각에 달려들어 호왕을 치니 통천관이 깨어지
고 상투마저 없는지라 호왕이 여쭈오되,

　　「이는 내 죄 아니라 모두 다 옥관도사의 죄로소이다.」
　　원수 분한 중에 옥관도사란 말을 듣고 왈,
　　「도사는 어디 있느냐.」
　　호왕이 일어앉아 가리키거늘 도사를 잡아내어 전후 죄
목을 물은 후에,

　　「너를 이곳에 죽여 분을 풀 것이로되, 남경으로 잡아
　　다가 천자와 우리 부친전에 바쳐 죽이리라.」
하며 두 손목을 끊고 두 발을 끊어 수레에 싣고　성중에
들어가 호왕을 수죄하고 강승상을 물은즉,

　　「옥중에 가두었다.」
하거늘 옥문을 깨치고 승상을 부르니 승상과 조낭자 호왕
이 죽이려고 찾는가 대경하여 기절하는지라.　원수 바삐
들어가 승상전에 여쭈오되,

　　「정신을 진정하옵소서.　소자는 회사정에 만나던 유 충
　　렬이옵더니, 대명국 도원수 되어 남적을 함몰하고 호왕
　　을 잡고 도사를 사로잡아 이곳에 왔나이다.」
　　승상이 혼몽 중에 충렬이란 말을 듣고 벌떡 일어앉아
보니 과연 충렬이 분명하다.　왈칵 달려들어 손을 잡고 통
곡하며 하는 말이야 어찌 다 측량할까.　조낭자 곁에　앉
았다가 원수란 말을 듣고 앞에 달려들어 왈,

　　「장군님, 어찌 알고 와서 죽은 사람을 살려내어 고국 산
　　천 다시 보고 부모 동생 다시 보게 하니 이런 일이 또

있을까, 천자님도 살아계십니까.」

원수 대답하고 승상전에 여쭈오되, 집을 떠나 백용사 부처를 만나 전장 기계 얻은 후에 남적을 함몰하고 오는 말씀을 낱낱이 고하니 승상이 대희하여 稱讚不已*하더라.

원수 조낭자 전후수말을 물은 후에 치사하고 함께 궐문에 들어가 격서를 써서 토번국에 보내니, 번왕이 원수 온단 말을 듣고 황겁하여 항서 쓰고 채단을 갖추어 사신을 부려 가달로 보내거늘, 사신을 수죄하고 달왕의 항서와 도사를 사로잡아 보내는 연유를 천자께 장계하고 전일 가달왕이 남경에서 데려간 미색들을 낱낱이 찾아,

「본국으로 가자.」

하니, 이때 미색들이 고국을 생각하고 부모를 생각하여 주야 한탄하더니 원수를 만나매 顚之倒之하여 나오며 전후 좌우 나열하여 원수전에 백배치사하고 승상을 모시고 원수를 따라올 제, 준마 삼백필에 낱낱이 다 태우고 조낭자는 옥교를 타고 강 승상 곁에 앉아 행군을 재촉하여 돌아올 제, 여러 날 만에 회수에 다다르니 蕭然寒心 절로 난다. 前 듣던 풍랑소리 사람의 간장 다 녹이고 전에 보던 좌우 청산 장부 한심 돋운다.

원수 모친을 생각하여 백사장에 내려 앉아 가슴을 두드리며 細細原情 기록하여 제물을 장만하여 제사하려 하고 번양 회수 들어갈 제, 남만 오국에서 받은 금은 채단이며 옥문관에 두고 갔던 군사며, 데려오는 미색들이며, 강승상은 멀리 모셔 조낭자는 옥교 타고 오마대로 행군하여 번양성중 들어오니 그 영화 그 거동은 옛날 蘇秦*이

---

*칭찬불이 : 칭찬해마지 않음.
*소진 : 전국시대(戰國時代), 합종책(合從策)을 주장하여서 육국 정승(六國政丞)이 된 인물.

육국 정승인을 차고 車騎輜重*〔거기치중〕 나열하여 낙양성중 들어
가는 듯, 당나라 郭分陽*〔곽분양〕이 양경을 회복하고 분양 땅에 왕
이 되 고향에 돌아온 듯 각도에 백성들은 전후에 옹위
하고 열읍 수령들은 좌우에 나열하여 勸馬聲*〔권마성〕하는 소리
반공에 높이 뜨고, 坐起哨*〔좌기초〕하는 소리 원근에 진동한다.
　객사에 坐起*〔좌기〕하고 번양 태수 바삐 불러 천금을 내어 주
며 제물을 장만할 제, 온갖 어육 갖추고 온갖 채소 等待〔등대〕
하여 각읍 관장 시위하고 갖은 재물 封進〔봉진〕할 제, 백사장 십
리 뜰에 白布靑帳〔백포청장〕 둘러 치고 원수는 백의 입고 백건 백대
에 흰갓 쓰고 축문 일장 슬피 지어 회수 가 나오니, 이때
조낭자는 목욕재계 정히 하고 소복으로 단장하여 향로 들
고 원수를 陪行*〔배행〕하여 물가에 나올 제, 고금이 다를소냐.
남경 도원수 회수에 빠져 죽은 모친을 위하여 제사한단
말을 듣고 남녀노소 없이 원수 공덕을 치사하며 그 얼굴
을 보려 하고 雙雙作伴〔쌍쌍작반〕하여 회수 가 십리뜰에 빈틈없이 둘
러서서 구경할 제, 원수 祭所〔제소〕에 들어와 삼층단 높이 무어*
단상에 제물을 陣設*〔진설〕하고 조낭자는 향로 들어 단상에 올려
놓고 낭자가 집사 되어 분향하고 나오니 원수 통곡하고
跪坐*〔궤좌〕하여 讀祝*〔독축〕하니, 그 축문에 하였으되,

「유세차 부경 십칠년 갑자 이월 갑인삭 이십팔일 辛巳〔신사〕

---

*거기치중 : 전마(戰馬)와 기마(騎馬) 및 말에 실은 짐.
*곽분양 : 당(唐)나라 현종시(玄宗時) 화주(華州) 사람, 자는 자의(子儀).
　　　　숙종(肅宗) 때에 안사(安史)의 난을 평정한 공으로 분양왕에 봉하
　　　　여짐.
*권마성 : 임금이나 고관(高官)이 행차할 때 그 위세를 더하기 위하여 하인
　　　　이나 역졸(驛卒)이 가늘고 길게 부르는 소리.
*좌기초 : 앉고 일어서고 꾸짖고 하는 소리란 뜻.
*좌기 : 관청의 우두머리가 사진(仕進)하여 일을 봄.
*배행 : 높은 사람을 모시고 따라감.
*무어 : 만들어, 구축(構築)하여.
*진설 : 제사나 잔치 때에 상 위에 음식을 벌여 놓음.
*궤좌 : 꿇어앉음.
*독축 : 축문을 읽음.

에 남경동성문내서 사는 불효자 충렬은 모친 장씨전에 예를 갖추어 紙錢*으로 海上孤魂을 위로하오니 혼백이나 받으소서. 오호라, 우리 부모 年光이 반이 넘어 일점혈육이 없었기로 복중에 설운 마음 남악산에 정성드려 천행으로 충렬을 낳아 놓고 애지중지 키워내어 영화를 보렸더니, 간신의 해를 보아 부친이 만리 연경에 간 후에 모친만 모시고 있다가 避禍하여 달아날 제, 이 물가에 다다르니 난데없는 海上水賊 사면으로 달려들어 우리 모친 결박하여 풍랑중에 내쳐놓으니, 모친님은 간 데 없고 천행으로 모진 목숨 충렬이만 살아나서 모친 주시던 옥함을 얻어 전장기계 갖추어서 도적을 함몰하고 정 한담과 최 일귀를 벤 후에 천자를 구완하고 만리연경에 謫居*하신 부친님을 모셔다가 천은을 입어 연왕이 되어 만종록을 받게 하고 남적을 소멸한 후에 강 승상을 살려내어 이 길로 오옵더니, 모친을 생각하여 이곳에 왔사오나 모친은 어디 가고 충렬을 모르는가, 호국에 갔던 부친은 살아 왔네. 옥문관 갔던 강승상도 살아 오고 호국에 잡혀갔던 고국 사람들도 살아 오고 황후 태후 중한 옥체 번국에 잡혀갔다 충렬이가 살려 왔네, 모친은 어디 가고 살아올 줄 모르는가. 이번에 부처님이 소자를 보내실 제 부탁하시기를 번양 땅에 가 네 어머님을 찾아오라 하시더니 만경창파 깊은 물에 백골인들 찾으리까. 모친님이 옥함을 주실 제 수건에 쓴 글씨를 가져왔으니 혼백이나 와서 충렬을 만져 보시오. 충렬은 명나라 대사마 도원수 겸 승상 위국공이 되고 부

---

* 지전 : 죽은 사람의 혼령(魂靈)을 위로하기 위하여 종이를 오려서 돈의 모양처럼 만든 것.
* 적거 : 귀양살이를 함.

친님은 금자광록대부 겸 대승상 연국공의 연왕이 되었으니 이 같은 영화를 어디 가고 모르는가. 우리 집에 불을 놓은 정 한담을 사로잡아 전옥에 가두었다가 부친을 모신 후에 부친 앞에 엎지르고 전후 죄목을 물은 후에 그놈의 간을 내어 모친님전에 제사하였더니 그런 줄을 알았는가. 충렬이 귀히 된 줄 혼령은 알련마는 언제 다시 만나 볼까. 세상에 귀한 영화 나 같은 이 없건마는 피 같은 이내 눈물 어찌하여 솟아난가. 모친님을 편히 모셔 연만하여 돌아가면 이다지 통박할까. 만리연경에 家長(가장) 잃고 無邊大海(무변대해)에 자식 잃고 도적에게 결박하여 水中孤魂(수중고혼) 되었으니, 천만세가 지나간들 모친같이 痛迫(통박)할까. 혼령이 나오셨거든 이렇듯이 滿盤珍羞(만반진수)를 흠향하고 돌아가서 후생에 만나 世世相逢(세세상봉) 모자 되어 다하지 못한 子母之情(자모지정)을 다시 풀까 바라나이다. 하올 말씀 무궁하오나 눈물이 흘러 옷이 젖고 흉중이 답답하여 그만 그치나이다. 尚饗(상향)*.」

하며 우는 소리 龍宮(용궁)에 사무치고 산천이 含淚(함루)*하니, 龍神(용신)도 낙루하고 산신령도 悲感(비감)한다. 이때 백포장 內外間(내외간)에 구경하는 사람들이 원수의 축문 외우며 우는 소리를 들으니 鐵石肝腸(철석간장) 아니거든 누가 아니 낙루하며 草木禽獸(초목금수) 아니거든 어느 누가 아니 울리오. 좌우 방백 수령들은 뿌리느니 눈물이요, 각읍 군수 현령들은 서로 보고 슬피 우니 그 중에 鰥寡孤獨(환과고독)* 설운 사람은 방성통곡하는 소리 강천이 창망하여 일월이 무광하고 雲霧(운무) 자욱하여 천지 나직하다.

---

* 상향:「흠향하라」는 의미로 축문 맨 마지막에 있는 말.
* 함루 : 눈물을 머금음.
* 환과고독 : 늙은 홀아비, 늙은 홀어미, 부모 없는 아이, 자식 없는 늙은이.

　제를 파한 후에 온갖 음식을 많이 싸서 해상에 드리치고 성중에 들어와 군사를 호군하고 길을 떠나갈새 각읍에 先文* 놓고 금릉성중에 득달하여 숙소하고 군사를 쉬는지라.

　각설, 이때 장부인이 활인동 이처사 집에 있어 세월을 보내더니 일월은 남경에 난리 났단 말을 듣고 탄식 왈,

　「하릴없다, 이제는 주부 속절없이 죽겠다. 우리 충렬이 살았으면 平亂*하고 부모를 찾으련마는 죽기가 적실하다.」

　방성통곡하더니, 마침 이처사 번양에 갔다가 대명국 도원수 유 충렬이 회수에서 제사하는 말을 듣고 백성 叢中*에 함께 구경하다가 원수 축문 외우는 소리를 듣고 대경대희하여 급히 집에 돌아와 장부인더러 왈,

　「세상에 기이하고 의심난 일이 있는다. 마침 오늘날 번양에 갔삽다가 오옵더니, 南大路서 천병만마 들어오며 회수 가에 둔취하였거늘, 물은즉 남경 도원수 유 충렬 모친을 위하여 회수에 제사한다 하기로 백성과 함께 구경하더니 원수 素衣 素冠으로 제물을 진설하고 독축하며 통곡하는 소리를 들은즉 적실히 부인의 아들이라. 부인이 항상 하시던 말씀을 낱낱이 하더이다.」

　부인이 이 말을 듣고 머리를 허비며 땅을 두드리며 왈,

　「이게 웬말이냐, 원수의 하던 말을 다시 하라.」

　이처사 대왈,

　「전후수말이 若此若此하더이다.」

<hr>

*선문 : 소문을 미리 내는 것.
*평란 : 난리를 평정함.
*총중 : 여러 사람의 틈.

부인이 이 말을 듣고 왈칵 냅다 서며 왈,

「어서 가세, 내 아들 충렬이 살아 왔네. 옥함을 받았단 말이 웬말인가.」

통곡하며 가고자 하거늘 처사 만류왈,

「적실히 그러할진대 내가 먼저 그 眞僞를 알고 오리이다.」

하고 나서거늘,

「원수 나이는 얼마나 하며 저희 외가는 뉘 집이라 하던가.」

대왈,

「나이는 이십이요, 외가는 이부상서 장윤이라 하더이다.」

부인 왈,

「적실히 그러하구나. 내 아들 아니면 어찌 부친 존휘*를 알랴. 바삐 가서 알아 오소.」

이처사 전지도지 바삐 가서 금릉성중 달려들어 군사를 불러 通字하되,

「만수산 활인동 사는 이처사 원수전 뵈와지라 하나이다.」

원수 「들라」 하니 이처사 들어가 배사하고 앉은 후에 공덕을 칭송하니 원수 사양하되,

「莫非 천자의 덕이라 무슨 공이 있사오며, 무슨 허물이 있어 陋地에 欲臨하시니까.」

처사 왈,

「적실히 알고져 하는 일이 있어 왔사오니, 어제날 회수가에 상공 독축하는 말씀이 정녕 그러하오니까.」

원수 이 말을 들으매 마음이 자연 비감하여 슬피 落淚 對曰,

---

*존휘 : 원문에는 〈존위〉로 되어 있음. 어른의 이름.

「귀인이 어찌 묻나이까. 적실히 그러하오이다.」

「적실히 그러할진대 만고의 드문 일이라. 유주부를 모셔왔다 하니 유주부는 나의 妻叔이라, 전일에 그런 말씀 하더니까.」

원수 대경 왈,

「先人의 존호를 부르기 미안하나 전일 한림학사 이인학과 어찌되나이까.」

처사 왈,

「나의 부친이로소이다.」

원수 이 말을 듣고 처사의 손을 잡고 왈,

「존형을 이곳에 와서 만나볼 줄 몽중이나 생각하오리까.」

처사도 그제야 但無他意라 원수를 붙들고 비감하여 왈,

「모친을 지척에 두고 어찌 찾을 줄을 모르는가.」

원수 이 말을 듣고 정신이 아득하여 겨우 진정하며 처사를 붙들고 왈,

「이게 웬말인가. 나의 모친 장부인이 근처에 있단 말이 어인 말인가.」

처사 원수를 위로하여 정신을 차린 후에 왈,

「이런 일이 천만고에 또 있을까. 나를 따라 가면 모친을 만나니라.」

원수 마음이 乾空에 떠서 처사를 따라갈 제 전지도지하여 순식간에 처사 집에 당도하니, 처사 급히 들어가며 장부인을 불러 왈,

「처숙모는 어디 가 계신가. 충렬이 데려왔나이다.」

이때 부인이 처사를 보내고 소식을 알아 올까 만심고대하던 차에 뜻밖에 충렬이 데려왔단 말을 듣고 대경실

색하여 기절하는지라. 충렬이 달려들어 문 앞에 복지하
니 처사 구완하여 정신을 차린 후에 부인이 如狂如醉하
여 하는 말이,

　「네가 귀신이냐, 내 아들 충렬이냐. 내 아들 충렬은 회수
　에 일정 죽었거든 어찌 살아 육신이 온가. 내 아들 충
　렬은 등에 삼태성이 표적으로 박혔느니라.」

　원수 급히 옷을 벗고 곁에 앉으니 과연 삼태성이 뚜렷
이 박혀 있고 금자로 새긴 것이 어제 본 듯 완연하니 서
로 붙들고 방성통곡하는 정이 만리 호국에 부친 만날 때
와 배나 더한지라. 뜻밖에 母子相逢하였으니 人之常情*이
라, 古今이 다를소냐. 죽은 부모 다시 만나 영화 보게 되
었으니 반갑고 슬픈 정은 一口難說이라 부인이 말하면 충
렬이 울고 충렬이 말하면 부인이 우니 청천일월이 무광
하고 산천초목도 슬퍼하는 듯.

　이때 강승상이며 조낭자 이 말을 듣고 옥교를 갖추어
활인동에 들어올 제, 言飛千里*라 회수에 제사하던 유충
렬이 활인동 이처사 집에서 모친을 만났다 하니 각읍 관
장과 구경하는 사람 금릉성중에 들어 서로 보고 칭찬하
는 말이,

　「이런 말은 만고에 처음이라. 어떤 부인은 팔자가 좋아
　저런 아들 두었는고.」

하며 구경하더라.

　이때 강승상이 玉轎*를 가지고 활인동에 들어가 부인
전에 예하고 부인을 모셔 성중에 들어올 제, 구경하는 여
인들이 옥교를 잡고 부인전에 백배 치하하고 송덕하는 소

---

*인지상정 : 인간이 가진 본능적인 정.
*언비천리 : 말이 천리에 날라 퍼짐.
*옥교 : 옥으로 꾸민 가마.

리 산신령도 춤을 추고 강산도 우즐기니,* 하물며 사람이
야 무언*할까. 부인이 낱낱이 위로하고 성중에 들어와 수
일 즐기더니, 길을 떠나매 이처사 가권을 모두 다 거느리
고 황성에 올라갈 제, 활인동 어구에 삼장 石碑(석비)를 세워 전
후수말을 기록하고 서천 삼십육도 사신이며 남만 오국 금
은 채단 만여 필을 앞세우고, 남경 인물이며 군사 좌우에
나열하고 각도 각관 방백 수령 전후에 옹위한데, 구경하
는 사람조차 백리에 연속하니 낭자한 거동은 천고에 처
음이라.

원수 모친과 승상을 모시고 길을 떠나 영릉을 바라보
고 행군하여 올라갈 제 一喜一悲(일희일비) 슬픈 마음 소연한심 절
로 난다. 수중에 죽은 부모 다시 만나 보나 강낭자를 어
디 가서 만나 볼까. 모친 보고 승상 보니 南宮歌北宮愁(남궁가북궁수)*라
모친은 옥교중에 희색이 만면하여 천만 근심 때를 벗어
있고 승상은 수레 위에 일희일비 슬픈 마음 처자를 생각
하여 수심이 만면하더라.

영릉으로 들어올 제 이때는 춘삼월이라. 천지기운이 배
합하여 만산의 紅綠(홍록)들은 一年一度(일년일도)* 다시 만나 百草春景(백초춘경)*
다툴 제, 燕子(연자)*는 喃喃(남남)* 인가를 찾아 들고 蝴蝶(호접)*은 片片(편편)
花間(화간)에 날아들 제 나무 나무 成林(성림)*하고 가지 가지 봄빛이라.
태평성대 만난 백성 청춘소년 紅顔美色(홍안미색) 쌍쌍이 작반하고

---

*우즐기니 : 춤추듯 즐거워함.
*무언 : 「무언(無言)」으로 볼 수도 있고 「무엇」으로 볼 수도 있다.
*남궁가북궁수 : 남쪽의 집에서는 노래를 하고 북쪽의 집에서는 근심을 한
　　　　　　　다는 뜻.
*일년일도 : 일년에 한 차례씩.
*백초춘경 : 원문에는 〈백조춘경〉으로 되어 있음. 백가지 풀들이 봄 경치를
　　　　　　찬란히 이룬다는 뜻.
*연자 : 제비.
*남남 : 제비가 지저귀는 소리.
*호접 : 호랑나비.
*성림 : 나무가 자라서 삼림(森林)을 이룸. 또는 그 수풀.

三三五五 踏靑네*는 花李 桃花 꺾어 들고 행산곡 돌아들어 花煎*하며 즐겨할 제, 춘심을 못 이기어 쌍쌍 對舞하며 노래하며 유원수를 송덕하니 그 노래 즐겁도다.

「천운이 循環하여 大明이 밝았으니 만고에 어진 영웅 뉘집에 났단말가. 동성문 다리 안에 유상공의 집이로다. 역적이 때 모르고 뽕나무 활*을 메니 원수의 가진 칼이 사해에 밝았도다. 승전곡 한 소리에 함몰도적하여 천하가 태평하니, 호국에 죽은 군친 고향에 살아 오고 閭閻에 있는 처자 부모 함께 同樂하니, 우리 인군 덕이 높아 一到春光好時節*에 百花 만발 피었으니, 화전하는 백성들이 뉘 아니 송덕하리. 우리 유원수 부모 만나 多男多女하옵소서.」

이렇듯이 즐겨하니 원수는 강낭자를 생각하여 영릉 성중에 들어오니 이 땅은 승상의 故土*라. 슬픈 마음을 어찌 다 측량하리오. 객사에 숙소하고 월계촌 소식을 알고자 하여 사오일을 留連하는지라.

각설, 이때 강낭자 목숨을 도망하여 청수가에 오다가 모친은 청수에 빠져 죽고 영릉고을 관비에게 잡혀와 머무나 賤婢하는 행사가 고금에 다를소냐. 낭자를 만단 開諭하여 태수의 수청을 드리고져 하여 수양딸을 삼은 후에 무수히 훼절코자 한들 빙설 같은 맑은 절개 일시를 변하며 일월같이 밝은 마음 窮困타고 변할소냐. 이 꾀로 謀避*하고 저 꾀로 모피하니 官長에게 욕도 보고 관비에게

---

*답청네 : 봄에 교외에 산책하며 봄을 즐기는 사람들.
*화전 : 꽃잎을 따서 전을 부쳐 먹으며 춤추고 노는 부녀자의 봄놀이.
*뽕나무 활 : 남자가 큰 뜻을 품고 성공하려는 것. 「상봉지지 상호봉시 (桑蓬之志 桑弧蓬矢)」에서 유래한 말.
*일도춘광호시절 : 한바탕 봄빛이 비친 좋은 시절.
*고토 : 고향 땅.
*모피 : 꾀를 피함.

매도 많이 맞으니 가련한 그 정상은 차마 보지 못할레라.

이때에 관비 딸 하나가 있으되, 제 몸은 비천하나 마음은 어질어 매일 강낭자를 불쌍히 여겨 그 절개를 칭찬하여 제 母를 만류하고 낭자를 구완하며 매양 몸을 바꾸어 제가 수청하고 낭자를 구완하여 살리는지라.

이때, 유원수 東軒*에 좌기하고 사오일 유련할 제 관비 생각하되,

「원수는 호걸이요 낭자는 미색이라. 이런 때를 당하여 수청을 드렸으면 원수의 惑한 마음 千萬兩을 아낄소냐.」

급히 들어가 行首* 現身하고 이날 밤에 낭자를 보내고져 하더니 제의 딸 연심이 또 이 기미를 알고 낭자더러 왈,

「금야에 변을 만날 것이니 그대 생각하여 사양치 말고 들어가면 내가 중로에 있다가 代로 들어갈 것이니 그리 알고 있으라.」

과연 그날 밤에 관비 낭자를 데리고 「구경 가자」 하며 동헌으로 가거늘 낭자 웃으며 왈,

「이제는 염려 말고 나가라. 원수의 수청이야 사양을 어찌하리오.」

관비 대희하여 왈,

「네 몸이 과히 높으다. 이 고을 관장은 무수히 지나되 종시 허락치 아니하더니 남경 대사마 도원수 겸 승상 위국공의 수청은 사양치 아니하니 인물이 잘나고도 볼 것이다. 마음도 높으고 소원도 높도다. 우리도 소년 시절에 월계촌 강승상이 하남 절도사로 와 계실 제 일등미

---

*동헌 : 지방의 고을 원이나 감사(監司), 병사(兵使), 수사(水使), 그 밖에 수령(守令)들의 공사(公事)를 처리하는 대청이나 집.
*행수 : 여러 사람의 우두머리.

색 삼백여 명 중에 나 혼자 수청 들어 금은보화를 많이 받았더니 세월이 원수로다.」
하며 이렇듯이 飛揚*하고 나가는지라.

이때 연심이 제 어미 나감을 보고 낭자를 내보내고 제가 들어가니 원수 등촉을 밝히고 낭자를 생각하여 금낭을 끌러 낭자의 글을 볼 제 一字一涕*하니 슬픈 한심 절로 난다. 三更夜月은 꽃가지에 비추는 듯, 空山 두견 울지 말라. 너는 뉘를 생각하여 장부 간장 다 녹이냐, 낭자는 어디 가고 속절없는 글 두 귀만 금낭 속에 들었느냐. 旅舘寒燈獨不眠하니 客心何事로 轉凄然*은 날로 두고 이름이라. 日落長沙秋色遠하니 不知何處吊湘君은 낭자 볼 길 없음이라. 옛날 司馬長卿*은 초년에 곤궁타가 문장 부귀 겸전하여 고향에 돌아오니 그 아내 卓文君*이 문밖에 바삐 나와 손을 잡고 들어가고 낙양 땅에 蘇秦이는 懸鶉百結* 몸이 되어 곤곤히 지내더니, 六國政丞印을 차고 고향에 돌아오니 그 아내 전지도지 나와 인도하여 들어가되, 대명국 유 충렬은 초년에 부모 잃고 十生九死* 살아나서 都元帥 大丞相에 만리타국에 승전하고 죽은 부모 살려내어 고향에 돌아온들 청수에 죽은 낭자 어찌 와서 맞아 가며 소소백발 강승상을 무엇이라 위로할까.

----

* 비양 : 얄밉게 빈정거리다.
* 일자일체 : 한 글자에 한 번씩 눈물을 흘리다.
* 전처연 : 여관 쓸쓸한 등불 밑에 홀로 잠을 이루지 못하는데 나그네 마음
　　　　은 무슨 일로 구슬픈가. 당대 시인(唐代詩人) 고적(高適)의 《제야
　　　　작(除夜作)》 시의 기구(起句)와 승구(承句).
* 사마장경 : 이름은 상여(相如), 자(字)는 장경. 한대(漢代)의 문인으로 특
　　　　히 부(賦)에 대가(大家). 성도(成都) 사람으로 과부인 탁문군을
　　　　봉구황곡(鳳求凰曲)이란 노래로 인연을 맺었다는 이야기가 있음.
* 탁문군 : 한대(漢代)의 여류 문학가(女流文學家). 임공(臨邛)이 부자 탁왕
　　　　손(卓王孫)의 딸로서 사마상여와 인연을 맺은 후, 처음에 곤궁하여
　　　　쇠코잠방이를 입고 술장사를 하였다 함.
* 현순백결 : 조각조각 기운 누더기옷.
* 십생구사 : 여러 번의 죽을 고비를 넘기고 살아남.

이렇듯이 한탄하고 그 밤을 지내더니, 이때 낭자 연심을 대로 보내고 침실에 돌아와 원수를 생각하여 自歎하고 잠 못 들어 생각하되,

「원수의 성명을 들으니 나의 낭군과 同姓同名이라. 낭군이 적실하게 되면 응당 월계촌에 들어가 우리 집 소식을 물으련마는 월계촌을 아니 가니 답답하고 원통하다. 연심이 어서 나오면 진위를 알아 보리라.」

하고 낭군이 주던 글을 보며 字字이 낙루하며,

「구천에 만나자고 말씀이 있었더니 모진 목숨 살아나고 낭군은 죽었도다. 살기 곧 살았으면 대명국 도원수를 나의 낭군밖에 할 이 없건마는 몰라보니 답답하다.」

이튿날 연심이 나오다가 제 어미 만나니 관비 그 기미를 알고 대노하여 원수전에 아뢰고 낭자와 연심을 죽이고자 하여 급히 들어가 問安하고 여쭈오되,

「소인의 딸이 얼굴이 절색이요, 태도 있는고로 상공전에 수청을 보냈더니 제 몸은 피하고 다른 년이 대로 들어갔사오니 두 년을 治罪*하옵소서.」

원수 대노하여,

「대로 온 년을 拿入하라.」

연심이 잡혀 들어 계하에 복지하니 원수 문왈,

「너는 무슨 욕심으로 대신을 잘 다니느냐. 죽을 때도 대로 갈까.」

연심이 여쭈오되,

「소녀 비록 천비오나 일생에 守節하는 사람을 불쌍히 여기옵더니, 수년 전에 어미 外村에 갔다가 어떠한 여자를 데려다가 수양딸을 삼아 동네마다 수청을 드리고자

---

*치죄 : 죄를 다스림.

하되, 그 여자 굳은 절개 청천에 일월 같고 三冬에 촛
불같이 변할 길이 없는고로 소녀 매양 구제하옵더니,
마침내 상공이 행차하옵시매 그 여자를 구완하여 대로
왔사오니 죄를 주옵소서.」

원수 이 말을 듣고 마음이 절로 비감하여 의심이 나는
지라, 다시 왈,

「그 여자 성명이 무엇이며 절개 있다 하니 뉘 집 여자
냐.」

연심이 대왈,

「그 여자 소녀와 사오년을 동거하되 종시 성명을 모른
다 하고 뉘 집이란 말을 아니 하더이다.」

원수 고이 여겨 왈,

「적실히 그러할진대 바삐 입시하라.」

이때 낭자 연심이 잡혀 갔단 말을 듣고 신세를 자탄하
더니 뜻밖에 관비 십여 명이 나와 잡아다가 계하에 복지
하니, 원수 창문을 열고 낭자의 상을 보니 熟面인 듯 하고
심신이 비감하여 자세히 보니 의상은 襤褸하나 妓生 되기
생심 밖이요 천인 자식 아깝도다. 원수 소리를 나직이 하
여 낭자더러 왈,

「거동을 보니 천인 자식 아니요, 여자의 말을 들었거니
와 수절을 한다 하니 뉘 집 자손이며 낭자는 누구건대
청춘 소년의 수절을 하며, 무슨 일로 저리 되어 관비 양
여자가 되었는지 진정을 隱諱*치 말고 날더러 이르면
알 일이 있으리라. 말을 자상히 하라.」

하니, 이때 낭자 계하에 복지하여 원수의 말을 들으매 낭
군과 이별할 때 하직하고 가던 말이 두 귀에 쟁쟁하여 일

---

*은휘 : 숨기어 꺼림.

분도 다름이 없는지라. 낭자 전일은 도망하여 왔기로 성명 거주 속였더니, 마음이 자연 비감하여 진정으로 여쭈오되,

「소녀 다른 사람이 아니라, 이 골 월계촌 사는 강승상의 無男獨女이옵더니 부친이 만리 연경에 귀양 간 유주부를 위하여 상소하였더니, 만고역적 정 한담이 충신을 모함하여 승상을 옥문관에 귀양하고 소녀의 모녀를 잡아 궁비 속공하려 하고 금부도사 와 잡아갈 제, 청수에 야간도주하여 모친은 물에 빠져 죽고 소녀도 죽으려 하더니 영릉관비 외촌에 갔다오는 길에 데리고 제 집에 와 險惡*이 무수하되 연심의 힘을 입어 이때까지 살았으나, 오늘은 이 말을 원수전에 고하고 하릴없이 자결코져 하나이다.」

원수 이 말을 듣고 당에 뛰어 내려서며,

「이게 웬말인가.」

영릉 태수 바삐 불러 강승상을 오시라 하니라.

이때 강승상 처자를 생각하여 잠을 못 자니, 몸이 곤하여 졸더니 뜻밖에 원수 오시란 말에 놀라서 들어오니, 원수 왈,

「이게 강낭자 아니오니까. 강낭자 살아 왔나이다.」

승상이 이 말을 듣더니 정신이 아득하여 천지가 캄캄한지라. 원수 이별할 때 내어 주던 표를 내어 놓고 相考*하니 一毫*도 의심이 없는지라. 승상이 낭자의 목을 안고 궁글며 왈,

「내 딸 경화야, 청수에 죽었다더니 혼백이 살아 왔냐.

---

* 험악 : 《세창본(世昌本)》에는 〈협박〉으로 되어 있음.
* 상고 : 서로 비교하여 고찰함.
* 일호 : 매우 작다는 의미.

꿈이냐 생시냐, 너의 낭군 유 충렬이 왔으니 소식 듣
고 찾아왔냐. 우리 집이 沼^소가 되어 楊柳青青^{양류청청} 푸른 가
지 빈 터만 남았으니 슬픈 마음 어찌 다 진정하리.」
원수 낭자를 보고 하는 말이며 細細情談^{세세정담}을 어찌 다 기
록할까.
이때 장부인이 內東軒^{내동헌}에 있다가 이 기별을 듣고 급히
나와 보니 낭자 姑婦之禮^{고부지례}*로 문안하고 살아난 말씀을 仔^자
詳^상히 하니 장부인이 손을 잡고 왈,
「세상 사람이 고생이 많다 하나 우리 고부 같을소냐.」
이때 낭자 데려간 관비, 혼백이 上天^{상천}하고 간장이 녹는
듯, 원수 동헌에 높이 앉아 관비를 잡아들여 수죄 왈,
「너를 죽일 것이로되 너 같은 賤妓^{천기}년이 사람을 알아볼소
냐. 청수에 가 낭자 구한 일로 방송하나니 덕인 줄 알
라.」
연심을 불러 무수히 치사하고 보내려 하니 낭자 곁에 앉
았다가 왈,
「연심은 나와 백년은인이니 일시 치사뿐 아니라 평생을
한가지로 지내고져 하니 황성으로 데려가사이다.」
원수 그 말을 옳이 여겨 연심을 불러,
「부인을 착실히 모시라.」
연심이 황공하여 하더라.
원수 전후 사연을 낱낱이 기록하여 나라에 장계하고 길
을 떠나올새, 장부인은 금덩을 타고 강낭자와 조낭자는 옥
교를 타고 좌우로 모시고 강승상은 수레 타고 오국 사신
이 모셨는데, 원수는 일광주 용린갑에 장성검을 높이 들
고 대완마상 높이 앉아 오마대로 행군하여 완완히 나오

─────────
*고부지례 : 시어머니와 며느리 사이의 예.

니 그 거동과 그 영화는 천고에 처음이라.

게양역을 지나서 청수가에 다다르니, 소부인 죽던 곳이라. 원수 승상을 위하여 영릉 태수 바삐 불러 재물을 장만하여 승상을 주인삼고 조낭자는 집사 되어 원수는 祝官*^{축관} 되고 독축하며 통곡하는 말이 회수에 모친 제사할 때와 다름이 없더라.

제를 파한 후에 행군하여 나올 제, 이때 천자와 황태후며 연왕과 조정에서 충렬을 가달국에 보내고 주야 생각하며 장부인을 찾아오는가 하여 日夜^{일야} 한탄하더니, 뜻밖에 원수의 장계를 보고 즐거운 마음 측량없으며 장안 백성들이 이 말을 듣고 각각 자식을 보려 하고 다투어 나오더라.

천자와 태후와 연왕이 백리 밖에 나와 맞을새, 원수의 위엄을 보니 서천 삼십육도며 남만 오국이며 금은 예단과 일등미색들이 차례로 말을 타고 오국 사신이 선봉 되어 낭자하게 들어오고 그 가운데 금덩 옥교 떠오는데, 강낭자는 좌편이요, 조낭자는 우편이라 좌우 青旌*^{청정} 고였는데 錦繡緞 陽繖*^{금수단 양산}대는 반공에 솟았도다.

강승상이 수레 위에 높이 앉아 오며 군사 전후에 나열하고 그 뒤에 따르는 이 十杖紅氈*^{십장홍모} 司命旗*^{사명기}는 한가운데 세워 오고 龍旗*^{용전} 鳳旗*^{봉기} 대장기며 旗幟槍劍^{기치창검} 삼천병마 전후에 作隊^{작대}하고 勝戰鼓*^{승전고}와 行軍鼓^{행군고}는 원근산천에 진동하며,

---

＊축관 : 제사를 지낼 때 축문을 맡아 읽는 사람.
＊청정 : 푸른 깃발.
＊양산 : 비단으로 만들어 햇빛을 가리게 한 물건.
＊십장홍모 : 열 장이 되고 붉은 털이 달림.
＊사명기 : 각 영(營)의 대장, 유수(留守), 순찰사(巡察使), 통제사(統制使)
　　　　가 휘하(麾下)의 군대를 지휘하던 기.
＊용전 : 용의 그림을 그린 기.
＊봉기 : 봉황새의 그림을 그린 기.
＊승전고 : 전쟁의 승리를 알리는 북소리.

도원수는 일광주 용린갑에 장성검 높이 들고 천사마 빗겨 타고 黃龍鬚를 거스리고 봉의눈을 반만 떠서 군사를 재촉하니, 웅장한 거동은 일때 壯觀이요, 천추에 表問*이라.

이때 장안 만민이 남적에게 잡히어 갔던 며느리며 딸이며 동생들이 본국에 돌아온단 말을 듣고 호산대 십리 뜰에 빈틈없이 마주 나와 각각 만나 玉手羅衫 부여잡고 그리던 그 情曲 못내 즐겨하여 울음소리 웃음소리 반공에 뒤섞이어 호산대가 떠나갈 듯 원수를 치사하고 장부인을 치사하는 소리 낭자하여 요란하고, 금산성하 다다르니 천자와 황태후 玉輦에 바삐 내려 장막 밖에 나서니, 원수 갑주를 갖추고 軍禮로 현신하니 천자와 태후 원수의 손을 잡고 못내 치사 왈,

「과인의 수족을 만리타국에 보내고 주야 염려하더니 이렇듯이 무사히 돌아오니 즐거운 마음 어찌 다 칭찬하며, 회수에 죽은 모친 데려온다 하니 만고에 없는 일이며, 옥문관에 강승상과 청수에 죽은 강낭자를 살려 오니 천추에 드문 일이라. 그대의 은혜는 白骨難忘이라. 그 말이야 어찌 다 하리오.」

황태후 원수를 치사한 후에 강승상을 부르시니 강승상이 바삐 들어와 복지하니, 천자 내려와 승상의 손을 잡고 위로 왈,

「과인이 불명하여 역적의 말을 듣고 충신을 원방에 보냈으니 무슨 면목으로 경을 대면하리오. 그러하나 往事는 勿論하오.」

이때 황태후 승상을 보고 하시는 말씀이야 어찌 다 成

---

*표문 : 나타나서 여러 사람에게 들려 알려짐.

^연言하리.

이때 연왕이 다른 私處^{사 처}에 있다가 장부인이 금덩을 타고 옴을 보고 건공에 떠서 충렬이 나오기를 고대하더니, 원수 천자께 물러나와 부왕전에 복지주왈,

「불효자 충렬이 남적을 소멸하고 오는 길에 회수에 와 제사하옵다가 천행으로 모친 만나 왔나이다.」

연왕이 반가움을 측량치 못하여 왈,

「너의 모친이 어디 오느냐.」

이때 장부인이 毛帳^{모 장}* 밖에 있다가 주부의 말소리를 듣고 반가운 마음 어떻다 할 수 없어 如光如醉^{여 광 여 취} 들어가니 연왕이 부인을 붙들고 왈,

「그대 일정 장상서의 따님인가. 멀고 먼 황천길에 죽은 사람도 살아 오는 법이 있는가. 회수 창파 만경 중에 백골이 되었을 제 어떤 사람이 살려 왔나. 뉘 집 자손이 모셔왔나, 충렬아 네가 일정 살려 왔나.」

북방 천리 만리 호국에 잡혀 죽게 된 유주부와 만경창파 회수중에 십년 전에 잃은 장씨 다시 만나 즐길 줄과 칠세 자식 환란 중에 잃었더니, 다시 만나 영화 볼 줄 몽중이나 생각할까.

장부인이 석장동 마철의 집에 잡혀갔던 말이며, 옥함을 가지고 야간 도망하여 노구 집에서 患^환 만나던 말이며, 옥함을 물에 넣고 죽으려 하다가 활인동 이처사 집에 살아난 말을 낱낱이 설화하며 즐기니 그 정곡은 측량치 못할레라.

원수 곁에 앉았다가 왈,

「소자 가달국에 갔을 제 적진 선봉이 마철의 삼형제라

---

*모장 : 장막.

한칼에 베어 원수를 갚았나이다.」

연왕과 부인이 못내 즐기더라.

천자를 모시고 성중에 들어올새 자식 만나 치하하는 소리며, 滿朝諸臣 賀禮하는 말을 어찌 다 기록하리.

이때 황후 태후 강낭자를 입시하여 전후 왕사를 낱낱이 물을 제, 부인의 고생한 말을 낱낱이 하고 서로 울며 장부인이 치사하기를 마지 아니하더라.

이때 원수가 천자와 부왕을 모셔 황극전에 전좌하시고 오국사신 예를 받아 問目數罪*한 연후에 옥관도사를 잡아들여 계하에 엎지르고 수죄 왈,

「간사한 도사놈아, 네 天地造化之術을 배워 정 한담을 가르쳐 신기한 영웅이 황성내에 있는 줄은 알고 광덕산에 살아나서 너 죽일 줄은 모르느냐. 네 전일에 정 한담더러 하기를 千載一時*라 急擊勿失하라더니 어찌 조그마한 유 충렬을 못 잡아서 너희 놈들이 먼저 다 죽느냐.」

도사 여쭈오되,

「敗軍之將은 不可而語勇*이라 하니 此莫非天命*이라 무슨 말씀 하오리까마는, 소인이 신기한 술법을 배워 전장에 나올 제 四海神將이며 大明國 江山神靈과 千鬼萬神과 魑魅魍魎* 魚頭鬼面之卒*과 天地開闢 후의 신장 귀졸을 모두 다 불러내어 지위간에 넣어 두고, 昇天入地하며 成山成海*하며 변화무궁터니 그 중에 유독 서해

---

*문목수죄 : 죄목을 따져 물음.
*천재일시 : 천년에 한 번 있는 시기.
*불가이어용 : 가히 용맹을 말할 수가 없음.
*차막비천명 : 모두 하늘이 정한 명이라는 뜻.
*이매망량 : 도깨비의 정령들.
*어두귀면지졸 : 물고기 머리에 귀신 얼굴을 한 귀졸의 무리.
*성산성해 : 산을 만들고 바다를 이룸.

광덕산 백용사에 있는 노승과 남해 형산 화선관이 소인 슈을 쫓지 아니하기로 고이 알았삽더니, 전일 원수 접전하시는 법을 보오니 갑주 창검도 천신의 조화거니와 백용사 노승은 원수 우편에 옹위하고 남악형산 화선관은 좌편에 시위하였으니 소인인들 어찌하오리까. 走坂之勢*로 이리 될 줄을 알았으나 죽사온들 무슨 한이 있사오리까.」

원수 마음에 그놈의 재주를 탄복하고 군사를 재촉하여 장안시에 처참한 후에 오국사신을 각각 돌려 보내고 황성 동문 밖 인가를 다 헐어 별궁을 지은 후에 직첩을 돋울새, 산동 육국에서 돌아오는 結總*은 모두 다 연왕에게 부치고 원수로 남평 여원 양국 옥새를 주어 남만 오국을 차지하여 녹을 부쳤으되, 대사마 대장군 겸 승상 印綬를 주어 國中萬事를 모두 다 맡겨 슬하에 떠나지 못하게 하고 장부인으로 貞烈夫人 겸 東宮耶后* 연국왕후를 봉하여 경양궁에 거처하게 하고, 강승상으로 달왕 직첩을 주어 賓師之位*에 있게 하고, 강부인으로 정숙부인의 겸 동궁후 언성왕후를 봉하여 시녀 삼백에 강승상의 衛將*삼아 봉황궁에 거처하고 활인동 이처사로 諫議太夫 都訓官에 吏部尙書를 겸하여 六曹를 다스리게 하고, 영릉 관비 연심으로 남평왕의 후궁을 봉하여 인성왕후 직첩을 주어 봉황궁에 강부인을 모시고, 그 남은 제장은 차례로 벼슬을 돋우니라.

이때 남국에 잡혀가 강승상을 부모같이 섬기던 여자

---

*주판지세 : 인력(人力)으로 어찌할 도리가 없어 되어 가는 대로 맡겨 두는 일.
*결총 : 토지에 메기는 몫의 전부.
*동궁야후 : 동궁(東宮)의 어머니의 존칭.
*빈사지위 : 손님으로 대접하는 지위.
*위장 : 호위하는 장수.

는 다른 사람이 아니라 술 한잔 받아 들고 원수전에 自^자
禮^례하던 노인의 딸이라. 그 노인을 불러 상면한 후에 조낭
자로 남평왕의 우부인을 봉하고, 그 오래비로 總戎大將^{총융대장}을
삼아 그 아비를 봉양하게 하니 上下 人民^{상하 인민}이 頌德^{송덕}하는 소
리 천지 진동하니 그 아니 태평인가 하노라.

<목판본>

陰陽三台星

〔해 설〕 陰陽三台星

—— 여성을 영웅화시킨 독창적 플로트

　이 작품은 남녀 주인공들이 다 같이 출전하여 무공을 빛내는 영웅소설이다. 여주인공들이 처음부터 여자의 천직은 배우지 않고 사내와 같은 활쏘기, 칼쓰기, 말타기 등의 무예를 익히는 것 등은 이 작품에서만 볼 수 있는 독창적인 플로트라 하겠다.

　여자의 천직을 거부하는 딸들의 당돌한 말을 듣고 부친이 가문을 망쳐놓는다고 대노하면서 칼을 빼들고 죽이려하니 유서를 남겨놓고 심야에 담을 넘어 도주하게 되는 것도 특이한 플로트이다. 다른 영웅소설에서는 흔히 여주인공들이 피난하다가 우연히 도승이나 도사를 만나 병서나 무예를 익힘으로써 영웅이 되는 과정과는 아주 판이하다.

　또 후반에 가서 황제가 여주인공들이 여화위남(女化爲男)한 것을 시험해 보는 플로트도 독창적이고 삼태(三胎)한 채생(蔡生) 세 사람과 삼태한 유녀(劉女) 세 사람을 결연시키는 인물의 결구(結構)도 참신하다. 이와 같이 이 작품에서는 여러 가지 독창적인 플로트를 결구해 놓은 새로운 유형의 영웅소설로서 무엇보다 여성을 영웅화시키는 과정이 이 작품의 문제성이 있다고 하겠다.

음 양 삼 태 성
陰陽三台星

第一回

^{채 문 경 도 사　하 우 씨 현 성}
蔡文慶禱嗣　夏禹氏顯聖

(채문경이 사속을 빌고, 하우씨 성을 나타내다.)

화설, 五季* 시절에 기주 상계촌에 일위 名宦이 있으니, 성은 蔡요 명은 文慶이니, 東漢 光武時 平虜將軍 蔡俊의 후예라. 본대 집이 유여하고 가세 풍족하되, 다만 일자 문경뿐이라. 애지중지하여 어진 선생을 얻어 수학할새, 諸子百家書와 六韜三略을 無不通知하고 문필이 유여하며 마음이 仁孝恭儉하고 貞淑柔順하니 시인이 칭찬하더라.

그 부인 李氏는 執金吾 李雄의 일녀로 용모 기질이 비범하고 천성이 온순 정직하여 孝奉舅姑하고 承順君子하여 극진 공궤하니, 가중 제인이 다 칭송하고 구고가 애중하며, 공이 또한 중정이 如山若海하여 화락한 지 십여 년이로되 飛雄의 祥瑞를 응함이 없으니, 부모가 크게 근

---

*오계 : 중국 당나라가 망하고 후 오대(後五代)를 말함.

심하여 명산 대천에 정성이 아니 미친 곳이 없으며, 빈곤한 사람을 구제하니 一鄕이 탄복하더라.

　차시, 공의 벼슬이 翰林에 있으니 명망이 조야에 제일이나 인군이 어리시고 소인이 弄權하니, 공이 벼슬에 뜻이 없어 上表 謝恩하고 고향에 돌아와 가업을 다스리며 고서를 박람하여 행실을 닦으니, 後主가 그 어짐을 듣고 尚書僕射로 채용하시나 마침내 朝見치 아니코 칭병하여 入朝치 아니하니, 후주가 악연하사 그 지개를 찬양하시더라.

　이로부터 공이 田野 閑民이 되어 밭 갈기와 고기 낚기로 세월을 보내더니, 때 정히 暮春 初夏를 당하여 천고에 경개 절승하고 산림 초목이 푸르렀는지라. 공이 경개를 탐하여 점점 들어가니, 양류는 千萬絲를 드리웠고 黃鸚은 처음으로 쌍비하니 전진하여 나아갈새, 내는 잔잔하여 폭포로 흘러가고 銀鱗玉尺은 물결을 희롱하며, 鸞鳳孔雀은 무리 지어 왕래하고 翡翠鴛鴦은 쌍쌍이 날아드니, 別有天地 여기로다. 徘徊顧眄하고 경물이 비상함을 칭찬하며 호흥이 유출하여 杏花村을 찾아가 술을 사 먹고 풍어각에 들어가니, 縹眇한 殿閣과 아로새긴 난간이 일색에 조요하고, 동서 화계에 蒼松綠竹이 사시를 자랑하여 씩씩히 푸르렀고 각색 짐승은 쌍쌍이 깃들이니 공이 유흥이 넘치매 七言絶句와 四韻律時를 지어 음영하니, 날이 서산에 걸리매 青黎를 돌리어 집으로 오더니 노변에 일좌 장려한 전각이 있거늘, 공이 들어가 보니 현판에 금자로 썼으되 「夏禹氏墓」라 하였거늘, 즉시 묘에 들어가 沐浴齋戒한 후 탑하에 나아가 공주 재배하고 독축하니 가라사대,

「聖主가 천명을 받자와 九年 治水하사 만민을 구하여 塗炭을 면케 하시니 성덕이 千秋萬歲에 天地 日月과 같으시니, 草木群生이 뉘 아니 그 성덕을 추앙하며 공업을 잊으리오. 소자 채문경이 슬하가 적막하여 繼承之子가 없기로 성인에게 아뢰옵나니, 차세에 지은 죄인지 전생에 지은 죄인지 모르거니와 차생에 積德을 숭상하여 후세에 공덕을 잊고져 하와 주야 발원하여 신명을 감동코자 하오나 정성이 천박하온지라 不孝三千에 無後爲大라 하오니, 빌건대 일점 혈육을 얻어 후세 끊이지 아님을 바라나이다.」

하고, 축수함을 마치고 난간에 앉았더니, 차시 望月이 온전하여 일점 부운이 없는지라.

공이 문득 困惱하여 잠깐 조으더니 佩玉소리 錚然하거늘, 나가 보니 좌우에 등촉이 나열하고 金冠玉帶한 선관이 일위 왕자를 옹위하여 들어오되, 법도가 엄숙하고 좌우에 각색 등롱과 오색 기치를 세우고 머리에 冕旒冠을 쓰고 몸에 黃龍袍를 입고 白玉帶를 띠고 들어와 전상에 좌하니, 시위 제신이 차례로 배례하매 왕자가 좌우로 채문경을 부르라 하니, 한 紅袍者가 공을 불러 예하라 하거늘, 공이 홍포자를 따라 전하에 나아가 배례하니 전상에서 일러 왈,

「너의 조상은 유명한 대현이라. 어찌 자손의 향화를 그치게 하리오. 짐이 너를 위하여 보옥 셋을 주나니, 이는 지극한 보배라. 明主를 만나면 無價寶니, 十二城을 비추는 和氏璧*에 비기리오. 삼가 간수하면 너희 문호를 흥기하고, 이름이 사해에 진동하고 말년에 영화 지

─────────────
*화씨벽 : 화씨지벽(和氏之璧). 변화(卞和)가 초(楚) 여왕(厲王)에게 바친 옥.

극하리라.」

하거늘, 공이 사례하고 받자와 자세히 보니, 옥빛이 조요하여 서기 눈에 보이니 마음에 황홀하여 일어 절하고 깨달으니 한 꿈이라.

공이 대희하여 헤오되,

「내 위연히 성인께 빌었더니 보옥 셋을 얻으니 필연 귀자를 낳으리라.」

하고, 밝기를 기다려 殿門(전문)을 열고 보니 黃羅帳(황라장) 안에 일위 왕자가 단좌하였으니, 의복과 거동이 몽중사와 같은지라. 공이 더욱 황홀하여 배례하고 돌아와 부인더러 몽사를 이르고 지필을 구하여 기록하였더니, 과연 그 달부터 태기 있어 복부가 완성하니 구고와 공이며 상하 비복이 치하하더니, 점점 滿朔(만삭)하매 부인이 기운이 미약하고 복부는 유달리 부르니 존당과 공이 십분 意慮(의려)하더니, 일일은 일위 도사가 표연히 이르러 공을 보고 왈,

「내 거야에 천문을 보니 장성 세히 공의 집에 비치니, 필연 기이한 사람이 날까 하노라.」

공이 경아 왈,

「내 집은 근본 布衣之家(포의지가)*로 다만 늦도록 嗣續(사속)*이 없다가 천만 의외에 잉태 십삭이라. 복부가 이상하여 예사 잉부와 다르니 신상이 위태한지라 일로 근심하노라.」

도사가 소왈,

「천상에 三台星(삼태성)이 있고 땅에는 삼년초가 있나니, 어찌 사람에게 三胎(삼태) 없으리오. 天地人(천지인)이 이른바 三才(삼재)*니

---

* 포의지가 : 벼슬이 없는 선비 집안.
* 사속 : 대(代)를 이음.
* 삼재 : 하늘과 땅과 사람. 삼극(三極). 삼원(三元).

공의 집에 비상한 일이 있을지라. 貧道가 잠깐 머물러
解腹하시기를 기다려 삼자가 나오거든 팔자를 보고져
하나이다.」

공이 대희하여 도사를 머물게 하고 款待하더니, 익일
부인이 과연 통복이 급하여 침석에 의지하였더니 문득 삼
자를 연하여 생하니, 삼아의 기골이 준수하여 영산의 기
린이라.

구고와 공이 희열 과망하여 외당에 나와 도사를 보고
同胎에 삼자 생함을 이르니 도사가 소왈,
「과연 기이한지라. 사주가 辛卯年 辛卯月 辛卯日 辛卯
時니 극히 비상한지라. 장래 大福이 無量하리니, 십세
넘거든 어진 스승을 얻어 병법을 가르치라. 관진산에
한 도사가 있으니 별호는 震遠이요, 성명은 諸植이니,
당시의 제일 명사이니 공이 삼자의 영효를 받고자 할
진대 마땅히 진원의 술법을 배우게 하라.」

공이 사례 왈,
「선생이 누지에 머무르사 수고를 아끼지 아니시고 가르
치시니 銘心不忘*하리이다.」

도사가 유유히 나아가니 그 간 바를 모를지라 공이 기
이히 여겨 내당에 들어가 도사의 말을 전하고 삼자의 이
름을 지을새, 장자는 琬이요, 자를 白玉이라 하고 차자
는 玩이요, 자는 重玉이라 하고 삼자는 璥이요, 자는 繼
玉이라 하더라.

삼자가 점점 자라매 용모가 준아하고 풍도가 늠름하여
龍虎의 기상이요, 만사가 비범하여 눈에 보는 바를 모를
것이 없고 귀에 듣는 바를 명심불망하니 부모가 애중하

*명심불망 : 마음 속에 새겨 두고 잊지 아니함.

고 보는 자가 귀히 여기더라.

삼옥이 시서를 능통하며 가르치지 않은 무예 가장 정숙하니 짐짓 千古英雄이라. 공이 도사의 말을 생각하고 삼자를 불러 왈,

「사람이 출세하매 어려서 부모를 의지하고 자라서 立身揚名하며 而顯父母하고 祖先을 빛내고져 하나니, 농업을 힘써 한가한 백성이 되어 우리 슬하에 終孝코자 하느냐, 입신양명하고 名垂竹帛하여 국가의 柱石之臣이 되고자 하느냐. 각각 너희 志趣를 말하라.」

삼자가 일시에 재배 고왈,

「사람이 세상에 처함에 이음良順四時하며 부모께 성효하고 조선을 현달함이 남자의 할 일이니 우리 선조 평로장군께서 한광무 重興功臣이 되사 명수죽백하고 영명이 천추에 유전하였으니, 소자 등이 비록 재주가 없사오나 대인 명교를 받자와 어진 스승을 얻어 수학하와 명주를 만나 忠良之臣이 되어 祖先 彰德을 더럽히지 않고 문호를 創開하오며, 부모의 生育之恩을 만분지일이나 갚고자 하옵나니, 어찌 녹록히 농업을 일삼아 초목과 같이 늙으리이까.」

공이 소왈,

「너희 뜻이 여차하니 또한 아름답다.」

하고, 즉시 행장을 차려 관진산 진도사에게로 보낼새, 삼옥이 부모께 하직 왈,

「소자 등이 사부를 얻어 소원을 이루고 즉시 돌아와 侍奉하오리니, 복망 대인은 소자를 유련치 마시고 성체 안강하옵심을 바라나이다.」

하니, 부모가 결연하여 집수 창연 왈,

「남자가 처세에 입신양명이 첫째라, 어찌 잠시 이별을 介懷하리오. 모르미 小心翼翼*하여 우려함을 끼치지 말라.」

삼자가 재배 수명코 관진산으로 가니라.

차시, 각북 하지촌에 한 서생이 있으니 성은 柳요, 명은 元卿이라. 가산이 유여하고 기처 王氏는 성도가 幽閑貞靜하여 행세 眞善眞美하며 문호가 혁혁하니 부부가 相敬相和하여 가중이 화락하되 다만 일점 혈육이 없어 주야 한탄하더니, 유생이 만금 재산을 가지고 무창 땅에 興利할새, 강을 건너 홍양산에 다다라 동구 아래 배를 대고 밤을 지낼새, 문득 일몽을 얻으니 한 부처가 여러 제자를 데리고 비단 장삼과 홍단 가사를 입고 유생을 불러 왈,

「나는 極樂世界 阿彌陀佛이라. 좌우에 있는 제자들이 우리 불상을 이루다가 物力이 진하여 장차 폐케 되었으니, 그대는 가진 재물을 주어 성사케 하면 큰 공덕이 되리라.」

유생이 절하여 왈,

「명대로 하리이다.」

하고 깨달으니 한 꿈이라. 고이히 여겨 금산사에 들어가 化主 진원을 찾으니, 과연 불상을 이루다가 폐케 되니 모든 화주가 민망하여 하거늘, 생이 몽사를 이르니 제승이 크게 기뻐 계하에서 합장 배례하여 축수하니, 생이 제승을 데리고 선중에 나와 금은을 모두 주니라.

차정 하회하라.

---

*소심익익 : 마음을 조심하며 존경하고 삼가는 모양.

第二回

중 수 불 사 득 삼 주　견 습 무 예 욕 살 녀
重修佛寺得三珠　見習武藝欲殺女

(불사를 중수하매 세 구슬을 얻고, 무예 익힘을
보고 딸을 죽이려 하다.)

차설, 제승이 탄복하고 유원경을 시주기에 올리고 무
수 사례하더라.

유생이 집에 돌아와 또 일몽을 얻으니 부처가 현상 왈,
「네 전생에 죄 중하여 금생에 무자러니, 이번 대시주
한 공으로 귀녀 셋을 점지하였나니, 비록 여자이나 네
집 문호를 빛내고 부모에게 영화 극진하리라.」
하거늘, 유생이 꿇어앉아 바라보니, 하나는 파랗고 하나
는 붉고 또 하나는 희니 다 광채 炫煌*한지라. 가슴에 품
고 사례하니 대사가 웃고 採雲을 멍에하여 가니, 꽃비 내
리고 향취 옹비하더라.

과연 그 달부터 잉태하여 복부가 점점 부르고 기부가
수척하니, 타인은 복중병이라 하되 생의 부부는 신몽을
믿어 십삭 만에 삼개 여아를 일시에 생하니, 또한 신묘
년 신묘월 신묘일 신묘시라. 기록해 두고 부부가 과애하
여 장녀의 명은 紫珠라 하고, 차녀의 명은 碧珠라 하고

---

*현황 : 정신이 어지럽고 황홀함.

삼녀의 명은 明珠라 하여 다 각각 유모를 맡겨 보호하여 掌中寶玉같이 사랑하더니, 삼녀가 점점 자라매 玉步芳身과 용모가 비상하여 絶世佳人이요, 傾國之色이라. 삼녀가 일호 차등이 없이 한판에 박은 듯하니, 타인은 형제를 분간치 못할러라.

방년 칠팔세에 시서를 무불통지하니, 문채 쇄락한 중에 慷慨之心을 품어 원중에 들어가 활 쏘기와 칼 쓰기를 익히며 돌을 모아 陣勢를 버리고 말 달리기를 익히니, 생은 어린 아이 놀음으로 알고 금단치 아니하되, 부인은 가장 민망하여 꾸짖어 왈,

「남자는 文武之才를 익히어 입신양명함이 사업이요, 여자는 숙덕을 닦아 규방에 종요로이 처하여 修繕紡績을 힘쓰고 예를 배워 구가에 돌아가매 구고께 효봉하고 군자를 승순하며, 친척을 화우하고 四德을 명심하나 오히려 미흡할까 두리거늘, 어찌 이런 외도를 행하여 淑女와 鐵婦의 죄인이 되고자 하는가. 우리 팔자가 기박하여 너희 셋을 얻으니, 비록 여자이나 아름다이 여겨 어진 佳耦를 입어 우리 후사를 의탁할까 바랐더니, 여등은 그 뜻을 모르고 閨門의 죄인이 되고자 하는가. 비록 남자라도 溫重 正大한 자는 覇道를 행치 아니하거늘, 하물며 여자가 되어 활 쏘고 칼 쓰기와 말 달리기와 진 치기를 익히며 女行을 폐하니, 이는 규녀의 행실이 아니라. 너희 부친이 알으시면 별반 擧措가 있을 것이요, 사정이 없을지라. 여모는 여 등을 배어 연연약질이 십삭을 신고하여 겨우 낳으매, 다행히 위인이 용속치 아니함을 믿어 淑女 賢風을 따를까 바라더니, 여차 외도를 행하니 여모가 차라리 먼저 죽어 모르고자 하

나 너희를 성인치 못하고 죽으면 눈을 감지 못하리니,
너희 소견이 어떠하뇨.」
언파에 涕淚 만면하니 삼소저가 일시에 계하에 내려 叩
頭 謝罪 왈,
「인간 萬物之中에 惟人이 最貴함은 그 오륜이 있음이
라. 금수도 어미를 알거든, 하물며 소녀 등이 아무
리 불초한들 부모의 생육지은을 모르고 명을 역하리이
까마는, 다만 애닯은 바는 소녀 등이 남다른 여자의 몸
으로 부모께 성효를 뵈올 것이 없사오니 주야 鬱悶하
온지라. 이러므로 해아 등이 잠깐 부모를 어기어 여행
을 지키지 아니하고 男事를 행하였사오니, 옛적 唐太
宗의 누이 長原公主가 평생에 병서를 익히고 무예를 연
습하여 천하에 횡행하니 세인이 이르기를, 「女將軍」이
라 하여 영명이 후세에 유전하니, 소녀 등도 석사를 본
받아 공명을 이뤄 昊天大恩을 갚고져 하나니, 지금에
천하가 장차 요란하와 처처에 도적이 들끓듯 하올지니,
소녀 등이 비록 아녀자이오나 성주를 만나 무예를 자
랑하며 공업을 세워 천추에 이름을 빛내고 문호를 흥
기치 못하면 어찌 사람이라 하리이까. 富貴貧賤이 天
數에 있고 임의로 못하올지라, 다행히 하늘이 도우사
吉運을 만나 소원을 이루면, 비록 여자이나 어찌 쾌치
아니리까. 한갓 예를 지키어 蛾眉를 다스리고 방적을
일삼아 초목과 같이 쓰러지면 출세한 영명이 없사오리
니, 태태는 익히 생각하소서.」
부인이 청파에 삼녀의 기운이 強壯하고 의사가 爽闊하
여 婦女之行이 없음을 보고 어이없어 탄식 부답하니, 삼
소저가 이후로 빈빈히 후원에 들어가 무예를 익히더니,

일일은 유생이 후원에 들어가다가 삼녀의 행사를 보고 대경하여 꾸짖어 왈,

「여자가 어찌 이런 일을 행하리오. 반드시 辱及門戶*하고 禍連父母하리라.」

하고 궁시와 병서를 다 거두어 불지르고 왕씨를 대책 왈,

「여아의 행세 여차하되 爲其母하여 엄책치 아니하니 어찌 한심치 아니리오.」

하고, 이에 삼녀더러 왈,

「후일에 다시 이런 일이 있으면 父女大倫을 끊으리라.」

하니 삼녀가 泣 고왈,

「해아 등이 불효하여 모친이 미안지책을 당하시니 죄 萬死無惜이로소이다. 야야는 소녀 등의 죄를 다스리소서. 해아 등이 부모의 莫大之恩을 모르옵고 이렇듯 심려를 끼치오니 罪當萬死로소이다.」

생이 노질 왈,

「내 팔자가 기구하여 한낱 아들이 없고 말년에 여 등 삼인을 낳으니, 비록 여자이나 장래 조선 향화를 의탁할까 하였더니, 너희 이렇듯 패도를 행하여 바라던 바를 저바리니, 이것이 다 우리 팔자라. 오늘로부터 부녀지의를 끊고 다시 상면치 아니리라.」

하고 언파에 사매를 떨쳐 외당으로 나아와 근심함을 마지 아니터라.

삼녀가 물러나 추연 탄왈,

「하늘이 어찌 우리로 남자를 삼지 아니하여 행세 이렇듯 구차하뇨.」

하고 추연 불락하더니, 또 후원에 들어가 弓馬之才와 병

---

*욕급문호 : 자제(子弟)의 잘못이 문호에까지 미쳐 욕되게 함.

서를 爲^위業^업하니 왕씨 울며 말리되, 종시 듣지 아니하는지라 왕씨 행여 공이 알까 두려 근심하더라.

남촌 땅에 李^이業^업이란 사람이 유생과 교계 심밀하더니, 업의 양자가 一榜^{일방}에 급제하여 명망이 조야에 진동하거늘, 일일은 유생이 찾으니 업이 맞아 이윽히 담화하다가 두 아들을 불러 유생을 뵈니, 양인이 龍袍玉帶^{용포옥대}로 천천히 나와 예하니 진실로 仙風道骨^{선풍도골}이라. 생이 침수 무애하며 이업을 향하여 칭찬을 마지 아니하니, 이업이 사사하고 주배를 내와 종일 담화하다가 돌아와 왕씨를 대하여 슬피 탄왈,

「이업은 희귀한 팔자라. 양자가 일방에 連璧^{연벽}하여 명망이 조야에 진동하니, 조선을 영효하고 문호가 혁혁한지라. 우리는 무용 삼녀를 얻어 주야 근심하니 어찌 참괴치 아니리오.」

하고 슬퍼하니, 시녀 향란이 섰다가 웃고 왈,

「우리 삼소저는 타일 將星^{장성}이 되려 하시매 후원에서 궁마지재를 익히니 불구에 대화가 미칠까 하나이다.」

생이 대경 대로 왈,

「내 전일에 차사를 이미 금하였거늘 어찌 아비 말을 이렇듯 경멸히 알리오. 후일에 반드시 차아로 말미암아 문호를 보전치 못하리니, 차라리 하나를 죽여 둘을 경계하리라.」

하고 취중에 노기를 걷잡지 못하여 칼을 빼어 들고 후원으로 향하고자 하거늘, 왕씨 울며 말려 왈,

「어찌 이로 말미암아 부녀지의를 끊어 골육을 상잔케 하시니 차마 할 바이리오. 명일에 친척을 모으고 의논함이 가하나이다.」

생의 성도가 본대 급한지라 마침내 듣지 아니하거늘,
왕씨 울며 만단으로 애걸하니 생이 잠깐 노를 낮추고 상
하 노복에게 엄히 분부하여 차사를 성녀당에 누설치 말
라 하고 후원문을 잠가 왕씨 들어가지 못하게 하고 날이
새기를 기다리더라.

차시, 삼소저가 저녁 문안에 들어오다가 이 소식을 듣
고 大驚失色하여 도로 침소에 돌아와 서로 붙들고 체읍
하더니, 자주 왈,

「대인 성도가 급하신지라 우리 두 번 범죄하였으니 반
드시 용서치 아니실지라. 만일 우리 형제 중 하나를 죽
이시면 人倫이 散亂하여 부모의 寬仁大德이 그림의 떡
이 되리니 이 어찌 천고의 不孝之人이 아니리오. 아 등
삼인이 일대에 출세함을 天道가 留意하심이니 어찌 녹
록히 방을 지키어 아녀자로 늙으리오. 사람의 窮達*이
天定함이니, 자고로 英雄豪傑이 곤궁함은 聖主를 만나
지 못함이라. 姜太公은 渭水에서 文王을 만나지 못하
였으면 有名萬歲할 길이 없고, 諸葛亮은 南陽 농부니
劉皇叔을 만나지 못하였으면 어찌 三國에 영명을 얻으
리오. 우리 비록 여자이나 잠깐 부모 슬하를 떠나 무
예를 배웠으면 賢明之主를 도와 공명을 이뤄 錦衣還鄕
하여 부모께 영효를 뵈고 문호를 창개함이 어찌 충효
아니리오.」

벽주 왈,

「저저의 말씀이 쾌하오나 공명을 이루면 부모를 다시
뵈오려니와, 불연즉 세상 죄인이 될 뿐 아니라 지하에
돌아가나 부모와 선조를 무슨 면목으로 뵈오리오. 천

---

*궁달 : 빈궁함과 영달(榮達).

고의 불효 되리니 차시 가장 난처한지라 저저는 상심하
소서.」
차간 하회하라.

第三回

爛商公議後　三六計上策
(난상공의한 후, 삼륙계가 상책되다.)

차설, 자주가 묵연 부답하니 명주가 정색 대왈,

「고인이 운하되, 「대사를 경영하매 소소한 혐의를 관념치 말라」하였으니, 석에 韓信이 십만 정병을 거느리고 제국 칠십여 성을 웅거하여 여녀자의 호의로 괵철의 꾀를 쓰지 아니하였다가 여자의 손에 화를 만났으니, 우리 이제 혈혈 아녀자로 이름 없이 떠나면 부모를 버리고 간 죄로 세인의 是非함을 어찌 면하며, 부녀의 대륜에 큰 흠이 될지라 어찌 무단히 화를 취하며, 부모께 陋德을 끼친 不孝大罪를 어찌 면하리오. 우리 삼인이 마땅히 死生禍福을 한가지로 하여 아녀자의 미미한 행사를 변코자 하였더니, 이제 대인이 엄노를 발하사 우리 삼인 중에 하나를 죽이고자 하시니 同氣之情에 일인의 죽는 양을 어찌 보리오. 여차즉 셋이 다 죽으리니, 일이 이에 미친즉 부모께 不孝非輕하고 삼인의 원혼이 구천 아래 슬픔을 머금을 뿐이요, 조금도 유의함이 없는지라. 석일에 영웅호걸이 난시를 당하여

創^창業^업之^지主^주를 만나 공업이 우주에 빛나고 명수죽백하고 화형 인각한 자가 한둘이 아니라. 우리 비록 여자이나 또한 下^하等^등이 아니라. 십년을 기약하면 일정 소원을 이루리니, 여차즉 평생 유한을 씻고 부모께 영효를 뵐지라. 오늘날 셋이 무죄히 죽으면 무엇이 유익하며, 부모의 遺^유恨^한을 어찌코자 하느뇨. 저저는 다른 호의를 마시고 대사를 결단하라.」

하니, 말씀이 快^쾌活^활 滔^도滔^도하여 皓^호齒^치丹^단脣^순* 사이로 山^산峽^협水^수가 흐르는 듯 강하 같은 넓은 소견이 가히 대사를 이룰지라.

자주가 답소 왈,

「현제의 말이 快^쾌達^달하거니와 사세 부득이 되었으니 가기는 하련마는 하직을 어찌 고하리오. 가만히 나아가면 누명을 면치 못하리로다.」

벽주 왈,

「효자는 遠^원近^근出^출入^입에 方^방所^소를 고하나니, 하물며 여자의 몸이라 거취를 명백히 할지라.」

하고 三^삼珠^주가 일시에 일봉서를 동산 화원정에 걸고 삼인이 남복을 개착하여 황금 백냥과 채단 백여 필을 가지고 사경 때에 越^월牆^장하여 달아나니라.

명조에 유생이 친척을 모으고 동산에 들어가 성여당에 이르니, 방중이 고요하여 삼녀의 종적이 없는지라. 대경하여 두루 찾으니 화정 난간에 일봉 서찰이 걸렸거늘, 생이 분기하여 흉격이 막혀 글을 가지고 나와 친척과 한가지로 떼어 보니 그 글에 씌었으되,

「불초녀 자주 등은 백배하옵고 부모 좌하에 일장 글을 올리나이다. 人^인生^생處^처世^세에 오륜을 모르면 어찌 금수나 다

────────
＊호치단순 : 깨끗한 이빨과 붉은 입술.

르리이까. 소녀 등이 비록 無用한 여자이오나 부모 생육과 호천 대은을 아옵나니, 매양 부모 은덕을 갚지 못할까 주야 兢兢業業*하오나 몸이 여자인고로 백리 부미를 능히 못하옵고, 입신양명하여 이현부모할 길 없어 刻骨痛恨*하오매 초목과 같이 쓰러지면 부모의 막대지은을 갚지 못하리니, 幽冥間에 어찌 녹록한 귀신이 되리이까. 이러므로 천지 일월과 后土聖神께 빌어, 우리 비록 여자이오나 뜻이 크온지라 남자의 사업을 이루게 하소서 하고 外道를 행하오니, 이 도시 부모를 위함이라. 이런 뜻을 가지고 성주를 만나 몸을 국가에 허하여 공업을 세워, 타인이 우러러 그 부모로 하여금 비록 아녀자나 범상한 십자를 부러 아니리라 하는 소리를 귀로 들으면 夕死라도 無恨이라. 이러므로 천하 죄인 됨을 甘心*하더니, 대인이 노하사 天倫慈愛를 끊고자 하시니 罪當甘受라. 다시 생각건대 부모께 영효를 뵈고자 하다가 도리어 천고의 不孝之人이 되어 부모로 하여금 骨肉殘害하신 누명을 취하시게 하리이까. 이러므로 패악한 의사를 내어 도로에 분주하오니 부모 명교에 죄인이라, 더욱 부모의 과려하실 바를 생각하오매 懊惱 不悅하나이다. 소녀 등 삼인이 아무쪼록 어진 스승을 만나 재주를 배우고, 진유자의 육칠기계와 제갈량의 神奇妙算을 다 배운 후에 성주를 만나 몸이 원융대장이 되옵고 부모께 榮孝를 뵈옴이 십년내에 있사오리니, 바라건대 불초녀 삼주를 우려치 마옵시고 聖體 安康하옵소서. 불초 등이 슬하를 떠나오나 지필을

---

*긍긍업업 : 언제나 조심하여 공경하고 삼가다.
*각골통한 : 뼈에 사무쳐 마음 속 깊이 맺힌 원한.
*감심 : 괴로움이나 책망을 달게 여김.

182

임하오매 혈루가 앞을 가리오니 아뢸 말씀이 무궁하오
나 능히 고할 바를 모르와 대강 기록하와 주하나이다.」
하였더라.

생이 보기를 다하매 大驚 大怒하여 如醉如狂하여 정치
못하고 다만 통곡하니, 생의 종형 柳道慶은 학문이 광박
하고 사람의 선악을 아는고로 매양 삼소저의 비상함을 칭
찬하더니, 이 글을 보매 뜻이 적은 데 있지 아니한지라.
생이 위로 왈,

「차아 등의 위인이 庸俗치 아니하니 필연 비상한 영효
를 뵈어 용렬한 남자의 십배 승하리니 현제는 과려치
말라. 저희 문필이 이렇듯 출중하니 어찌 녹록히 규녀
의 소임만 하리요. 내 전일에 先塋에 배알하고 돌아오
더니, 노상에서 한 노승을 만나니 그 승이 이르되「此
墓 正穴과 內龍을 보니 白虎로부터 사명산 상봉이 되
었으니 자손 중에 삼개 영웅의 여자가 나리라」 하거
늘, 내 생각에 외손 중 삼개 영웅이 날까 하였더니, 이
제 질녀의 글을 보건대 山陰이 반드시 차아 등을 응함
이니, 현제는 너무 급거히 구지 말고 나중을 보라.」
생이 비로소 노를 그치고 잠소 왈,

「형장의 말씀 같을진대 혈마* 어떠하리이까마는, 소재
가 팔자 무상하여 한낱 계승할 자식이 없고 말년에 저
희 삼아를 얻으니 위인이 가히 용속치 아님을 믿음이
라, 相敵한 배우를 얻어 조선 향화와 우리 후사를 의
탁할까 바라더니 생각지 않은 여행을 버리고 韓信의 陣
法과 樊噲*의 勇力을 추모하니, 여러 번 엄책하되 종

---

* 혈마 : 설마의 옛말.
* 번쾌 : 중국 한나라 고조 때의 공신. 천하 장사로 처음에는 비천한 지위에
　　　　있었으나 고조를 도와 전공을 세워 연무공(燕武公)이 되었다가 뒤에
　　　　무양후(舞陽侯)에 봉함을 받음.

시 그치지 아니하기로 저희를 죽이고자 하다가 이런 거조를 당하니 어찌 일시를 견디며, 저를 일시도 못 보면 잃은 것이 있는 듯하거늘 어찌 십년을 기다리리오.」

설파에 失性涕泣하니 왕씨는 여아의 글을 손에 쥐고 大聲痛哭하는지라. 제족이 호언으로 위로하다가 각각 집으로 돌아가니, 왕씨 화정에 들어가 여아의 침소에 이르니 사창에 여아의 흔적이 있는 듯하고 紅裙翠衫이 가상에 걸리었으니 형적이 의의한지라.

왕씨 심사가 더욱 寥寥한 중에 물색은 의연하며 창천의 임자 없는 앵무는 슬픈 소리로 우지지거늘, 부인의 회포 일만층이나 더하여 비회를 능히 억제치 못할지라 삼녀의 의상을 안고 실성 체읍 왈,

「여모의 팔자가 기구하여 자식의 재미 모르다가 늦게야 여 등을 얻으니 타인의 십자를 부러 아니하는지라. 근일에 여 등이 여공을 폐하고 범람한 생각을 두어 남자의 사업을 힘쓰고져 하니 그 부모 된 자가 여자의 외도에 듦을 어찌 말리지 아니리오. 너희 부친의 본성이 엄한고로 약간 責罰로 징계코자 함이니 어찌 죽일 리 있으리오. 여 등이 다급하여 규중 처녀의 몸으로 망령되이 도로에 분주하여 부모를 유련치 아니하니 어찌 자식의 도리리오. 여 등의 행세 古人 聖女는 믿지 못하나 금세에는 용렬하기를 면할까 하였더니, 부모를 배반하고 도로에 유락할 줄은 천만 의외라. 너희 유한한 태도와 낭랑한 옥성이 이목에 버렸으니 어미 정리로 능히 참으랴.」

설파에 통곡을 마지 아니하니 좌우 시비 모두 飲淚流涕하더라.

차시, 삼소저가 집을 떠나 표연히 행하여 丹陽之界에 이르니, 대강이 앞에 있고 一座臺가 있어 경개 화려하니 과객의 왕래 빈빈한지라. 삼소저가 고히 여겨 나가 보니 酒店이라 하거늘, 주과를 사서 요기하고 들어가니라.

이적에 蔡生 삼인이 또한 주식을 요기하고 주점에 쉬더니, 삼소저가 들어옴을 보고 주저하더니, 채완이 보니 삼개 소년이 들어오되 머리에 翡翠羅冠을 쓰고 몸에 白布道衣를 입으니, 표표한 용모와 신이한 풍채 절승하더라.

삼인의 품질이 차등이 없어 용모와 풍채 한판에 박은 듯하여 세 가지 연화가 綠波에 잠겼으며 삼색 모란이 玉毫에 꽂힌 듯하여 秋水淨體요, 秋月風流라.

채생이 바삐 내려 읍하고 왈,

「四海之內皆兄弟라. 존형은 올라와 좌정하라.」

유생 등이 올라와 禮畢坐定하여 채생 등을 살펴보니, 당당한 풍채와 늠름한 기상이 일세 기남자이라. 피차에 공경함을 다할새 채생이 먼저 성명을 이르고 유생의 성명을 물으니, 유생이 성명을 통한지라.

하회를 분석하라.

第四回

음 양 삼 태 성 결 육 형 제　삼 도 급 구 류 무 소 불 통
陰陽三台星結六兄弟　三道及九流無所不通

(음양 삼태성이 맺어 육형제 되고, 삼도와 구류에
통달치 아님이 없더라.)

차설, 유생이 성명을 통할새 채생 왈,

「삼인이 동복이시니이까.」

유생 왈,

「연하여이다. 우리 동태 삼형제가 생월일시가 같다.」

하거늘, 채생이 듣고 大驚大喜하여 왈,

「세상에 기이한 일도 있도다. 우리 형제 또한 형 등 형
제와 같이 삼태 동월일시에 생하였나니, 이는 하늘이 그
대 형제와 우리 형제를 유의하심이라. 우리 삼인은 신
묘년 신묘월 신묘일 신묘시에 생하였나니, 형 등의 생
일시를 알려 하노라.」

유생이 대왈,

「제 등의 생일도 또한 신묘년 신묘월 신묘일 신묘시이
오니 어찌 기이치 아니리오. 좌우에 듣는 자가 뉘 아
니 신기타 아니리오.」

채생 왈,

「우리 비록 성명이 다르나 천정하신 형제라 이 어찌 무

심타 하리오. 석에 劉·關·張* 삼인이 結義兄弟하였으니 우리 육인이 이렇듯 만남이 우연치 않은 일이라, 마땅히 고인을 효칙하여 桃源結義함이 어떠하뇨.」

유생이 대희하여 쾌허하고 즉시 良酒와 香燭을 갖추어 제문 지어 도원에 올라 천지 성신께 분향 도축 왈,

「아 등 육인의 성명이 비록 다르오나 동년월일시에 나와 이곳에 와 만났사오매 도원결의하여 사생을 한가지로 하고자 하옵나니, 만일에 마음이 변하는 자가 있거든 앙화를 내리옵소서.」

빌기를 마치고 일시에 일어 재배하고 채완은 자주와 더불어 앞으로 서고, 채윤은 벽주와 더불어 서로 향하여 서고, 채경은 명주와 더불어 남을 향하여 선후에 사배하고 서로 술을 권할새, 유생 형제 옥면에 주기 오르니 紅蓮一技 미풍에 휘드는 듯 취안이 몽롱하여 짐짓 경국지색이라.

채윤이 벽주 손을 잡고 소왈,
「대장부가 처세하매 立身揚名하고 出將入相*하여 名滿四海하고 威振海內하며 옥 같은 숙녀를 만나 일생을 쾌락하리니, 금일 형의 용모 같은 숙녀를 만나 일생을 쾌히 지내리라.」

벽주가 답소 왈,
「장부가 공명을 이루면 어찌 숙녀를 근심하랴.」
하고 언사가 활달하나, 자주 명주는 수색이 만안한지라.

채색이 삼주의 소원을 물어 왈,
「형 등이 공명을 취코자 하느냐.」

---

*유 관 장 : 중국 한나라 때의 유방(劉邦), 관우(關羽), 장양(張良)을 이름.
*출장입상 : 나가서는 장수가 되고 들어와서는 재상(宰相)이 됨. 곧 문무(文武)가 겸전(兼全)하여 장상(將相)의 벼슬을 모두 지낸다는 뜻.

차주 대왈,

「아 등이 어진 스승을 만나 무예를 배우고자 하나 어진 사부를 만나지 못하여 이러므로 근심하노라.」

채완 등이 대희 왈,

「우리 등도 형의 의향과 일반이라. 들으니 산중에 도학이 높은 사람이 있다 하니 한가지로 가 찾으리라.」

하고 즉시 육인이 한가지로 관진산에 들어가 진원도사를 찾을새, 산세 절승하여 泰山 峻嶺을 넘어 깊이 들어가니 層巖絶壁이 嵯峨*하고 琪花瑤草가 많으니 짐짓 別有仙境이라.

점점 들어가매 花林叢中*에 一座茅屋*이 은은히 보이거늘, 나아가 명첩을 드리니 도사가 청하여 서로 볼새 육인이 들어가 눈을 들어 보니 도사가 석탑에 단좌하여 葛巾道服에 草合扇을 가졌으니 仙風道骨이 표연한지라. 육인이 계하에서 재배하니 선생이 문왈,

「너희 무슨 일로 심산궁곡에 들어와 빈도를 친근히 찾느뇨.」

육인이 재배 왈,

「소자 등이 선생의 대명을 듣잡고 좌하에 모셔 제자가 됨을 원하나이다.」

선생 왈,

「내 아는 것이 없으나 너희 원대로 하리라.」

하고 육인이 재배하고 나와 모시니, 선생의 제자 중에 王正彬의 위풍이 늠름한지라.

채생 등이 위인을 보고 탄복하며, 선생이 또한 사랑하

---

*차아 : 산이 높고 험함.
*화림총중 : 무수한 꽃나무로 숲을 이룬 속.
*일좌모옥 : 대나 이엉 같은 것으로 이은 조그만 집.

여 六韜三略과 기이한 병서를 일일이 가르쳐 해유하니, 육인이 한 번 들으매 또한 산협수가 흐르는 듯하여 적년 공부하던 제자가 채완 등을 미치지 못하니, 선생이 기이 하여 지극히 가르치니 육인이 주야 힘써서 배우매 반년 이 다 못하여 무예와 진법이 정숙하여 孫·吳*를 藐視*하 니, 가히 宋室을 흥할 줄 알러라.

왕정빈이 무예 한숙하고 또 천문지리를 무불통지하니 선생이 명하여 왈,

「너희 무용이 겸전하니 상장이 되어 공명과 부귀 짝이 없으리니, 성주를 만나거든 盡忠報國하여 이름을 빛 내라. 석에 范增*의 재략으로도 그릇 項羽를 만나서 發 配하였으니, 너는 마땅히 宋天子를 섬겨 나의 가르친 공을 헛되게 말라.」

정빈이 拜辭 受命하고 누수를 뿌려 하직하고 동학 제 위 이별하고 다시 선생께 재배한 후 산을 날새, 채, 유 등 일반 수학 제인 수십인이 나와 전별할새 정빈이 사례 왈,

「형 등과 동학하매 정의 골육 같더니, 금일 이별이 결 연한지라. 멀리 나아와 보내니 더욱 감사하노라.」

채생 등이 사왈,

「형은 세상에 나가매 명주를 만나 당당히 이름을 빛내 리니, 아 등 육인이 공부를 盡取한 후 형을 찾으리니 故 情을 생각고 힘써 천거하라.」

정빈이 응낙하고 가니라.

＊손오 : 중국의 병법가(兵法家)인 손자(孫子)와 오자(吳子).
＊묘시 : 업신여겨 깔봄.
＊범증 : 중국 전국 시대 항우(項羽)의 모신(謀臣). 진(秦)나라 사람. 홍문 (鴻門)의 회(會)에서 한 고조(漢高祖)를 죽이려다가 뜻을 못 이루었 으며, 뒤에 항우와 불합하여 팽성(彭城)에 가서 죽었음.

채, 유 등이 돌아와 공부한 지 삼년에 神通(신통)이 거룩하고 병법이 嫺熟(한숙)*하더니, 일일은 도사가 이르되,

「여 등의 학술이 진취하고 길운이 다다랐으니 바삐 나가 성주를 도와 이름을 顯達(현달)*하라.」

채, 유 등이 고두 왈,

「방금 천하 대란하고 도적이 봉기하온지라 하산하와 眞主(진주)를 만나지 못하오면 禍網(화망)에 걸리와 몸이 망하리니, 바라건대 사부는 眞命之主(진명지주)*를 가르치소서.」

선생 왈,

「내 廢世隱居(폐세은거)하온 지 칠십여 년이라. 근간 천문을 보니 제성이 범수지세에 났으니, 너희 진정 알고져 할진대 황화산에 도사가 있으니 성명은 黃慧(황혜)요, 별호는 芝谷(지곡)이니, 세상에 자주 왕래하여 眞命天子(진명천자)를 알고 법술이 고명하고 吉凶禍福(길흉화복)을 아나니, 찾아가 묻고 가라.」

채, 유 등이 복지 대왈,

「삼년을 괴로이 가르치신 은혜 난망이오니 어찌 사부를 잊으리이까.」

선생 왈,

「여 등은 삼가 명주를 도와 명수죽백하고 노부의 말을 저바리지 말라.」

채, 유 등이 재배 수명하고 동우를 이별하니, 依依戀戀(의의연연)하여 수이 떠나지 못하더라.

육인이 행하여 황화산에 이르니, 산천이 괴이하고 기화가 만발하였더라. 洞府(동부)를 찾으니 과연 수간 석실이 雲霄(운소)에 표묘하고 맑은 안개 둘렀더라. 나아가 시비를 두드

---

*한숙 : 단련하여서 익숙함.
*현달 : 벼슬과 이름, 덕망이 높아서 세상에 드러남.
*진명지주 : 하늘의 뜻을 받아 난세를 평정하고 통일하는 어진 임금.

리니, 이윽고 청의동자가 나와 문왈,

「귀객이 무슨 일로 이 심산에 들어오뇨.」

하고 선생의 명으로 청하거늘, 육인이 들어가니 선생이 머리에 華陽巾을 쓰고 몸에 鶴氅衣를 입고 손에 白羽扇을 들었으니 짐짓 松形鶴骨이니, 도학이 높음을 가히 알러라.

채완 등 삼인과 유자주 등 삼인이 일시에 절하여 뵈니, 도사가 문왈,

「그대 등 육인이 무슨 일로 심산궁곡에 들어와 빈도를 찾느뇨.」

육인이 일시에 고왈,

「우리 채완 등 삼인과 유자주 삼인이 선사의 고명하심을 듣고 높은 교훈을 듣고자 하옵나니, 채완 등 삼인이 同胎三生이요, 유자주 등 삼인이 동태삼생이니이다.」

도사가 점두하고 눈을 들어 보니 육인의 상모가 비범하여 公侯富貴를 누릴 기상이요, 녹록히 초야에 묻힐 자가 아니라. 이에 선생 왈,

「그대 등을 보니 후일에 반드시 명주를 만나 공명을 이루어 위진사해하리로다.」

채, 유 등이 다시 절하여 왈,

「范增이 項羽를 섬겨 능히 입신치 못하고 陳平이 背楚歸漢하여 천하를 통일하고 이름을 후세에 전하였으니, 우리도 진주를 만나 공을 이루리이까.」

도사가 소왈,

「浙江 湖州 땅에 진명지주 있으니 성명은 趙匡胤이니, 차인을 도와 공명을 이루리라.」

육인이 고두 왈,

「황감하오나 소자 등 육인의 길흉화복을 점복하여 주심을 바라나이다.」

도사가 미소 왈,

「길흉을 알아 무엇하리오.」

하고 즉시 일수 시를 지어 주니, 그 시에 하였으되,

「진주를 붙들어 사방을 정하매, 일조에 이름을 빛내리로다. 유자주의 글에는 수레에 매인 말을 타고 고향으로 돌아오는 날은 戰袍로써 붉은 치마와 바꾸리로다.」

하였더라. 차간 하회하라.

第五回

송 태 조 사 명 육 봉　장 림 함 계 실 원 양
宋太祖賜名六鳳 張林陷計失元陽

(송태조 육봉이라 사명하고, 장림이 계교에 빠져
원양을 잃다.)

차설, 채와 유 등이 재삼 보나 그 뜻을 아지 못할지라,
선생께 고왈,
「전포로 홍상을 바꾸리라 하옴은 어쩐 말이니이까.」
도사가 왈,
「천기 비밀하니 타일 알리라.」
하고 왈,
「그대 등이 산중에 지체함이 불가하니 빨리 나아가라.」
하거늘, 육인이 하직코 번성으로 오니라.

차시에 송태조 조광윤이 스스로 대원수가 되고 조보로 참
모사를 삼고, 조빈 석수빈 왕정빈으로 선봉을 삼아 장차
대사를 도모하니 군세 대진하더라.

차시에 채, 유 등이 번성에 이르러 군세 이렇듯 장함
을 보고 기꺼 왕정빈에게 왔음을 통하니, 정빈이 반겨 청
하여 예필 좌정에 정빈 왈,
「형제 등과 이별하온 지 거의 오륙년이라, 주야 경경
하더니 금일 상봉하니 어찌 반갑지 아니리오.」

채, 유 등이 반겨 별회를 이르고, 인하여 주배를 내와
통음할새 명주가 문왈,

「장군의 濟世安民之才로 趙元帥의 막해 되었으니, 반
드시 조공의 위망과 천명이 주표함을 알리로다.」

정빈 왈,

「우리 主公의 성덕이 만방에 덮여 제장을 은혜로 부리
고 은위 병행하여 군중에 원이 없으니, 사방 형세 望
風歸順하는지라 현제 등의 재주로 주공께 쓰임을 근심
하리오. 지금 北胡가 자로 침노하니, 주공이 병마를 발
하여 太原으로 가고자 하나 천자의 조서가 내리지 아
님으로 아직 머물더니, 지금 적세 급한지라 명일은 제
장을 모아 군정을 상의하니, 때를 타 현제 등을 천거
하리라.」

채, 유 등이 칭사하더라.

차시에 조원수가 大小將卒을 모아 北征함을 의논할새,
정빈이 고왈,

「소장이 재주를 배울 때 동학하던 채, 유 등 육형제의
재주가 神出鬼沒*하니, 비록 연소하나 한팽의 용과 제
갈양의 묘계를 겸하여 주공의 성덕이 덮였으매, 不遠
千里하고 와 주공의 쓰심을 바라나이다.」

원수가 크게 기뻐 즉시 부르니, 채, 유 등이 또한 우
러러보니 神威 늠름하고 용모가 엄위하여 龍鳳之姿요,
天日之表라, 太平主의 기상이 완연하고 좌우에 시위 제
장이 의기 당당하여 타일 創業勳臣의 상모가 있으니 채,
유 등이 가장 흠복하고 성주를 만나 자기 이름이 빛날 줄
알고 심중에 기뻐하더라.

---

*신출귀몰 : 자유자재로 출몰하여 그 변화를 헤아릴 수 없음.

원수가 육인의 기상을 사랑하여 즉시 채완 등을 봉하여 우조 위영장군을 삼아 각각 錦袍戰馬를 주고 촉단 육필을 내어 육인의 전포를 지어 입혀 좌우에 시위케 하니, 육인의 풍채 戎服* 중에 더욱 쇄락하니 제장이 또한 흠모하여 별호를 六鳳이라 하다. 육인이 사은하고 물러가니라.

원수가 조서를 받자와 대군 칠십만과 명장 오십여 원을 거느려 태원에 이르러 진을 치고 제장과 더불어 北漢 파할 일을 의논할새, 조빈 왈,

「이제 북한 형세 크고 양초가 많으니 수이 파치 못할 것이요, 아군이 멀리 오매 馬瘦人困하여 가히 오래 머물지 못할지라. 북한이 양초와 병기 다 元陽城에 있으니, 먼저 원양성을 파하여 그 근본을 끊치면 북한 파하기 如反掌*이라.」

하니 원수가 대희 왈,

「군언이 유리하나 뉘 능히 원양을 취하리오.」

言未畢에 채완이 응성 왈,

「소장 등이 원수의 장하에 있은 지 오래되 촌공이 없으니, 원컨대 一枝兵을 빌리시면 원양성을 쳐 파하고 守城將의 머리를 베어 휘하에 드리리이다.」

원수 대희하여 왈,

「육봉이 가려 하니 대사를 거의 이루리라.」

하고 즉시 오천군을 조발하여 주니, 육인이 각각 군을 거느려 원양성으로 향하니라.

이에 원수가 進兵할새 왕정빈으로 삼천 철기를 거느려

---

*융복 : 옛 군복의 한가지로 무신(武臣)들이 입었으며 문신(文臣)이라도 전시(戰時)에 임금을 호종(扈從)할 때에 입었음.
*여반장 : 손바닥을 뒤집음과 같다는 뜻으로 일하기가 매우 쉽다는 뜻.

호풍령을 넘어 북한 군사를 통치 못하게 하고 채, 유 등
은 행군하여 원양 십리에 下寨하고 破城之計를 생각하더
니, 채완 왈,

　「성이 높으니 伏兵함즉한지라 일정 엄히 지킬 것이니,
　한갓 힘으로 치지 못할지라. 묘계로써 마음을 달랜 후
　도모하면 반드시 승전하리라.」

　채완 왈,

　「뉘 능히 차계를 행할꼬.」

　명주 왈,

　「여차여차하면 어떠하뇨.」

　채완 왈,
　「此言이 正合吾意라.」

하고 의론을 정하매, 명조에 채완과 명주 각각 면복하고
원양성에 가 대호 왈,

　「아 등이 태수께 잠깐 여쭐 말씀이 있으니, 잠깐 성문
　을 열어 태수께 뵈옴을 허하라.」

하니, 수문자가 장하에 들어가 수유를 고하니 수성장이
친히 문 위에 올라 바라보니 양인이 손에 가진 것이 없
고 면모에 遑忙한 빛을 띠었거늘, 장림 왈,
　「여 등은 何處之人이관데 성중에 들려 하는가.」

　양인이 대왈,

　「아 등은 절강 상림촌에 사는 사람이러니, 이제 장군께
　진정으로 고할 말씀이 있나이다.」

　장림이 보매 다만 양인이 섰으되 다른 계교 없을 듯한
지라 즉시 문을 열어 들이니, 양인이 천연히 장하에 이르
러 읍하고 왈,
　「아 등은 天兵人馬가 아니라 物貨를 가지고 패린성에서

환매하여 自生(자생)하더니, 대원수 조빈이 물화를 사서 군사의 전포와 勝戰將卒(승전장졸)의 賞賜之物(상사지물)로 쓰고, 물화 임자는 一品錢(일품전)도 주지 아니하고 도리어 호풍령 지키는 진중에 부치되, 만일 성공치 못하거든 죽이리라 하니 우리 본대 군마에 익지 못하고 궁시를 모르거늘 어찌 이 소임을 감당하리오. 이러므로 살아날 계교 없기로 고향 소식이나 듣고져 하여 이르렀나이다. 바라건대 잔명을 살피소서.」

언파에 涙水(누수)가 如雨(여우)하니 장림이 의심치 아니코 술을 주어 관대하니, 부장 원명이 간왈,

「양진이 상전에 피차에 珍重(진중) 探情(탐정)하거늘, 만일 奸計(간계) 있으면 어찌하리오. 익히 생각하소서.」

명주가 울며 왈,

「장군이 이렇듯 우리를 의심하거든 호풍령 복병을 보소서. 우리 여기 옴은 전혀 장군을 부모같이 바라고 투항하였더니 進退兩難(진퇴양난)하여 잔명이 朝暮(조모)에 위태하니, 차라리 조빈의 손에 죽나니 장군 앞에서 죽어 혼백이라도 장군을 뫼셔 있다가 고향에 돌아가 부모를 반기리라.」

하고, 언파에 腰下(요하)에서 단검을 내어 自刎(자문)코자 하거늘, 장림이 급히 말려 왈,

「양군이 상전하니 혹자 情探(정탐)군인가 하였으나 그대의 실성을 들으니 다시 의려할 것이 없는지라. 내 북한왕과 친근하니 그대를 천거하여 重用(중용)케 하리라.」

채와 유 등이 대희하여 사례하더라.

賓主(빈주)가 서로 연음하여 즐기더니, 수일 후 양인이 하직 왈,

「우리 대장 석수신이 조빈의 심복이라. 일이 遷延*하
면 후환이 되리니, 삼일 후에 장군이 병을 거느려 진
을 접측하면 우리 등이 합력하여 內應*이 되리라.」
하고 돌아가려 하니 장림이 잔치하여 보내더라.

채, 유 양인이 본진에 돌아와 사항한 소유를 이르고,
지함을 깊이 파고 채윤과 벽주가 일천군을 거느리고 진
뒤에 매복하매, 채완이 이천군을 거느려 북진으로 가니
라.

차일 삼경에 대진에 불을 놓으니 화광이 충천한지라.
장림이 원형과 더불어 채완 등의 내응이라 하여 부장 한
양으로 성을 지키고 대군을 몰아 일시에 고함하고 짓쳐
들어가더니, 일성 포향에 장림의 군사가 낱낱이 지함에
빠지며 사면에 복병이 일어나니, 장림의 군마가 不意之
變*을 당하여 무수히 죽으니 장림과 원형이 겨우 도망하
여 원양으로 달아나니라.

채완이 승세하여 성문을 짓쳐들어가니, 장림이 칼을
들고 자주와 더불어 십여 합을 싸우다가 패하여 달아나거
늘, 벽주가 고성 질왈,

「장림은 닫지 말라.」
하고 언파에 활을 당기어 장림의 말을 맞히니 장림이 翻
身落馬하거늘, 채윤이 생금하여 돌아오니 원형이 대로하
여 창 벗기고 말을 놓아 자주로 교전하매, 자주의 용맹
이 飛燕 같아 십여 합에 이르니 칼 쓰는 법이 梨花가 광
풍에 날리는 듯하여 원형의 탄 말을 찌르니, 형이 세급한
지라 이에 항복하거늘, 자주가 引軍하여 성중에 들어가

---

* 천연 : 시일을 미루어 감.
* 내응 : 내부에서 내밀히 적에게 응함.
* 불의지변 : 뜻밖의 사변(事變).

198

백성을 안무하고 삼군을 상사하니라.

왕정빈이 호풍령에 매복하였다가 차야에 성중에 화광을 보고 원양성중으로 오더니, 중로에서 승전한 소식을 듣고 기뻐 성중에 들어가 채, 유 등을 위로 왈,

「현제 등의 지용은 孫·吳라도 미치지 못할지라. 이런 큰 성을 십일지내에 얻으니 어찌 기쁘지 아니리오.」

하고 즉시 오백군을 명하여 원양성에 이르니, 원수가 크게 포장 왈,

「너희 반월지내에 적장을 사로잡고 군량 만여 석을 얻으니, 이로 인하여 북한 평정함을 근심치 아니리라.」

하고 제장을 중상하니 모두 배사하더라.

태조가 왕정빈을 부르사 왈,

「경이 육봉을 천거하여 공이 적지 아니니 무엇으로 사례하리오.」

하시고 황금 일천냥을 상사하시니, 정빈이 사은 배사하더라.

태조가 호연찬을 명하사 정병 일만을 거느려 본진으로 오니라.

어시에 북한 대원수 육봉이 원양성이 파하였음을 듣고 상혼낙담하여 즉시 선봉장 이현을 불러 일천군씩 거느려 호풍령을 넘어 패졸을 만나매, 장림이 이미 성일한 줄 알고 감히 나아가지 못하고 사수가에 결진하고 의논하더니, 유명이 고성 왈,

「원양은 북한 근본이라. 이제 근본을 이루되 어찌 대사를 이루리오. 한 번 죽기로 싸워 승부를 결하여 원양을 회복하리라.」

하고 친히 가 싸우려 하거늘, 부장 유웅이 간왈,

「이제 성이 파하매 군사가 여기 없는지라. 만일 輕敵하다가 소루함이 있으면 장차 어찌하리오. 하물며 광음에 용맹이 무수하고 수하에 영웅이 가득하니, 형세 칼날 같으니 장군은 熟察之*하소서.」

유명이 대질 왈,

「네 어찌 군심을 요동하느뇨.」

하고 잡아 가두고 전진에 나와 대호 왈,

「너희 감히 간사한 꾀로 우리 성지를 앗으니, 이제 한 번 싸워 승부를 결하리라.」

하고 달려드니 태조가 소왈,

「주의 무리 천시를 모르고 나를 대적코져 하는가.」

유명이 대로하여 창을 빗겨 들고 달려들거늘, 정빈이 칼을 춤추어 서로 싸워 십여 합이 못하여 북진의 이현 등이 병기를 들고 일시에 내달으니, 함성이 천지 진동하고 살기 연천하더라.

송진에서 채완 등 삼인과 자주 등 삼인이 장창을 두르고 내달으니, 육인의 옥골선풍이 參差*함이 없는 중에 자주 등 삼형제 금안백마에 홍금 전포를 입고 머리에 황금 투구를 쓰고, 옥수에 대검을 들고 세요에 궁시를 차고 나는 듯이 나와 轅門에 서니, 태도는 부용 같고 정정 요요함이 秋月 玉樓에 밝았으니, 제장이 보고 대경하여 정신이 황홀하여 싸울 마음이 없더라. 이 싸움이 어찌된고. 하회를 보라.

＊숙찰지 : 자세히 관찰함.
＊참치 : 길고 짧거나 또는 서로 드나들어서 가지런하지 아니함. 참치부제(參差不齊).

第六回

^{봉 공 신 천 자 찰 변 태　설 소 연 삼 채 탐 형 적}
封功臣天子察變態　設小宴三蔡探形跡
(공신을 봉할새 천자가 변태를 살피고 작은　잔치
베풀어 세 채가 형적을 탐하다.)

차설, 자주가 칼을 들고 적진에 돌입하여 칼을 들어 우
혜를 내리치고, 명주는 창을 들어 유상을 찔러 죽이고 좌
수로 이현을 베니, 벽주가 분연하여 한 창으로 유명을 찔
러 죽이니 북군이 유명의 죽음을 보고 四散奔走하더라.

태조가 이에 잔치를 배설하고 대군을 犒饋하고 제장으
로 더불어 주배를 즐기다가　술에 대취하여 장중에 누워
잠이 들었더니, 조빈　석수신　왕정빈 등 일반 제장이 의
논 왈,

「아 등이 만번 죽을 일을 무사히 지내고 공을 세우나 인
군이 어두워 아지 못하는지라. 우리 주공은　德如堯舜
이요, 위엄이 천하에 진동하는지라. 인심이　돌아가매
하늘이 내신 천자이어늘, 五季 이후로 천하가 요란하
여 백성이 도탄에 들어 주야로 어진 인군을 바라는지
라, 우리 주공을 찾아옴으로 부모 처자를 이별하고 시
석을 무릅써 만민 군중에 횡횡함은 성공 입신코져 함이
라. 當此時하여 부귀를 도모치 아니리오. 길운을 두 번

만나기 어려운지라, 천연세월하여 천하 강산을 남의 손
에 돌아보내리오.」
이렇듯 의논이 如出入口한지라, 모두 칼을 들고 가연
히 일어서서 태조께 나아가 창을 들고 고성 왈,
「신 등이 금일 천명을 받아 주공으로써 寶位에 즉하심
을 청하나이다.」
태조가 대경 왈,
「경 등이 何故로 금일 여차 거조하느뇨. 나의 마음은
마땅히 盡忠報國하여 부귀를 누리고자 하나니, 그대 등
은 다시 이런 말을 말라.」
文武 重官이 일시에 고왈,
「신 등이 폐하를 뫼신 지 여러 해에 천하가 요란하여 도
적이 봉기하고 만민이 도탄에 들었사오니, 국가 안위
는 在此一擧*이어니와 後主가 암약하여 親小人遠賢臣
하여 도리어 忠良之臣을 살해하니, 정사가 쇠하기로 양
신이 물러가고 백성이 도탄에 들되 건질 이 없으니, 이
제 天意를 不受하시고 중신을 저바리사 군신을 반한즉
後悔莫及이니이다.」
하고 일시에 黃龍袍를 입히고 만세를 불러 조회하니, 태
조가 인심이 돌아옴을 보시고 마지 못하여 帝位에 즉하
시고 자주 탄식하여 왈,
「此亦 天命이니 非人力所致라.」
하시고 제장을 경계 왈,
「太后와 小主는 나의 옛인군이니 생심도 범치 말고,
백성은 나의 적자라. 추호도 범치 말고, 만일 영을 어
기는 자가 있으면 내 인군이 되지 않으리라.」

─────────────
*재차일거 : 단판 씨름.

하시니, 제장이 주왈,

「폐하의 일월 같으신 성덕이 만민에 덮였사오니 신 등
이 어찌 逆命하리이까.」

드디어 군마를 정제하여 돈화문으로 들어올새 백성이
향촉을 갖추어 맞으니, 차시 후주가 태조의 들어오심을
보고 翰林學士로 玉璽와 節鉞을 보내시매, 태조가 옥새
를 받으시고 용상에 전좌하시니 군신이 즐겨 풍악을 질
주터라.

태조가 이에 모친 杜氏로 皇太后를 봉하시고, 모든 형
제를 각각 왕을 봉하시고 제공신을 봉작하실새, 조보로
승상을 삼고 석수신으로 大將軍 洛州侯를 봉하고, 왕정
빈으로 驅騎將軍을 하이시고 조빈으로 驃騎將軍을 하이
시더라. 또 채완으로 勇揚將軍을 하이시고 채윤으로 平
揚將軍을 하이시고, 채경으로 武威將軍을 하이시고 자주
등 삼인을 부르사 왈,

「남자 중 용모가 수려한 자가 많으되, 어찌 경 등의 용
모를 따르리오. 西施의 태도와 太眞의 고움이라도 미
치지 못하리니, 짐이 경 등의 작호를 별로이 지어 만세
에 유전하리라.」
하고 자주로 花羞將軍 完紗侯를 봉하시니, 이 뜻은 꽃이
부끄럽고 西施 月下에 깁을 짜는 말이요, 벽주를 白梅
將軍 採養侯를 봉하시니 이는 매화 같으니, 옛적 留侯張
良이 쳐 朴氏를 두었으니 천하 절색이라. 뽕을 따 누에
를 쳐 부모를 봉양한다는 말이라 하시고 명주로 柳頭將
軍 起眼侯를 봉하시니, 이는 옥 같은 양호의 처 孟氏 지
아비에게 밥상을 눈 위에 높이 들었단 말이라. 차차 중
작을 봉하시고 소왈,

「금일 삼인의 봉작을 별로이 하노라.」

하시니, 자주 등이 驚惶하여 능히 주할 바를 아지 못하더라.

차시, 군신이 종일 진환하고 파연하니 제장이 물러가니라.

이렇듯 천하 태평하고 병역을 쓰지 않으니 태조가 특별히 자주 등을 봉작하사 타일 美事가 되리라 하시니, 태조는 성군이라 陰陽이 變替함을 어찌 모르리오. 자주 등이 황공하여 하나 제장 등은 깨닫지 못하더라.

자주 등이 離家한 지 오륙년이라. 思親之懷 간절하여 상께 말미를 청하니, 상이 不允하사 왈,

「짐이 아직 생각하는 바가 있으니 물러 있으라.」

하시니, 삼인이 유유히 퇴하여 후원 영춘각에서 술을 내와 회포를 위로하더니, 차시 월색이 요요한지라. 옥난에서 배회하매 萬籟俱寂*하여 심회를 억제키 어려운지라 글을 지어 읊으니, 그 시에 하였으되,

「삼년 전 진을 좇았으니 더욱 쇠함을 알리로다.
밤이면 돌아가는 꿈이 깁장에 들었도다.
분연히 능파장을 잡고 사창을 의지하여
눈썹 그리기를 게을리 하는도다.」

이렇듯 읊으며 탄식하기를 마지 아니니, 채생 형제 在座한지라. 삼인이 마침 술에 대취하여 잠이 몽롱하였더니, 채윤이 깨었다가 벽주의 글을 듣고 대경하여 차사를 이르고 왈,

____

*만뢰구적 : 밤이 깊어 모든 소리가 그쳐 아주 고요해짐.

「우리 등이 눈이 없어 사람을 몰라봄이 여차하도다.」

채완이 요두 왈,

「남자가 어찌 경국지색이 있으리오마는, 차인 등이 여력이 과인하고 지식이 고명함을 보매 여자가 아닌가 하였더니, 여언을 들으니 전일 선생의 글 뜻을 지금이야 깨달을지라. 우리 주상이 밝으심이 일월 같으사 봉작하실 때에 삼주 등을 별로 이름을 지어 봉하시며 왈, 「타일에 반드시 奇談이 되리라」 하시더니, 과연 자주 등의 거동을 알리로다. 우리 여러 해를 동처하였으되 깨닫지 못하였으니, 이른바 燈下不明이로다. 그러나 차인 등의 雄才大略으로 규중에 침몰하니 어찌 아깝지 아니리오.」

채윤이 함소 왈,

「여차여차 일계로 저를 속이고져 하니 어떠하뇨.」

채완 왈,

「차계 묘하다.」

하더라.

차시는 季春 望間이라. 채생 삼인이 대연을 배설하고 자주 등 삼인을 청하고 주찬을 성비한 후 누 아래 사면을 다 막고 채완 등 삼인은 숨고, 가인을 분부하여 여차여차하라 하고 있더니, 이윽고 자주 등 삼인이 채부에 이르러 보니 주인이 없거늘, 하리를 불러 문왈,

「너희 상공이 객을 청하시고 주인이 피하니 괴이하도다.」

하리 고왈,

「우리 장군이 오늘날 잔치를 배설하시고 삼위 상공을 청하사 석일 同學之情을 펴고 춘경을 완상코져 하시더

니, 금일 본향에 가는 사람이 있기로 소식을 전코자 하
여 서찰을 부치러 가심이요, 피하심이 아니라.」
하고, 사과하는 서간을 올리거늘, 떼어 보니 하였으되,
　「소제 채완 등이 금일 형으로 더불어 三春花時^{삼춘화시}를 허송
　치 말고져 하여 주배를 갖추어 형 등을 청하여 석일 동
　창지정을 펴고져 하더니, 마침 고향 소식이 오니 어찌
　일시에 지체하리오. 이러므로 형에게 실신하나 본부 소
　식을 알고자 하여 맞지 못하니 형 등은 실신한 죄를 용
　서하시고, 소제 등이 없으나 괘념치 마르시고 후원 경
　치를 완상하소서.」
하였거늘, 자주 등이 견파에 서중에 사의를 보니 자기 심
사와 같은지라 슬픔을 이기지 못하여 양제를 돌아보아
왈,
　「우리도 부모를 떠난 지 오랜지라, 어찌 반갑지 아니리
　오.」
　드디어 누에 올라 경물을 구경하니, 원근에 백화와 버
들이 난만하여 춘광을 자랑하니 실로 장관이로되 화향
이 사람의 심회를 돕는지라. 하리를 물리치고 원문을 닫
고 가만히 수회를 펼새, 벽주가 문득 낙루 왈,
　「우리 이제 천은을 입사와 몸이 영귀하니 무슨 한이 있
　으리오마는, 이제 부모의 사상하심을 생각하니 불효 이
　에서 더함이 없고, 아 등이 또한 세상을 속이고 영총이
　날로 더하니 조물이 시기할까 두려하옵나니, 겸하여 인
　군을 기망하고 만조를 속임이 사람의 도리 아니라. 타
　일에 만일 우리 일이 누설되면 난처한 일이 많을지니,
　고서에「운 공명을 이루고 금의환향함이 인간의 제일 낙
　사라」하였나니, 돌아감이 좋을까 하노라.」

206

자주가 탄왈,

「우리 부모께 여러 해 근심을 끼치고 풍진에 왕래하여 성공 영귀하였으나 부모는 우리 사생을 모르시고 주야에 침식이 편치 못하시리니, 일시가 민망하니 우리 상표 사직하나 성상이 허치 아니시리니 일로 주저하노라.」

명주 형의 슬퍼함을 보고 본적이 顯露할까 두려 정색 왈,

「형이 어찌 당초의 말씀과 다르시뇨. 우리 지금이라도 금의환향으로 부모를 뵈오면 야야의 전일 미안하심이 一場春夢 같으리니 어찌 부질없이 슬퍼하리오. 본적이 탄로나기 전에 마땅히 장부로 橫行하여 志氣를 폄이 어찌 쾌치 아니리오.」

언미필에 누하로조차 채완 등이 나오며 손뼉을 치며 대소 왈,

「심하도다, 삼부인이여 사람 속이기를 이다지 하느뇨.」

하니, 자주 벽주는 驚惶失色하고 명주는 노왈,

「우리 형 등으로 더불어 同窓之交로 형제 되어 萬軍之中에 殺戮을 무릅쓰고 횡행하였으니 정의 골육에 지나니 서로 은닉함이 없더니, 그대 등의 일시 간계로 우리를 속여 취맥코자 하나 우리는 형 등의 뜻을 먼저 짐작하고 말로써 시험함이러니, 전일 맹세를 저버리려 하니 어찌 대장부의 행할 바이리오.」

하고, 짐짓 소매를 떨쳐 가려 하니, 채생 등이 혜오되,

「차삼인의 형적이 현로하매 우리를 거절하고 고향으로 돌아가고져 함이로다.」

하고 즉시 소왈,

「우리 일시 희롱함이니 형은 놓지 말라.」

하고, 종일 통음하다가 각각 귀가하니라.

　채생 등이 명조에 승상부에 나아가 조보를 보고 自頭
至尾를 고하니, 승상이 차언을 듣고 대경하여 즉시 조
복을 입고 대내에 들어가 조현하고 자주 등의 수말을 주
하니, 상이 소왈,

「짐이 전일 봉작시에 유가 삼인을 각별 유의하여 作職
　줌을 깨닫지 못하느뇨.」

조보가 주왈,

「깨닫지 못하나이다.」

상이 가라사대,

「세상에 어찌 이런 남자가 있으리오. 짐이 차삼녀의 종
　적을 나타내 경은 輕洩치 말라.」

하시니, 승상이 拜辭而退하니라. 차간 하회하라.

第七回

<ruby>伏地請罪三玉之原情 闕中行禮聖上之惠澤</ruby>
복지청죄삼옥지원정 궐중행례성상지혜택

(복지 청죄하니 삼옥의 원정이요, 궐중 행례하니
성상의 혜택이라.)

차설, 상인이 내전에 들어가사 태후를 뵈옵고 자주 등
삼인의 일을 주달하시니, 태후가 대경 칭찬 왈,
「세상에 어찌 이런 일이 있으리오.」
하시고 왈,
「또 삼인이 국가에 대공이 있으니 그 인륜을 정하여 주
심이 가할지라. 조정에 차삼인의 위인을 대두할 자가
있나이다.」
상이 주왈,
「삼주와 동문수학하던 채완 등 삼형제가 삼주의 생년
월일시와 조금도 틀리지 아니하고, 그 삼주도 또한 동
태라 하오니 하늘이 유의하심인가 하나이다. 겸하와
대공이 있사오니, 신이 중매되어 인륜을 정하여 주려
하나이다.」
태후 소왈,
「상언이 마땅할지라. 삼주 친자가 없으니 짐이 혼구를
차려 主婚하리니 상은 채자의 혼례를 주하여 주소서.」

상이 승명하고 즉시 외전에 나오사 禮部(예부)에 하교 왈,

「혼례 길일을 비밀히 택하여 드리라.」

하시니, 즉시 택일하매 길일이 정히 맹춘 망간이라.

자주 등이 상소하여 수유를 청하였거늘, 상이 인견하사 왈,

「짐이 위로 태후낭랑을 뫼시오나 오히려 효심이 천박함을 두리더니, 이제 경 등이 고향에 돌아가 부모를 보고자 하니 人子之道(인자지도)에 당연한지라. 짐이 어이 막으리오마는 태후를 뫼셔 진연치 못하였으니, 이제 마땅히 대연을 배설하고 군신이 한 번 즐기려 하나니 경 등은 공신에 으뜸이라. 어찌 불참하리오. 마땅히 잔치를 지내고 부모를 찾음이 늦지 아니타.」

하시니, 자주 등이 謝思而退(사은이퇴)하더라.

차시는 추칠월 망간이라. 상이 太液池(태액지)에 設宴(설연)하시고 군신이 즐기실새, 태후낭랑과 황후가 六苑妃嬪(육원비빈)과 諸王公主(제왕공주)와 公侯大臣命婦(공후대신명부)를 다 청하여 長春殿(장춘전)에 좌를 베풀고 모든 명부를 각각 좌를 주어 한가지로 즐기시니, 가히 태평 일월이 분명하더라.

상이 제신을 거느려 태액지의 연화를 구경하실새, 군신이 하례하기를 마치매 채완 등 삼인과 유자주 등 삼인을 명하여 왈,

「짐이 전일 전담택에서 연경 만발한 때에 소년 아이들이 물에 들어가 헤엄질 치고 희롱하는 양을 보았더니, 지금 경 등 육인이 절강 사람이라. 강수에 익어 헤엄질을 잘 치리니, 경 등은 사양치 말고 이 못에 들어가 고기도 잡고 서로 희롱하여 짐의 마음을 즐겁게 하라.」

채생 등이 천만 의외에 하교를 들으니 취중에 흥이 나

는지라. 혼연 수명하고 자주 등은 大惶罔措하여 안색이
여토하여 복지 주왈,

「하교 여차하시나 봉행치 못하리로소이다.」

상이 짐짓 불열하사 왈,
「臣子之道가 死地라도 不避어늘, 금일 경 등의 마음을
즐겁게 하고자 대연을 배설하였거늘 경 등이 짐의 마
음을 좇지 아니하니 신자지도가 아니로다.」

자주가 배사 고두 주왈,

「이제 폐하가 새로이 보위에 즉하시매 천하가 바라옵
기를 大旱에 雲霓 같삽고, 하물며 五季 이후로 천하가
요란하여 도적이 처처 蜂起하여 백성이 도탄에 있고 인
심이 황황하거늘, 이제 폐하의 덕화가 湯武로 가작하
사 의병을 이루어 無道者를 멸하시고 백성을 蕩火中
에 건지시매 생민이 성덕을 바라옵거늘, 어찌 이때에
외로이 신자와 더불어 희롱하사 백성의 바라는 바를 저
버리시고, 하물며 폐하는 創業之主시니 마땅히 恭儉仁
孝하사 만민을 경계하실지니, 자고로 제왕이 성덕으로
자손을 경계하시되 그 자손이 능히 지키지 못하나니,
夏桀*은 大禹의 자손이로되 淫虐이 심하여 나라를 보
전치 못하고, 商紂는 成湯의 자손이로되 酒池肉林을
만들어 妲己 猖獗이 있으니 禹·湯의 성덕으로도 桀·紂
를 두사 자손의 누덕으로 종사를 보전치 못하시니, 자
고로 두리는 바이라. 이제 폐하가 나라를 새로이 정하
시매 인심이 오히려 미정하와 亂臣賊子가 틈을 엿보
니, 또한 신자의 방심치 못할 때라 당차시하사 치국
함을 의논할 것이어늘, 이제 희롱을 좋아하사 국사를

---

* 하걸 : 중국 하(夏)나라 말세(末世)의 폭군(暴君). 이름은 계(癸).

돈연히 잊으시매 좌우지신이 성상의 실덕하심을 간하는 자가 없으니, 신은 그윽이 불취하나이다.」

주파에 옥성이 낭랑하여 옥반에 진주를 구을리는 듯 안색이 씩씩하여 매화가 상설을 띤 듯하니, 상이 크게 아름다이 여기사 사색치 아니시고 삼인의 본적을 좌중에 현로코자 하사 용안에 엄색이 가득하사 왈,

「신자가 군전에 다언하여 인군을 觸毀하니 事君之道가 아니라.」

하시니, 명주가 고두 주왈,

「이제 폐하가 萬乘之位에 즉하사 忠諫을 不納하시니, 장차 천하를 어찌하려 하시나이까. 복원 폐하는 숙찰지하소서.」

주파에 泣血 叩頭하니, 상이 익노하사 힘센 무사로 하여금,

「삼인의 옷을 벗기고 물에 넣으라. 불연즉, 여러 번 거역한 죄로 군법을 정히 하리라.」

명주가 고두 체읍 왈,

「신의 삼형제 도학과 용맹을 여러 번 배워 평안한 시절을 만나 성주를 뫼시고 이음양순사시하며, 난시를 당하면 堅甲을 입고 칼을 잡아 천병만마를 거느리고 난신 적자를 소멸하고 덕화가 만민에게 미침을 원하였더니, 이제 충간을 막으시니 可嘆이로소이다.」

상이 더욱 노하사 빨리 옷을 벗기라 하시니 삼주가 이에 할 수 없어 脫冠下衣하고 伏地請罪하니, 상 왈,

「경의 청죄함이 무엇이뇨.」

삼인이 읍주 왈,

「신 등이 천지를 속이고 음양을 변하여 매양 어찌 기망

하리이까. 신 등이 과연 남자 아니오라 강주 유원경의 삼녀라. 부모가 늦도록 무자하옵다가 신첩 삼형제를 동태하오니, 비록 여자이오나 조선 봉사가 신첩 등에게 있삽는지라. 신첩 등 우견에는 부모가 남자 없음으로 스스로 부모를 顯揚(현양)코자 하와 어진 도사를 만나 무예와 병법을 배움으로 여공을 폐하고 무예를 익히옵더니, 신첩의 아비 알고 죽이려 하매 청춘에 죽어 부모에게 불효를 차마 끼치지 못하와 규녀의 자취로서 문을 나오매 갈 바를 모르옵더니, 길에서 채완 등 삼인을 만나 한가지로 스승을 찾아 도를 배워 의외에 성은을 입사와 벼슬이 고관 대작에 이르오니, 不勝戰慄(불승전율)하와 벼슬을 바치고 고향에 돌아가 부모를 봉양코자 하옵더니, 금일 天日之下(천일지하)에 누누한 자취 나타나오니 감히 두 번 기망치 못하와 실사를 주달하옵나이다.」

상이 놀라시고 함소하사 왈,

「금일 경 등의 소회를 들으니 진실로 그러한지라 어찌 청죄하리오. 짐이 또한 알음이 있어 봉작시에 유의함이로되, 근본을 적탈치 못함은 그 재주가 규방에 침몰함을 아낌이라. 금일 이 거조는 경 등이 필연 음양을 변하여 인륜을 폐할 듯한지라. 이러므로 희롱을 시켜 만조를 알게 함이라.」

하시고, 칭찬하심을 마지 아니하시니, 만조 제신이 대경하여 여자의 신무 영재를 탄복치 아닐 이 없더라.

상이 근시로써 태후께 주하니, 낭랑이 대경하사 즉시 삼인을 명초하시니, 삼인이 금포 옥대로 궁녀를 따라 장춘전에 이르러 고두 사배하니, 태후 용안을 들어 삼인을 보시매 용모가 한결같이 아름다운지라. 태후가 칭찬하사

왈,

「경 등이 규중 약질로 만군중에 횡행하여 국가에 대공
을 세우니 짐이 그윽이 흠모하노라.」

삼인이 복지 청죄하여 不敢仰視하니 좌우에 시위한 육
원 비빙과 外朝命婦가 저마다 칭찬 왈,

「금일 삼인을 보니 짐짓 女中豪傑이라.」

하더라.

태후가 삼인더러 왈,

「경의 부모가 멀리 있고 혼사를 주할 이 없으니 君臣
은 父子一體라. 경은 먼저 여복을 개착하라.」

하시니, 삼인이 숙사한대 궁녀가 벌써 옥함에 채복을 가
져와 입기를 재촉하거늘, 삼주가 마지 못하여 여복을 개
착하고 愕然 沮喪하여 성안에 취태 진동하니 좌우가 새
로이 稱讚不已하더라.

상이 이미 예부로 혼구를 준비하신지라. 채완 등을 명
하사 왈,

「경 등이 유가 삼녀와 동문 수학한다 하니 이는 천정
일시 분명하고, 경의 부모가 멀리 있으니 짐이 주혼하
리니 경 등은 朕意를 저바리지 말라.」

채생이 유생의 본적이 탄로함을 보고 기뻐함을 이기지
못하여 성교를 받자오매, 不敢請이언정 固所願이라. 부복
사은 왈,

「유녀 등의 형적이 탄로하오니 국가의 賢臣良將을 인
하였는지라. 성교 여차하시니 신 등의 복이 손할까 하
나이다. 그러하오나 부모를 모르게 인륜을 정하옴이 인
자지도가 아니오니 이를 주저하나이다.」

상이 흔연하사 왈,

「군신은 부자 일체라. 무슨 관계 있으리오.」

하시고, 드디어 길복을 입히고 또 조빈 왕정빈 등 일반 무장은 채생의 좌객이 되고, 소년 명사와 문관은 유부에 요객이 되었으니 천고에 희한한 일이러라.

상이 하교하사 궐중에서 성례케 하시고, 채례 문명은 유부로 보내시니라.

차시 태후가 혼구를 盛備(성비)하사 자주 등을 성례케 하니, 삼인이 마지 못하여 명을 좇아 성례할새 무수한 궁녀가 화촉을 잡고 삼소저가 단장을 갖추어 신랑을 맞으니, 가히 천고에 희한하고 금세에 기이한 佳耦(가우)러라. 차간 하회하라.

第八回

受職帖三玉祝聖壽 舒古情貞斌赴大宴

(직첩을 받으매 삼옥이 성수를 축수하고, 고정을
펼새 정빈 큰 잔치에 가다.)

차설, 채완 등 삼인이 길복을 갖추고 위의를 휘동하여
대내에 이르러 옥상에 紅鴈을 전하고 천자께 배례한 후,
여섯 신인이 교배석에 나아가 각각 배우를 찾아 대례를
이루고 合歡酒를 파하매, 채완 등 삼인은 기쁨이 낯 위
에 어리었더라.

상과 후가 즉시 인견하시고 왈,

「금일 경 등의 인륜 대사는 천고의 희사이라. 짐이 경
등을 위하여 하례하노라.」

하시고, 유씨 등 삼인은 각각 職帖을 주실새, 자주로 賢
淑夫人을 봉하시고 벽주로 東國夫人을 봉하시고, 명주로
魏國夫人을 봉하시고 금은 채단을 상급하시니, 은영이
천고에 제일이라.

육개 신인이 사은 퇴조할새, 인하여 상전에 하직하온
대, 태후가 또한 결연하사 금은을 많이 상사하시니 삼
인이 성은을 감축하여 사은하고 金車玉輪에 올라 부중에
돌아와 태후와 성상의 은총을 못내 刻骨感恩하더라.

명조에 삼인이 표를 올려 성은을 사례하고 죄를 청할
새, 상이 보시니 하였으되,

「신첩 유자주 등 삼인은 성황 성공하옵고 감히 성상 탑
하에 표를 올리나이다. 신첩 등이 본대 미천한 여자로
당돌히 음양을 변체하옵고 외람하온 의사를 내어 위
로 성상을 기망하고 버금 부모와 세상을 속이오니 그
죄 만사무석이옵거늘, 성덕이 여차하사 도리어 죄를 사
하사 인륜을 정하시며 높은 봉작을 주시고 성은이 여
차하옵시니, 신첩 등이 여자의 몸으로써 황은을 갚사
올 길이 없사오니 오직 규중에 성수 만세를 축수할 따
름이로소이다. 이제 신첩 등이 본적이 탄로하였사오니,
감히 금대를 띠고 文武 班行에 참례치 못하올지라. 직
명을 거두옵시면 향리에 돌아가 부모를 반기고 離親之
懷를 펴고자 하옵나니, 원컨대 윤허하시면 부모의 依
閭之望을 위로코자 하옵나니 복원 성상은 신첩의 정
사를 가련히 여기사 고향에 돌아가 부모를 반기게 하
시고 음양을 변케 하여 군상을 기망한 죄를 밝히소서.」
하였더라.

상이 남필에 가라사대,

「이는 부모를 위하여 효를 완전코자 함이니 짐이 어찌
죄를 주리오. 하물며 나라에 대공을 세웠으니 전일 봉
작시에 짐이 여자로 알았으나 규중에 沈溺함을 아끼
었는지라. 이제 새로이 청죄함이 불가하고 몸이 영귀
하여 인륜을 정하였으니 부모를 아니 찾지 못할지라. 마
땅히 고향에 돌아가 부모를 반기고 수히 돌아와 짐을
보라. 여 등이 비록 여자나 짐의 수족 같은지라 어이
규중에 감추리오.」

하시고, 황금 삼천냥과 채단 삼백필을 상사하사 친전에
봉양케 하시니, 삼부인이 香案(향안)을 배설하고 조서와 賞賜(상사)
之物(지물)을 받자와 北向四拜(북향사배)하여 성은을 감축하고 감국지란
노래를 지어 칭송하니 盛淚(감루)가 옷깃을 적시더라.

차시 장군 왕정빈 등이 유씨 삼인이 여자임을 알고 크
게 기이히 여겨 예단을 보내고 서찰을 닦아 석일 同門修(동문수)
學(학)하던 정을 표하니, 기서에 왈,

「同學故人(동학고인) 왕정빈 등은 삼가 글월을 닦아 위국부인 좌
하에 올리나이다. 석일에 우리 등이 칠년을 한가지로
관진산에서 공부하여 세상에 나온 지 오래지 않은지라.
피차에 군중에 입신하여 일시도 떠나지 아니하고 甘苦(감고)
를 한가지로 하니 정의 골육 같은지라. 학생 등이 전
일 부인의 지략을 생각하매 국가의 복임을 기뻐하더니,
일조에 元戎大將(원융대장)이 채가의 녹록한 부인이 될 줄 알았으
리오. 송천자 日月之澤(일월지택)이 부인에게 미치사 인륜을 빛
내시니, 어찌 天朝(천조)의 奇事(기사)가 아니리오. 이제 규중에 몸
을 감추었으니 학생이 외간 남자로 서신을 통하옴이
불가하오나 정빈의 정이 형세에 지나는지라 어찌 무
심하여 석사를 잊으리오. 이제 글월을 부쳐 전일 同學(동학)
之情(지정)을 표하나이다.」

하고, 모월일에 왕정빈은 재배하노라 하였더라.

유씨 삼인이 看畢(간필)에 서로 이르되,

「왕장군은 우리와 전일에 형제지의 있고, 하물며 우리
를 천거하여 몸이 영귀함이 다 차인의 은혜라. 어찌 잊
으리오. 마땅히 대연을 배설하여 후의를 사례하리라.」

하더라.

차일에 채완 등이 상전에서 사주하시는 술을 진취하고

부중에 돌아왔다가 유부에 이르니, 삼부인이 맞아 성은의 관곡하심을 못내 일컫거늘, 채생 등이 소왈,

「석일 산중에서 수학할 제 어찌 금일 이러할 줄 알았으리오.」

삼부인이 잠소 왈,

「첩 등이 여자의 殘弱(잔약)한 몸으로 공명을 이룸이 부모를 重逢(중봉)하고 규중에 守拙(수졸)할 뜻이 없거늘, 군 등이 구태여 怪計(괴계)를 내어 군전에서 본적을 드러내게 하여 금일에 이 거조를 당하니 어찌 차홉치 아니리오.」

채완 왈,

「여름 밤이 이미 깊었으니 각각 들어가 흘숙함이 어떠하뇨.」

자주 등 왈,

「성은을 거역치 못하여 비록 성례는 하였으나 부모께 고치 못하였으니 무례히 陰誼(음의)를 차리지 못하리니, 고향에 돌아가 부모께 뵈옵고 명을 기다려 夫婦之義(부부지의)를 차림이 늦지 아닐까 하노라.」

채완이 소왈,

「이제 만일 고향에 돌아가 부모 명이 없으면 皇命(황명)을 어기고 우리를 거절코자 하시나이까.」

명주가 미소 왈,

「우리 삼인이 벌써 채씨의 가속이 되었으니 이후에 어찌 원융대장의 위엄을 세우리이까. 이제 돌아가 부모께 見榮(현영)하고 다시 성례하면 이는 정도요, 부녀의 행실이라. 상공은 조급히 굴지 마르소서.」

채생이 유씨의 말을 들으매 不勝嘆服(불승탄복)하며 마땅함을 일컫고 外軒(외헌)에 나와 쉬고, 삼부인은 내당에서 흘숙하니라.

명일에 대연을 배설하고 왕정빈을 청하여 서로 즐길새, 왕정빈이 삼부인을 대하매 전일은 원융대장으로 기위 肅嚴하여 北風寒雪 같더니 금일은 일품의 예복을 갖추었으니 絕世한 태도가 幽閑貞靜하고 溫和端正하여 春風和氣에 萬花가 爭發한 듯한지라. 이에 미소 왈,

「학생이 부인 말씀을 함이 畏濫無禮하오나 전일 형제지의를 생각하고 만홀함을 무릅쓰고자 하나이다. 금일 삼부인의 軟軟弱質을 보옵건대, 전일에 만군 중에 횡행하여 적장의 수급을 囊中取物같이 英勇이 아 등의 미칠 바가 아니러니, 금일 뵈오매 어찌 신통치 아니리오.」

삼부인이 朗然히 웃어 왈,

「이는 다 낭군의 천거하신 덕이요, 어찌 우리 등의 재주리이까.」

정빈이 미소하고 채완을 희롱하여 왈,

「三玉 三珠는 천정한 배필이라. 아마도 그대 등 삼인이 부인의 본적을 짐작하고자 기물을 삼고자 하여 성상에 密奏함이니, 삼부인이 어찌 그대 등의 심술을 알았으리오.」

하고 크게 웃으니, 세 부인은 慚然하고 채완 등도 웃더라.

술을 내와 크게 즐길새, 진수 성찬은 옥반에 가득하고 갖은 풍악은 九霄에 사무치더라. 날이 서산에 기울어지매 왕정빈이 하직을 고하고 부중으로 돌아가니라.

익일에 삼인이 채생을 대하여 왈,

「첩 등이 음양을 변체하고 부모 슬하를 떠난 지 어언간 육칠년이라. 그간 불효 끼침을 생각하오매 애가 分裂하올 듯하와 일일이 三秋 같사오니, 바라건대 군자는 수

삭 말미를 받아 한가지 부모께 영화를 뵈옴이 어떠하
니이까.」

채생 등이 응낙하고 즉시 궐내에 들어가 표를 올리니
상이 쾌허하신대, 부중으로 돌아와 봉작하신 직첩과 상
사하신 금은 채단을 수레에 싣고 곧 발행하니라.

이때 유생부부가 삼녀의 출타한 사생을 아지 못하여 花
朝月夕에 부부 대하면 아녀의 花容月態 안전에 森然하니
누수가 마를 적이 없고, 부인은 유공을 원망하여 왈,

「이 아이 당초에 엄부의 노함을 두려 우리를 위로하는
글을 끼치고 필연 겁하여 물에 빠져 죽도다.」

하고 失性涕泣하니 공이 위로 왈,

「차아가 비록 여자나 하늘이 유의하여 내신 바이니 헛
되이 초목과 같이 썩지 아니하리이다. 또 저를 위로함
이 아니라 경계코자 하다가 이에 이르니, 도시 나의
허물이라. 뉘우치나 어찌하리오.」

하더라. 이 아래 어찌된고 하회를 보라.

第九回

<ruby>三<rt>삼</rt></ruby><ruby>蔡<rt>채</rt></ruby><ruby>錦<rt>금</rt></ruby><ruby>衣<rt>의</rt></ruby><ruby>還<rt>환</rt></ruby><ruby>古<rt>고</rt></ruby><ruby>鄕<rt>향</rt></ruby> <ruby>畵<rt>화</rt></ruby><ruby>形<rt>형</rt></ruby><ruby>淩<rt>능</rt></ruby><ruby>雲<rt>운</rt></ruby><ruby>大<rt>대</rt></ruby><ruby>快<rt>쾌</rt></ruby><ruby>事<rt>사</rt></ruby>

(삼공자가 금의로 고향에 돌아오고, 형상을 능운
각에 그리매 크게 쾌한 일이러라.)

각설, 채완 등이 삼부인을 호송하여 태주로 오니, 관
광자가 길에 메어 칭찬이 분분하더라. 행하여 광진 땅에
이르매 그 선성이 유부에 들리니, 공의 부부 의아하여
왈,

「우리를 찾아올 리 없거늘, 어찌 고이치 아니리오.」
하더니, 황상이 금은 채단 상사하신 수레와 봉작을 하신
직첩을 앞에 세우고 채완 등 삼인이 삼부인을 배행할새,
<ruby>金<rt>금</rt></ruby><ruby>鞍<rt>안</rt></ruby><ruby>駿<rt>준</rt></ruby><ruby>馬<rt>마</rt></ruby>에다 위의를 거느려 <ruby>前<rt>전</rt></ruby><ruby>遮<rt>차</rt></ruby><ruby>後<rt>후</rt></ruby><ruby>擁<rt>옹</rt></ruby>하고 <ruby>錦<rt>금</rt></ruby><ruby>繡<rt>수</rt></ruby><ruby>綵<rt>채</rt></ruby><ruby>緞<rt>단</rt></ruby>을 육
마에 멍에하여 서서히 행하니, <ruby>綠<rt>녹</rt></ruby><ruby>衣<rt>의</rt></ruby><ruby>紅<rt>홍</rt></ruby><ruby>裳<rt>상</rt></ruby>한 시녀가 쌍쌍
이 호위하여 위의 십리에 벌여 나오니 유부 동구에 다다
라는 일촌이 진동하여 바라보니, 수없는 시녀가 향촉을
잡고 바로 유부로 들어오는지라. 유공이 땅에 내려 맞더
니, 정을 청상에 놓고 그 대관이 나아와 각각 정문을 여
는지라 공의 부부 더욱 놀라 아무리할 줄 모르더니, <ruby>三<rt>삼</rt></ruby>
<ruby>珠<rt>주</rt></ruby>가 정문에 나와 보니 자기 부모 계하에 내려섰는지라.
삼주가 즉시 내리다가 <ruby>伏<rt>복</rt></ruby><ruby>地<rt>지</rt></ruby><ruby>痛<rt>통</rt></ruby><ruby>哭<rt>곡</rt></ruby> 왈,

「불초녀 자주 등이 부모 안전에 뵈옵나이다.」

하니, 유공이 비로소 눈을 들어 자세히 보다 삼아의 위의 추월 같고 체체한 거동이 耳目이 炫煌하니, 어찌 잃은 삼주를 생각하였으리오. 그 청죄함을 듣고 분명히 자주 등이라. 不知不覺에 붙들고 실성 통곡 왈,

「眞耶아 夢耶아, 너희 혼백이 우리를 놀래느냐. 너희 나간 지 거의 칠년이라. 死生存亡을 모르더니 今日이 何日이관데 너희를 만나는도다.」

삼주 또한 반갑고 슬픈 중에 부모가 백발이 되었음을 보고 다시 일어 재배 왈,

「불초녀 등이 어찌 혼백을 부모전에 뵈오리이까. 소녀 등이 부모의 昊天之恩을 모르옵고 규녀의 몸으로 중문에 나와 하직도 못하옵고 슬하를 떠나 도로에 유리하와 부모의 심우를 끼치오니 불효 萬死無惜이로소이다. 그러나 불초녀 등이 생각건대 문호를 빛낼 자가 없사오니 부모의 성덕으로 天佑神助하와 太平聖主를 섬겨 공업을 이루오니 여자의 행할 바가 아니오나 불초녀 등이 잠깐 천시를 알고 일조에 나아가 어진 선생을 만나 수학할새, 동창 중 채가 삼인이 소녀와 동년 동월 동일시가 같사와 知己之友 되어 同苦死生을 언약하고 立身揚名하여 而顯父母하고 有名萬世하여 정의 管·鮑*에 흡사하고 結義兄弟하였더니, 천우신조하와 聖天子를 만나 어지러운 천하를 평정하와 불초녀 등의 몸이 영귀하옴이 무궁하오나 遠天을 瞻望하는 누수가 마를 적이 없삽더니, 평생 소원을 이루매 천자께 상소하고 고향에 돌아와 부모를 반기려 하오나 성상이 굳이

---

*관포 : 중국 전국 시대 관중(管仲)과 포숙(鮑叔).

말리시매 감히 거역치 못하여 悠悠遲遲하옵더니, 千萬夢寐 밖 본적이 탄로하여 성상의 지극하신 성덕으로 채가 삼인과 성례하오나 不顧而娶하오니 죄 더욱 중하온지라, 어찌 이로 다 아뢰리이까.」

공의 부부가 듣기를 다하매 大喜過望하여 채완 등 삼인을 청하여 서로 보고 耽耽愛重하더라.

삼부인이 태후와 황상의 사급하신 錦帛綵緞을 부모께 드리니, 공의 부부가 두굿기며 女婿의 성례함을 보고져 하여 길일을 택하여 遠近親戚과 隣里鄕黨을 다 청하여 慶賀宴을 크게 여니, 위의 거룩함이 비길 데 없더라.

공의 부부가 喜出望外하여 웃는 입을 줄이지 못하니, 좌상 제객이 다 山野愚氓으로 이런 장관을 어찌 보았으리오. 齊聲喝采하여 致賀紛紛하니, 이로 수답치 못할러라.

성례 후 삼인 신랑이 옥배에 향온을 가득 부어 빙부모께 드리니, 공의 부부가 받아 마시고 왈,

「그대 같은 가랑을 얻어 경사를 보니 이제는 죽어도 한이 없으리라.」

하더라.

좌중 제객과 인리 친척이 제성 갈채 왈,

「채가 삼옥과 유가 삼주는 진실로 하늘이 정하신 바이라.」

하더라.

날이 늦으매 위국부인 명주가 함소하고 모부인께 고왈,

「석일에 태태 李業 兩子를 부러하시더니, 금일 소녀 등의 영화가 이생 등만 못하리이까.」

공이 소왈,

「노부는 금일이 있을 줄 짐작하였노라.」

하더라.

종일 진환하고 금백을 흩어 인리 친척을 나눠 주고 일모하매 제객이 각기 귀가하다.

삼일을 머물러 離親之懷를 펴고 택일하여 절강으로 향할새, 부모께 하직 왈,

「소녀 등이 見舅姑之禮를 마치고 경사로 갈 제 부모를 뫼시고 함께 상경하오리니 귀체 안강하소서.」

공의 부부가 심중에 울울하나 또한 榮行이라.

「너희는 좋이 가고 우리를 염려 말라.」

삼부인이 하직코 절강으로 향하니라.

차설, 채한림이 삼자를 이별하고 칠년에 이르매 心憂 이기지 못하나 삼자의 작인을 믿어 수이 成功 顯達함을 바라더니 일일은 동구에 풍악소리 들리더니, 紅羅傘이 표표한 곳에 삼위 대관이 金冠紅袍에 옥대를 띠고, 또 錦帳彩轎 셋이 오니, 녹의홍상한 시녀가 쌍쌍이 호위하여 나오니 촌민이 운집하여 구경하며 왈,

「이 반드시 동촌 채공자 삼형제라.」

이윽고 채부 문전에 다다르는 인리 친척이 많은지라. 채생 등이 손을 들어 별회를 이르니, 인리 친척 왈,

「뒤의 채정은 어인 일고.」

하더라.

바로 내당에 들어갈새 모든 시비 먼저 들어가 공의 부부께 고한대, 공의 부부가 不勝驚喜하여 신을 벗고 밖에 나와 삼자를 볼새 삼인이 옥대에 위의 정숙하니, 공이 희색이 만안하여 바삐 손을 잡고 미처 말을 못하여서 채생 등이 부모께 재배하고 누년 이친지회를 고하니, 공이

위로 왈,

「남자가 처세에 입신 양명하며 이현부모하고 名滿天下
함이 남자의 쾌사라. 어찌 기쁘지 아니리오.」

하니, 생 등이 사례하고 인하여 유씨 등의 사적을 고하니,
공이 더욱 기뻐 삼인의 정을 붙들어 별당에 쉬게 하고
인리 친척을 청하여 대연을 베풀어 신부를 보니, 삼부인
이 棗栗을 받들어 존당 구고께 進見하고 물러 사배하니,
구고가 기뻐 자세히 보니 女中豪傑이요 一世 淑女니, 가
히 성천자의 創業勳臣일 줄 알리러라.

공이 삼자를 명하여 왈,

「신부를 보니 所望에 過矣라.」

하니, 좌우 제인이 치하 분분하더라.

부인이 삼자의 손을 잡고 왈,

「오가 여복이 가장 무궁하리로다.」

하고 즐김이 비할 데 없더라.

이에 일행이 경사에 올라가 채공부자는 채부에 안돈하
고 유공부부는 유부에 머무르니, 高樓巨閣이 십리에 벌
였더라.

유공부부가 삼녀의 영귀함이 여차함으로 새로이 두굿
겨 꿈인가 하더라.

채생 등이 궐하에 나아가 조현한대, 상이 인견하사 반
기시고 유씨 등의 조현치 않음을 물으시니, 채완 등이
주왈,

「자주 등이 석일 전공이 있사오나 이제는 전일과 다르
오니, 어찌 번거히 祖行을 어지러이리이까.」

상이 소왈,

「금번은 한 번 입궐하여 군신이 반기고, 태후께 조현

「하여 향일 은총을 저바리지 말라.」

하시고 즉시 명소하시니, 삼부인이 채거에 올라 詣闕朝見한대 상이 반기시고 더디 조현함을 책하사 차후는 삭망으로 조현하라 하시니, 삼인이 사은하고 내전에 조알한대, 태후 또한 반기시더라.

상이 채문경과 유현경을 牌招*하사 奇子奇女 둠을 치하하사 賜酒하시고 봉작을 더하고자 하시니, 양인이 泣血固辭하온대 상이 차탄하시고 채문경으로 淸溪先生이라 칭하시고, 유현경으로 淸虛先生이라 칭하사 각별 禮遇하시더라.

양공이 돌아와 국은을 刻骨感嘆하더라.

상이 채유 등 육인을 총애하심이 날로 더하사 上使가 도로에 이어 두 집이 서로 화하여 십여 년에 金童玉女를 연생하니, 형국부인은 이자이녀를 생하고 동국부인이 삼자이녀를 생하여 남자는 名門淑女를 취하고, 여아는 대장군 조빈의 자부가 되고 위국부인은 사자이녀를 생하여 남자는 명문 숙녀를 취하고, 여아는 거기장군 석수신의 자부가 되니 그 영귀함이 비할 데 없더라.

삼부인이 국은을 감축하여 삼국지란 노래를 지어 곡조에 올리니, 세간 낙사가 이밖에 없더라.

세월이 여류하여 양위 존당이 연하여 기세하니 채생 등 부부가 애통하더니, 연하여 유공부부가 세상을 버리니 삼부인이 號天痛哭하더라.

장례를 갖추어 각각 선산에 안장하매, 세월이 훌훌하여 삼상을 마치매 천자가 근시를 보내사 조현함을 재촉하시니, 삼인이 군명을 거역치 못하여 즉시 경사에 이르

---

*패초: 조선 왕조 때 승지(承旨)를 시켜 신하를 부름.

러 조현하고　직임을 차려 자손의 영효를 받아 즐김이 무
궁하더니, 육인이 일일 내에 구몰하니 자녀 등이　호천
통곡하여 선산에 안장하니라.

　채완의 증손 방현이 문무 장원으로 자진전　학사를　하
였더니, 위인이 출류하고 문학이 유여하매　眞宗朝에 은
총이 융성하더니, 진종이 붕하시매　成宗이　즉위하시니
채방현의 위인을 사랑하사 왈,
　「경의 조상이 삼형제 同胎之人으로 태조를　도와　창업
　한 후 封侯한 사적이 있으리니 짐이 보고자 하나니 올
　리라.」
하신대, 방현이 돌아와 증조부모 행적을 드리니, 상이 보
시고 기이히 여기사 치제하시고 사관을 명하여　채완　등
육인의 행적을 기록하여 두고, 육인의　명자가 주옥인이
나 이름은 천상 성진을 응하여 「陰陽三台星」이라 이름 지
어 후세에 전하였더라.

〈활판본〉

● 編著者 略歷

金起東 : 東國大學校卒. 文學博士
　　　　前 東國大學校 教授
　　　　主著「韓國古典小說研究」

全圭泰 : 延世大學校卒. 文學博士
　　　　現 全州大學校 教授
　　　　主著「高麗歌謠의 硏究」

안락국전·유충렬전·음양삼태성
한국고전문학 100 6

1994년 8월 10일 인쇄
1994년 8월 20일 발행

편저자　김 기 동
　　　　전 규 태
발행인　최 석 로
발행처　서 문 당
서울특별시 마포구 서교동 459-11
등록일자　1973. 10. 10.
등록번호　제7-69호
전　화　(322) 4916~8